玉而为兰

周 勇 著

浙江工商大学 出版社
ZHEJIANG GONGSHANG UNIVERSITY PRESS
· 杭州 ·

图书在版编目(CIP)数据

玉而为兰 / 周勇著. — 杭州：浙江工商大学出版社，2024.2

ISBN 978-7-5178-5924-6

Ⅰ. ①玉… Ⅱ. ①周… Ⅲ. ①散文集—中国—当代 Ⅳ. ①I267

中国国家版本馆CIP数据核字(2024)第006344号

玉而为兰
YU ER WEI LAN

周　勇　著

责任编辑	厉　勇	
责任校对	沈黎鹏	
封面设计	朱嘉怡	
责任印制	包建辉	
出版发行	浙江工商大学出版社	

（杭州市教工路198号　邮政编码310012）

（E-mail：zjgsupress@163.com）

（网址：http://www.zjgsupress.com）

电话：0571-88904980，88831806（传真）

排　　版	杭州朝曦图文设计有限公司	
印　　刷	浙江全能工艺美术印刷有限公司	
开　　本	710 mm×1000 mm　1/16	
印　　张	22	
字　　数	237千	
版印次	2024年2月第1版　2024年2月第1次印刷	
书　　号	ISBN 978-7-5178-5924-6	
定　　价	68.00元	

序言

最美的人间烟火

　　蝉声如雨、暑热难当的日子里，拙著散文集《玉而为兰》整理好了。这是一件令人欣悦的事情。对于一个写作者来说，这无疑是一份收获，是一个送给自己的礼物。

　　在辑一《大地上的野葱》中，我探索自然的秀美与文化特色，意在探讨生活与艺术的关联，把目光倾注于其中。

　　《池塘中的睡莲》写睡莲的秀姿与莫奈的绘画艺术成就，写睡莲的精神，突出其与众不同的地方。"眼前花圃的睡莲以清新脱俗的面貌闪烁于池塘的云影波光里，它仿佛在说，为了不辜负等花人，我只坚持子时开，白天闭合，或者午时开，晚上闭合。这是睡莲开放的两种时间限定。植物的生理时钟是非常精准的，精准得令人无法想象。睡莲精神大概如同艺术创作原则一样，绝不因环境，破坏规则。"

　　《社饭里的乡思》传达出对家乡食物风味的怀念，蕴藏着对童年的温馨回忆。"其实，社饭香不香倒是其次的。关键是要记住这个传统节日，记住它就记住了乡愁。看过一篇文章，大致说，与其记住乡愁，还不如建设好家乡。如今，家乡越来越美。有国家层面的'美丽乡村'扶持政策，有日益便利的交通，真的，距离已经不是什么大问题了。而我所眷恋的那份岁月里沉淀的乡情，却渐渐远离了。"

在辑二《家乡有河名沱江》中,我把目光聚集在描写山水与人文风景中。这里,既有大明湖的冬日风景,又有个人的独特情怀。"个人感觉它是明丽的湖,也是厚重的湖。如果没有这清澈的水,没有这修竹相伴、细柳相随,没有这结了冰的池塘,你就不会感觉到济南人冬天的热情,以及大明湖边老百姓的悠然自得和节日里的热闹非凡。"(《大明湖的冬天》)

《沈园非复旧池台》通过写陆游与唐琬的爱情故事,感慨千古情殇,令人扼腕叹息。"沈园,成了陆游心头移不掉的三生石。他与唐琬的故事,遂成为千古伤情,在民间被演绎成爱情神话。但这样的神话结局是悲怆的,也是令人遗憾的!"

在辑三《榴枝婀娜榴实繁》中,我着眼于书写物质世界里的文化韵味,展现风物长宜放眼量。

《公园里的榆叶梅》写独特的桃花品种,从花形、香味等角度来写其美其意。"一树榆叶梅,它的花枝饱满,色彩鲜艳,由浅粉到黛粉,由一枝到数枝,由一树到多树,使我在城市里有幸遇上知己,有幸打马经过南庄,忽然和去年的一幕重逢。我想说,我真愿意留下来,和它厮守终身。"

《家在上城》一文,我着力表现上城的人文情怀,从历史风物、经济建设等方面去展示上城区的古今变迁,写出它的文化魅力。"上城,这个皇城根下的老区不仅风景美、人情美,它的核心文化——宋韵文化魅力,它的'和谐''雅致'脉象,一直由后人口口相传并向四周辐射。"

在辑四《书斋,拥抱一方天地》中,我试图从艺术视角来解读世界,书写艺术的魅力,以及艺术家的付出与探索。

《被阅读滋养的人生》写阅读如何改变我的人生观与世界观。"阅读,在偏僻的乡村曾经释放过我的文学情怀,使我在感动中奋笔疾书,以文字记录了一个文学爱好者的春华秋实。我要感谢我的阅读经历,让我的思维不断改变,让我不断砥砺前行,不断向名家靠近,从而走上了漫漫文学之路,并养成热爱写作和坚持写下去的良好习惯!"

《你想我时,看看天看看云》为纪念黄永玉老先生而写。文章围绕黄老的获奖书《无愁河的浪荡汉子·朱雀城》来评价黄老。"今天我们所要学习的是,像黄老一样遇到困难不懈怠,不放弃,永远保持一颗童心,永远积极进取,不成功不放手! 他说过,人只要笑,就没有输。黄永玉信奉的是一种'打架的哲学':不必分析拳头为何挥过来,重点在于应对,见招拆招,把命活下来。在每个难关都想办法笑,把痛苦熬成笑话,这就是他的活法。"

回顾自己一年来的写作历程,盘点起来还是最满意"母亲的灶台"这一辑。所收的二十余篇文章,浸透着温润的情怀:他们中有通过自我突破而完成跨越的"犟骡子"作家杨双奇,也有靠着捕鱼捞虾维持家用的父亲;他们中有童年走村串寨看电影的纯真孩子,也有淡泊如水、勤奋耕耘的前辈沈从文老人;他们中有"戆人"老项,一生执着,为了爱情,为了家庭,苦心经营的不易和艰难跋涉的辛酸。人间烟火,包罗万象,在这一辑中多有体现。

他们是我记忆里挥之不去的印记,是我岁月里生动的回眸和仰望。如《梅花雪里香常在——一代廉吏张鹏翮》里的张鹏翮。他出使俄国,旅途艰辛;他任职浙江,安抚兵民;他治理黄淮,卓有成效。

在这一辑中所收篇目倾注了我对历史与现实中人物的思考和欣

赏。我试图从他们的生平与功绩中去解读人物,意在展示平凡中的意味、情味,乃至立足现实的审美与思考。如《身正风清　慈孝传家——记恩师刘宗谨先生》一文中,我以朴实的笔墨书写初中班主任刘宗谨老师。"回顾刘老师的一生,童年不幸,青年艰辛,中年辛劳,老年病痛。命运好像与刘老师一直在开着邪恶的玩笑,但刘老师一直没有妥协,意志坚强,乐观豁达。"我着眼于发掘人物内在的精神操守,以朴实生动的事件打动人,从而引发共鸣。

这些温馨的文字有很多曾在网上多个平台发表过。《玉而为兰》这一篇获得30万的阅读量,《端午的风景》《母亲的灶台》等数十篇文章在浙江潮新闻平台上也分别获得10万+的阅读量。《别人的父亲》《大地上的野葱》等发表于《钱江晚报》,《忆童年》《母亲的灶台》等数十篇发表于《团结报》。感谢编辑们一直以来对我的支持!

最后想说,路还长,我仍在写。虽然有点眼花了,但我没有停留与耽搁!

辑一　大地上的野葱

辑二　家乡有河名沱江

辑三　榴枝婀娜榴实繁

辑四　书斋，拥抱一方天地

辑五　母亲的灶台

辑一

大地上的野葱

池塘中的睡莲

有几个月没去杭州花圃了,趁着假期去看看。初夏时节的花圃,有两种时令花卉——月季和睡莲。月季品种多,除了公园,似乎哪儿都能看到它的身影;倒是睡莲,除了偶尔在池塘里见过一两回,便是庭院的大缸里才能看到。也许是物以稀为贵吧。

杭州花圃池塘里的睡莲开得多,甚是漂亮,甚是壮观。睡莲和荷是不同的。两者都属于睡莲科植物,最容易的识别方法是:荷的叶片表面有茸毛,且成叶会挺出水面,叶片为盾形且没有缺口;睡莲的叶片表面油亮亮,成叶不会挺出水面,而是漂在水面上,叶片为椭圆形,且有 V 字缺口。

花朵部分,荷的花朵较大,花瓣基部宽阔,颜色有白、红、粉红,集中在清晨开花;睡莲一般花形比荷来得小(大王莲例外),花瓣长狭,颜色有白、黄、紫、粉红、红、紫红、蓝,在午时或夜晚开花。

荷全身都是宝,莲子和莲藕(地下茎)可拿来食用,莲子、根茎、藕节、荷叶、花及种子的胚芽均可入药。不过荷的花期只限于夏天;睡莲,一般只利用它的花朵来制作睡莲花茶、香水,而且它一年四季都开花。

此时,透过池塘,我看着高处雍容清俊的荷花,它与低处浮游在圆圆绿叶上的睡莲,我不知道哪一种花更美。要我说,荷花如芊芊丽人,睡莲就像小家碧玉,各有风采。

要写睡莲,忽然想到一个画家——莫奈。莫奈,法国画家,印象派代表人物和创始人之一。莫奈43岁起在吉维尼定居,在朋友的资助下搬进了塞纳河畔的一栋有庭院的农屋。他在庭院里挖了一个池塘,在池塘里种植了睡莲,逐步把存粮的仓库改建为画室,把庭院变成了大花园。这个改造起初因河水问题而受到当地人的反对。莫奈费尽周折,才如愿以偿。后来,他又在池塘中架设一座日式小桥;池塘的周围种植垂柳和多种花卉,池塘里则种植了睡莲。莫奈把整个身心都投入这个池塘和他的睡莲上面了,睡莲成了他晚年描绘的主题。此后27年里,他几乎再也没有放弃过这个主题。

一个人坚持画睡莲27年,已经非常了不起了。1909年5月,巴黎的公众在丢朗-吕厄的画廊里看到莫奈的48幅《睡莲·水景系列》,人人为之拍案叫绝。

1911年5月,一次非同小可的打击袭来,莫奈的第二任妻子爱丽丝死了,这令他饱受打击,也令他原有的眼疾加剧。

1912年7月,医生确诊他的右眼患有退化性白内障。患白内障的莫奈,就像耳聋的贝多芬,将自己置之死地而后生。在第一次世界大战期间,他请人修建了天花板透光的巨大画室,进行《睡莲》组画的创作。从此,莫奈开始了他那悲剧性的斗争时期:他想以最大的毅力来画完《睡莲》组画,与即将到来的失明相抗衡。他开始一连几个小时呆坐在这幢宁静的水上花园里,观察水面。

第一次世界大战的硝烟在离他的池塘仅40英里的地方弥漫着,

75岁的莫奈也全然不顾。这些巨大的画幅整整花去他12个年头。不过，这次他不再把画面分割成单幅，而是让它构成一个整体。当宏大的《睡莲》组画安置在巴黎奥朗热利博物馆一间圆形展厅四壁时，无边无际的池水与莲叶在富有装饰情趣的环形油画中展现出来，环绕在观众的周围，使人顿生一种奇幻感。

人们纷纷向莫奈祝贺。莫奈说："我只是观察了世界所展示出来的一切，并用笔记录了下来。"

莫奈迷恋睡莲。有的艺术史家认为，莫奈是受到东方思想影响，呈现出要超越物体表象、直探本质的艺术灵感。

我觉得，莫奈艺术的追求与中国山水画追求意境之美是不谋而合的。这大概是印象派独辟蹊径的地方。

评论家瓦多伊说："在这些画里存在一种内在的美，它兼具了造型和理想，使他的画更接近音乐和诗歌。"在莫奈的《睡莲》中，与其说他是用色彩表现大自然的水中睡莲，不如说他是用水中睡莲来表现大自然的色彩。

莫奈在吉维尼庭院里画睡莲与黄永玉画荷，两者同样是基于对喜好的事物乐此不疲的追求，是一种艺术本真的特质。这个在中国古代早有类似的例子。

有一天，王冕在湖边放牛，忽然下起一阵雨，一会儿雨停了，湖里的荷花和荷叶被雨水冲洗得非常干净。王冕看了非常喜爱，便想把它画下来，于是赶紧用身上的一点钱买了纸和笔来开始作画。起初当然画得不怎么好，可是王冕并不气馁，仍然不停地画，最后终于越画越像，就跟真的一样。王冕便把荷花画拿去卖，卖的钱拿回家孝敬母亲。

王冕因为画荷花画得很好,许多人抢着买他的画,他的经济条件因此渐渐好转,不再替人放牛了。同时他的名声也渐渐远播,终于成为一位全国有名的大画家。

莫奈画睡莲,黄永玉画荷,王冕画荷,无疑都说明艺术的成就来自长期的观察和永恒的坚持。一个人要想获得别人的认可,专注的精神是不可少的。

眼前花圃的睡莲以清新脱俗的面貌闪烁于池塘的云影波光里,它仿佛在说,为了不辜负等花人,我只坚持子时开,白天闭合,或者午时开,晚上闭合。这是睡莲开放的两种时间限定。植物的生理时钟是非常精准的,精准得令人无法想象。睡莲精神大概如同艺术创作原则一样,绝不因环境,破坏规则。

因此在我看来,这种自律和坚守,以及与周围环境不妥协的倔强,令人肃然起敬!

活在红尘中,宁愿做一朵盛开的睡莲,耐得住寂寞,永葆独特的青春!

春吃河豚正当时

听闻杭州嗨小鲜可以吃到河豚。我心向往之,在网上搜了一段视频,确定江苏江阴有河豚鱼的养殖场地,心下便多了几分胆量。要知道,这河豚可是要拼了命才吃得下的。

河鲀,俗称河豚,是一种海洋鱼类,早春洄游江河。明代姚可成《食物本草》言:"河豚,今吴越最多。"其因发出与猪叫类似的哼唧声而得名。古人又因其吹气后状如皮球,谓之"鯸""吹肚鱼""气包鱼"等,江浙一带则另有"乌狼""西施乳"的叫法。

河豚好吃吗?视频里的江阴小哥先吃鱼肚,鱼肚细糯;再吃鱼肝,鱼肝如鹅肝,入口即化;接着吃鱼白,鱼白就是俗称的"西施乳",如豆腐般滑嫩;最后吃鱼肉,它无刺、酥软、鲜香,其味道恐怕是人间无二。江阴小哥一边吃,一边介绍,并一再强调:"无毒,放心吃吧。"

河豚究竟有没有毒?其实野生的河豚当然是有毒的。河豚的毒素集中在肝脏、生殖腺及血液,"其肝、子与血尤毒"。其毒素为神经性毒素,是目前自然界发现的最毒的非蛋白类毒素之一,毒性比氰化钾强千倍,区区0.5毫克即足以让一个成年人致命。

那么,为什么人们还愿意去吃河豚呢?

"不吃河豚,焉知鱼味?吃了河豚,百鲜无味。"这就是说,吃货的本性是贪婪的，人在吃的方面所展现出来的胆识，有时候叫人无法理解。苏东坡就拼死吃过河豚。相传，1084年，苏东坡赴任常州团练副使时，应当地一位善于烹河豚、久仰东坡大名的厨妇之约，去吃河豚。其间，苏东坡只顾埋头大吃，未发一语，令躲在屏风后窥探的厨妇大失所望。临了，忽见东坡放下筷子，大叫一声："也值一死！"

朱元璋去江阴吃过河豚，乾隆也吃过河豚。鲁迅在和日本朋友坪井吃河豚时，写下"岁暮何堪再惆怅，且持卮酒食河豚"的感慨。

既然那么多名人宁可舍命也要去吃，足见这河豚本身多么富有魅力与诱惑。个人的感觉，不吃亏了，吃了肯定不后悔。

杀河豚时要仔细清洗。刮干净鱼的内脏后，剪掉鱼尾处的横骨，再扒下整张鱼皮。然后，把杀好的鱼放入事先备好的一盆清水中，拧开水龙头，用"哗哗"的"活水"不停地冲。冲洗至少半小时，方可入锅烹饪。

如今杭州市面上除了杭大路嗨小鲜的萝卜白汤浸河豚，还有春笋烧河豚、河豚干烧肉、红烧秧草河豚等多种烧法。红烧秧草河豚颇有特色。秧草，采用刚拔苗的小秧草。这样烧出来，秧草嫩滑入味，鱼肉鲜嫩不腻。烧制的时间，一般以一到两小时为宜。

吃的时候，往往是厨师拿筷子在河豚鱼的头、身子和尾巴三个部位，各搛一块肉，吃进嘴里。再与客人闲聊十来分钟，大家看看无事，于是拿起勺子，舀来一勺肉和汤，有滋有味地分享这人间美味！

眼下油菜花开，吃河豚正当时，大家不妨试一试。

春逢谷雨晴

2023年4月20日为"谷雨"节气,谷雨是"雨生百谷"的意思,谷雨前后雨水增多。下雨有什么好处呢?下雨对少雨的北方来说,利好当然很多。以前,人们会把这些雨水积聚在一起,用来浇菜、洗东西。人们将谷雨的河水称为"桃花水",传说用它洗浴,可消灾避祸。在谷雨节,人们以"桃花水"洗浴,举行狩猎、跳舞等庆祝活动。

除了洗"桃花水"浴,在陕西白水县,还有祭祀文祖仓颉的习俗。在这一天向仓颉行礼致敬,表达对文字的尊崇,这是富有象征性的民俗活动。

此外,这一天人们还"走谷雨"。青年妇女走村串户,有的到野外走一圈就回来,寓意与自然相融合,强身健体。

食香椿也是北方流行的习惯,谐音"食春"。香椿醇香爽口、营养价值高,故有"雨前香椿嫩如丝"之说。实际上,香椿炒鸡蛋,已经成为享誉全国的美味了。

另一种习俗为"谷雨帖"。谷雨帖,属于年画的一种,上面刻绘神鸡捉蝎、天师除五毒的形象或道教神符,有的还附有诸如"太上老君如律令,谷雨三月中,蛇蝎永不生""谷雨三月中,老君下天空。手持七星剑,单斩蝎子精"等文字说明。山东的谷雨帖,一般采用黄表纸制作,以朱砂画出禁蝎符,贴于墙壁或蝎穴处,寄托人们查杀害虫、盼望丰收的希望。记忆中某年这一天,我岳父一大早起床,将谷雨帖粘在墙角羊圈。他和我说,这样可以消灾避祸。岳父是个山东老庄稼汉,生前对农村习俗很重视,他希望全年顺利。当然他也会背着药箱来到玉米地、麦田喷洒农药,除害虫。他说这个习惯也是古代传承下来的。

渔家这一天还有一个特殊仪式——海祭。山东青岛,以及南方沿海地区如浙江象山等地也比较重视这一民俗。谷雨时节正是海水回暖之时,百鱼行至浅海地带,是下海捕鱼的好日子。俗话说,"骑着谷雨上网场"。为了能够出海平安、满载而归,谷雨这天,渔民要举行海祭,祈祷海神保佑。因此,谷雨节也是渔民出海捕鱼的"壮行节"。海祭活动一般由渔民组织。祭品为去毛烙皮的肥猪一头,用腔血抹红的白面大饽饽十个,另外,还要准备鞭炮、香纸等。渔民合伙组织的海祭没有整猪的,则用猪头或蒸制的猪形饽饽代替。旧时各村都有海神庙或娘娘庙,祭祀时刻一到,渔民便抬着供品到海神庙、娘娘庙前摆供祭祀;有的则将供品抬至海边,敲锣打鼓,燃放鞭炮,面海祭祀,场面十分隆重。

赏牡丹是北方传统的习俗。牡丹花,又称"谷雨花",人们在郊外或在自家庭院中赏花,"谷雨三朝看牡丹"成为流行的时尚。南方,人们习惯于郊外赏花。这时节,映山红盛开,杜鹃鸟啼唱,山间一派春光。农事已然被提上日程。

南方人习惯于这一天采谷雨茶,而且,一定要上午去采。谷雨茶色泽翠绿,叶质柔软,富含多种维生素和氨基酸,香气怡人。传说谷雨这天的茶喝了可以清火、辟邪、明目。

除了习俗,谷雨节气更是农事活动的预告,各种农事接踵而至。在中国广袤的土地上,华北一带,种水稻的农民开始播种;北方的冬小麦进入拔节或抽穗阶段,要抓紧施好孕穗肥,秧苗要于二叶期追施"断奶肥";种棉区如山东菏泽一带,这时人们正好播种棉花。

而在南方一些地区,如长江流域,人们正在播种水稻、烟叶、红薯;气温上升较早的闽南、广西地区的小麦则已成熟,可以收获。此时春茶的采制已进入旺季,宜抓紧。布谷鸟在催耕,我们忙碌着准备拔秧插秧。记得旧时这一天,在我家乡湖南农村,农人常会将秧苗拔出,挑秧到水田里栽秧。接下来,我们会举行插秧比赛。赢了的人,晚上可以吃到腊肉香肠,再加一块红糖。那时候,红糖要凭票才能买到。对于孩子来说,那是非常有诱惑力的。学校放春假了,我们雀跃着去帮大人插秧。我不怕比赛,因为插秧相对简单。我像一个数学老师画线段一样,往后栽插,直到大人提醒,才发现还是插歪插浅了一点。我说:"舅舅,我今天写了歪诗。"舅舅和母亲看了大笑,说:"等下我们吃红糖,会分你一小块。"结果,真的是母亲插得最快,她一个人包饺子似的把二分地全插完了。而我,大约只完成了她的三分之一。

除了插秧、种烟,我们还要种番薯。玉米已经长得有半人高了!一派欣欣向荣的景象。

谷雨前后仍可以继续播种韭菜、油菜、小白菜、小萝卜等农作物。可以说这时候万物葳蕤,生机勃发。这对于农事活动,无疑是利好!

古代将谷雨分为三候:第一候,萍始生;第二候,鸣鸠拂其羽;第三候,戴胜降于桑。意思是说,谷雨后降雨量增多,浮萍开始生长,接着布谷鸟便开始提醒人们播种了,然后是桑树上开始见到戴胜鸟。在杭州庆春东路庆菱路地铁站边,一树桑叶苍翠欲滴,我看到一个大妈在采桑叶。她说,孙子养了几只蚕宝宝,她要给它们喂点吃的。谷雨时节,戴胜鸟停在桑树枝头,桑树枝繁叶茂,正是养蚕的好时节。白白胖胖的春蚕整天嚼着嫩嫩的桑叶,一刻不停,似乎在用行动表明它们是一枚枚"小吃货"!

谷雨时节,诗人们在干什么呢?当然是写诗了。唐代诗人王贞白在赏牡丹:"谷雨洗纤素,裁为白牡丹。异香开玉合,轻粉泥银盘。晓贮露华湿,宵倾月魄寒。家人淡妆罢,无语倚朱栏。"孟浩然则在踏春游鉴湖:"试览镜湖物,中流到底清。不知鲈鱼味,但识鸥鸟情。帆得樵风送,春逢谷雨晴。将探夏禹穴,稍背越王城。府掾有包子,文章推贺生。沧浪醉后唱,因此寄同声。"

在我家楼顶菜盆边,今日我们忙着给黄瓜、西葫芦、茄子、辣椒洒水,我打算搭一个瓜架,像去年一样,把瓜果伺候好。如此,我可以天天欣赏种植的成果,发朋友圈炫耀。不久之后,还能品尝自己的劳动果实。

大地上的野葱

母亲临走时特地打电话对我说:"野葱可能会烂掉,你最好把它们解开,晒一下放冰箱里保存。"

母亲说的野葱其实是野薤,还有一个好听的名字,叫"薤白"。或因薤字不好认,民间习称野葱。传说古时候有一位皇帝让太医给大臣们体检。当检查到宰相时,年轻的太医说:"宰相大人,您是不是觉得胸闷气短?"宰相说:"偶尔有之。"年轻的太医说:"您一定要注意,您的病很严重。"宰相大怒:"休得胡言乱语。我会生病?"年轻太医见他不信,就把老太医叫来,老太医一把脉说:"大人的病确实很严重,您体内藏着一个'鞭炮',如果不及时医治,您很可能将不久于人世。"

于是,皇帝对宰相说:"爱卿就请假休养一段时间吧。"宰相来到一座寺庙,他发现本地和尚喜欢把野葱、稀饭混在一起吃。宰相同他们一起吃了一段时间稀饭之后,感觉身体好多了,就问和尚:"这是掺了什么东西在里面?"和尚说:"野葱!"

于是宰相把野葱介绍给太医们。太医们想啊,野葱这个名字真难听,干脆给它起一个雅一点的名字——薤白,并将其作为一味中药列入《神农本草经》。野葱含有的前列腺素 A 具有润滑血管的作用,可激活溶血纤维蛋白活性成分,有效降低人体外周血管和心脏冠状动脉的阻力,起到预防高血压和血栓形成的作用。显然,野葱确实是味好中药!

在我的故乡,意识到这一点的人大概不多。作为薤白的它是雅的,而作为野葱的它才是为故乡人所爱的呢!

阳春三月,在海拔2000—4500米的山坡或草地上,成片成片长着绿油油的它,与荒草一起成为一道风景。有的卧在大石边上,有的躲在灌木丛中……哪里都能见到它的身影。它在甘肃、陕西一带也有生长。

它的底部有一个白白的球状根,叫鳞茎,类似于大蒜头,但个子小些。它的花淡紫色或粉红色。7—9月开花结果,花冠连着茎部,看上去有点像根筷子,因此又叫"玉箸头"。说它营养丰富一点不为过。野葱含有蛋白质、脂肪、碳水化合物、胡萝卜素、烟酸、维生素C、维生素B_1、钙元素、铁元素、磷元素、皂苷、黄酮类物质等。它可是野菜中的营养"皇后"。

在我老家农村,这种野菜实在太多了。作为一道菜,它有营养,于是人们把它挖出来拿去卖。如今一小把野葱可以卖1元钱。我记得小时候母亲叫我们空闲时去挖点野葱,回家可以做野葱炒蛋,也可以当炒菜作料。它因为香味浓,可调味。

读中学时,我常常会用剁椒炒野葱,装在罐子里,拿去学校吃,可以吃好几天。它的香味扑鼻,虽然放久了颜色会变黄,但味道还是那么香浓。这种香带有乡野的味道,与买来的葱的香味比起来,野葱味道要浓郁得多。

在我们老家食文化史册中,它还能与蒿菜一起作为煮社饭的配料。在普通米与糯米按比例配置好后,就要放腊肉丁、蒿菜末,然后放野葱段,约一厘米长。煮熟后,再焖上几分钟,散发着腊肉味、野葱味、野蒿味的社饭就可以摆上餐桌了!

我常想,老家人为什么喜欢吃社饭呢?社饭是湘、鄂、川、黔地区的美食,最初是用来进行祭祀的食品。一般是立春后的第五个戊日进行社饭祭祀,拜祭土地庙土地公公,祈求来年播种顺利、风调雨顺。久而久之,就形成独有的饮食文化了。

至于为什么要用野葱等作料,我想应该是为了增加社饭的香味吧。野味总能激起多数人的食欲,让人思绪万千,品尝山野的味道,想起庄稼的收成,因而尊重劳动,崇尚自然。

故乡挖野葱的时节正是阳春三月,小伙伴们三五成群,结伴去挖。挖野葱需要准备一把刀,才能把它的根部一起挖出来。因为根部很香,挖不出来就可惜了,卖相也不好。当然,我们在乎的不是能不能挖到野葱,而是山间的追逐打闹,以及原野上的山歌、天边的云彩与鸟鸣,还有春水连天的场景。

我们在兴奋之余,赶着牛羊在山里瞎转。牛羊吃草,我们挖野葱,各忙各的。

大地上的野葱,是大自然的造化,满怀馨香,飘入红尘,与人世有着千丝万缕的深情厚谊!

大地上的野葱,珍藏着我对红尘的牵挂和美好的童年记忆。绿油油的野葱既是故乡的一抹鲜亮颜色,又是岁月的馈赠。它摇曳于山野间的纤纤身影是那么婉约动人,让我心向往之!

杜鹃乎,杜鹃鸟乎

一个双休日去杭州植物园赏杜鹃。一路红花从入口将我一直送到岭畔。杜鹃花是浓烈的,它们集簇出现,在路边踯躅,在墙边等待,在山中热烈而饱绽芳华。此情此景,让我不由得对这种花刮目相看。

杜鹃有多少种类？我国目前广泛栽培的杜鹃花园艺品种有300—400个,大约分为夏鹃、西鹃、春鹃、高山杜鹃、东鹃五个品系。

杜鹃花有多少种颜色？红、白、黄、橙、紫、粉红、洋红、深红、乳白,以及白底红边、红点等。

杜鹃花的名字是怎么来的呢？相传蜀帝杜宇关心庶民农事,死后灵魂化作杜鹃鸟,每逢霏霏细雨,就不断啼鸣"何不归去？何不归去？",以致凝成"口中血,滴成枝上花",从此流传了"杜鹃啼血"的故事。

也就是说,杜鹃花得名和杜宇有一定关系。杜宇死后化成了杜鹃鸟,人们为了纪念杜宇宅心仁厚,就给这种花取名"杜鹃"。原本,它可以叫映山红、山石榴、山踯躅、满山红、山鹃、照山红、石严、紫阳花等。

很多诗人都将杜鹃花和杜鹃鸟放在一起来写。唐代成彦雄《杜鹃花》"杜鹃花与鸟,怨艳两何赊。疑是口中血,滴成枝上花……"就很好地关联着这两者。杜鹃的名字花鸟并用,强化杜鹃"愁"的意象,两愁并一愁,增添诗作的艺术感染力。李白《宣城见杜鹃花》同样是此类作品中的典范:"蜀国曾闻子规鸟,宣城还见杜鹃花。一叫一回肠一断,三春三月忆三巴。"

此类诗歌还有很多。唐代吴融《送杜鹃花》:"春红始谢又秋红,息国亡来入楚宫。应是蜀冤啼不尽,更凭颜色诉西风。"唐代雍陶《闻杜鹃》:"碧竿微露月玲珑,谢豹伤心独叫风。高处已应闻滴血,山榴一夜几枝红。"在诗词当中,杜鹃花单独出现的时候,一般都象征着美好、热情,而当它与杜鹃鸟一同出现的时候,则与杜鹃鸟相互呼应,一起表达哀愁。

人们为什么喜爱杜鹃花和杜鹃鸟?

杜鹃花之美应当是一种野性美。它长于山间,春风吹来时,百花齐放。它显然不屑于与其他花卉争奇斗艳。它在桃李之后竞放,既不争宠,又不甘落后。它盛开在4—5月,绚烂夺目,冠绝山野,开成大自然的奇芳。漫山遍野,霞染丛林。

杜鹃鸟呢,传说中"人"(杜宇)的缘故,使其脱离一般鸟儿的"鸟性",有了更玄妙的名称。二声杜鹃"布谷布谷",四声杜鹃"割麦插禾",这是催耕催收的声音;三声杜鹃"米贵阳(呀)",呼吁珍惜粮食。另外还有大杜鹃,它的声音有的清脆,有的哀婉。种种声音回荡在春夏之交的山头沟谷,充满诗情画意,充满人文内蕴。

杜鹃鸟,于是成为古诗文中一个鲜明的意象。苏轼"萧萧暮雨子规啼",凄惨而传情;王维"万壑树参天,千山响杜鹃",则写出杜鹃鸟叫声奇特的穿透力;李商隐"庄生晓梦迷蝴蝶,望帝春心托杜鹃",写出了杜鹃啼血的幽恨。

　　杜鹃鸟遍布世界各地,和杜鹃花一样,成为世界性的文学意象。它们陶醉于艺术的园林,啼傲在文化丛林里,鲜明、靓丽,而又缠绵、悱恻。

社饭里的乡思

母亲从家里寄来煮社饭的食材：野葱、蒿菜、腊肉丁、糯米。她在电话里对我说："儿子，你可以试一下自己煮。"眼下正值春天，煮社饭是湘西传统，我决定试一试。

为什么叫社饭？它的名字和社日有关。社日指的是在农历立春、立秋后的某个日子。汉代以后，一般用戊日来计算，以立春后第五个戊日为春社，立秋后第五个戊日为秋社，正处春分、秋分前后。宋代孟元老《东京梦华录·秋社》："八月秋社，各以社糕、社酒相赍送。贵戚宫院以猪、羊肉、腰子、奶房、肚肺、鸭饼、瓜姜之属，切作棋子片样，滋味调和，铺于饭上，谓之'社饭'。请客供养……"清代赵翼《题长椿寺九莲菩萨画像》诗云："社饭谁还念老身，僧寮聊复存遗躅。"

浙江一带也有类似习俗。春社日做艾蒿团子，吃乌米饭，还要烧香、放炮、鸣锣，以期"龙抬头"，祈祷一年风调雨顺。秋社日，有个别农村还保留了祭祀活动，而大多数地方秋社日已与七月半合并了。

春天里，山上蒿菜长得肥嫩，就割来洗净，切碎，沥去苦汁，再用文火焙干。随后把野葱洗净，切段。再切腊肉，要剁成肉丁。将腊肉炒出油，然后放入蒿菜一起炒。如此，食材就准备好了。

准备好一口铁锅，先泡米，包括普通米、糯米。普通米和糯米按

1:1准备。然后煮普通米,等普通米半熟再放糯米,和匀。放入野葱、蒿菜、肉丁,拌一下,等水分沥干,锅边浇点猪油,再盖上锅盖,慢火焖十分钟左右。待到香味出来,就可以揭锅盖盛饭了。

社饭中有腊肉、蒿菜、野葱的香味,加上猪油本身的香味,我可以吃上两碗,直到吃撑。有的人只吃饭,当然,炒几个菜搭配着吃更有味道。按旧俗,吃之前还要先盛一碗供土地、菩萨。

吃着社饭,我在电话里说:"妈,感觉今年我烧的社饭不太香啊。"母亲说:"是的。今年年成不好,所以蒿菜不够香,也可能野葱、蒿菜放久了,还有可能是腊肉的问题。"

我挂了电话有点难以释怀,想着为什么小时候的社饭那么香。

记得小时候,母亲每年春社日必定要煮社饭。后来这渐渐变成一种待客习俗。这个日子,她会把自己精挑细选的蒿菜拿出来。蒿菜叶子要在春天的时候去摘,和采茶叶差不多,过了季节就老了。回来后将蒿菜叶子洗净,沥干水分,备用。母亲喜欢用柴火来煮社饭。她一大早就起来拿柴块子,我们听见院子里的响声便也起来了。我取扁担去挑一担水,回来倒进水缸。有了新汲的井水,烧出来的饭更不同了。母亲煮熟社饭,交代我们要取走一些柴火,慢慢焖,焖出锅巴。终于到了最让我们期待的时刻,母亲把社饭盛起来,锅巴一端,满室生香,以至于邻居路过也进来讨一块锅巴吃。

那香味啊,一直让我念念不忘。

显然,小时候觉得锅巴香,那是因为好吃的饭食不多,物资贫乏,加上平时也没有多少时间来弄这个。现在呢,吃社饭的料虽然香,但过了季节,就只能放在冰箱里保存,拿出来后味道也差了许多。

其实,社饭香不香倒是其次的。关键是要记住这个传统节日,记住它就记住了乡愁。看过一篇文章,大致说,与其记住乡愁,还不如建设好家乡。如今,家乡越来越美。有国家层面的"美丽乡村"扶持政策,有日益便利的交通,真的,距离已经不是什么大问题了。而我所眷恋的那份岁月里沉淀的乡情,却渐渐远离了。

小时候,母亲煮社饭,用柴火烧,用猪油淋,如今加的是植物油,用的是液化气或天然气,社饭当然不香啰。

想着想着,我禁不住感叹起时光的变化。

女儿在旁边问我:"爸爸,为什么要煮社饭啊?今天过节吗?"

我说:"今天过春社日节,我们要记住这个节日,不要数典忘祖。"

"爸爸想家了吗?"女儿又问。

"孩子,煮社饭是为了记住老家,记住家里还有疼爱你的人,还有永远牵挂你的人。"

对于出门在外的游子来说,吃的社饭里有乡情,品的香味中有怀念。"箫鼓追随春社近,衣冠简朴古风存。"(南宋陆游《游山西村》)

遥想陆游当年吃社饭,喝腊酒,啃鸡肉,祭土地神,鸣锣打鼓吹箫放炮仗的情景,那该是怎样的热闹啊!丰收的日子就在田间的期盼和对亲人的思念里了。

我想,如果多些仪式感,社饭肯定会更"香"。因为,落入人间烟火的社日,会让平凡的日子变得富有生机!有了亲人的陪伴,社日才能焕发出特有的活力!

泡桐之美

凯旋路金牛坊停车场边上有一棵泡桐,眼下正是盛花期。只见满树成串的小喇叭状花朵开成片片云霓,远望如挽髻仙子,素手白面,其舞姿款款翩翩。我仿佛看见一阵江南雨细细密密地抹过后,它的花瓣片片掉落下来,似蝴蝶于空中飞舞。于是我想,这花一定有着不一样的传说。

其实,泡桐树在南北方都是一种比较常见的乔木,它在我国的栽种历史也非常悠久。桐花,又被称为清明之花、暮春之花。白居易就曾写下"忽见紫桐花怅望,下邽明日是清明"。李时珍《本草纲目·木部·桐》记载:"桐华成筒,故谓之桐。其材轻虚,色白而有绮文,故俗谓之白桐、泡桐,古谓之椅桐也。"

早在北宋就有人编了本《桐谱》,里面不仅记载了泡桐的栽种方法,还指出它可以细分为白花桐和紫花桐。白花桐又称白花泡桐,紫花桐又称毛泡桐,此外还有兰考泡桐、楸叶泡桐等。

"树阴似盖遮炎暑,花穗如烟胜紫鹃。"它给予人的可多了,首先是欣赏价值。白花桐的花期在3—4月,花白色,紫花桐的花期在4—5月,花淡紫色,均清香扑鼻,具有良好的景观效果。老家都习惯称之为梧桐花。轻轻一扯,将蒂把和花朵分离,再轻轻一嘬,满嘴香甜。以前零食种类没这么丰富,不少农村孩子都吸过里面的花蜜。毛泡桐果期为8—9月,蒴果卵圆形,分泌黏性物质。毛泡桐能吸附大量烟尘及有毒气体,是厂区、城乡绿化造林的优良树种。

狭义的泡桐指的就是白花泡桐。白花泡桐花为白色,仅背面稍带紫色或浅紫色。果期在7—8月,蒴果长圆形或长圆状椭圆形。与毛泡桐相比,白花桐耐寒性较差,适宜南方种植。

金牛坊这棵泡桐显然是后者了。

其实,泡桐还是一种重要的经济林木。泡桐木耐酸耐腐,导音性好,易于加工,便于雕刻,制成的家具不翘不裂,又耐湿防潮,绝缘性好,不易脱胶,油漆染色效果良好。但是它也有缺点,就是重量轻木质软,磕磕碰碰有了破损就不好看了。因此,往往给人以华而不实的印象。此外,泡桐是乐器、飞机模型的特殊材料。吴其濬在《植物名实图考》中记载泡桐时,也将"作琴瑟"视为其重要用途:"桐,《本经》下品,即俗呼泡桐。开花如牵牛花,色白,结实如皂荚子,轻如榆钱。其木轻虚,作器不裂,作琴瑟者即此。其花紫者为冈桐。"

此外,泡桐还是重要的药材。泡桐树的叶、花、果、树皮均可入药。泡桐花味苦,性寒,能够清肺利咽、解毒消肿。树皮可防治跌打损伤。

看来,它可是宝贝树种呢!

既然泡桐树可观赏、可药用,还有经济价值,为什么不用于大片城市绿化呢?

其实,我国在20世纪80年代曾经大量引种过泡桐。它树体高大,生长速度又快,"一年是把伞,三年可锯板"。材质轻软,可以缓解我国木材不足的危机。同时其造景效果也不错。但是,它确实又有以下缺点:木材中空,没有大材,可加工利用的方面有限,并且木材轻软,不耐挤压,使用范围窄,市场价值不高;可替代经济树木种类多,而泡桐树冠硕大,种植的密度要小于其他速生经济树种,同等种植规模产出效益低;泡桐树开花繁密,叶大荫浓,不仅掉花、掉叶、掉果,而且冬季枝梢较脆,容易掉落,需要经常清理打扫;泡桐树在周围常长出许多根蘖苗,不容易根除;泡桐主根不发达,侧根多分布在表土层30厘米左右处,如果栽植在农田和水渠旁,经常串根到农田里,容易与农作物争水争肥,影响农作物生长。

这就是泡桐不便寄生乡野,也难入城镇得到大范围栽种的原因。

不过在相当长的时间里,它还是发挥过重要作用的。

河南兰考县,焦裕禄通过种植泡桐树来治理风沙。最终,泡桐树成了兰考的经济支柱。毗邻的山东曹县因水资源和气候条件适宜,也成了泡桐的最佳生长地,并建立起较为成熟的泡桐树种植和加工产业。

山东曹县是泡桐加工之乡。日本人将桐木视作吉祥之木,将"梧桐引凤"的传说从青桐附会到泡桐上,认为泡桐也会引来凤凰。曹县曾承包了日本90%的棺材,日本平均每死去10人,就有9个会躺在曹县生产出口的棺材中长眠。

另外,将泡桐花洗净后去掉花蕊加工一下,与面粉搅拌蒸食,或和面粉糊一起油炸,或与鸡蛋一起摊饼,都是非常美味的。它曾经是一道土味食材。

在我看来,这种树的欣赏价值还是蛮大的。它的栽培历史悠久,形成了独特的"梧桐"文化景观。泡桐花的饱满壮观、丰腴霸气和天生丽质,对一般灌木的花都是绝对的碾压,一个春天要是没有仔仔细细、认认真真鉴赏一下泡桐花,那这个春天肯定就被糟蹋了,也辜负了大自然的一番好意。

有个网友说,在扬州城高大的乔木中,只有繁花满树的泡桐,在清明这个物候期,成为众多春色的代表之一。树体高大,树冠冠幅又大,当泡桐繁花满树时,真的就是一树一春色。在北护城河岸附近,就有多棵泡桐,即使相距很远,人们也能为那一树紫花而震撼。扬州城中的泡桐种植量不是很多,但分布却很广泛,北护城河、瘦西湖风景区、扬州大学、小秦淮河、二道河……很多地方都能见到。

还有武汉汉口。汉口的一条小巷里,高大的泡桐满树繁花。四月天里,人们从小巷走过,抬眼望去:春日暖阳下,闪烁耀眼;晨曦暮霭中,如梦似幻——无论何时,泡桐都给人优雅之美。真是"月下何所有,一树紫桐花"。

毋庸置疑,作为一种代表传统文化的景观树,泡桐可以说是值得大书特书的。"桐始华,田鼠化为鴽,虹始见"(《礼记·月令》),这里提到泡桐开花,田鼠变成了鹌鹑类的小鸟,天上出现了美丽的彩虹,这些现象叫清明"三候",意味着清明佳节即将到来。

"上树摘桐花,何悟枝枯燥。迢迢空中落,遂为梧子道。"(《读曲歌八十九首[其十三]》)诗的意思是说,在路上送别心爱的人,山路弯弯,女子爬上泡桐树,摘下桐花,桐花中心有蜜,又可以做菜。那紫色的桐花落在路上,女子心生伤感。这是用桐花铺就的道路啊,期望我的郎君,一路锦绣。没想到,诗里面的泡桐花还是思念的花朵,是伤怀的情意与牵挂,同时,又有美好的期盼!

因此,泡桐在传统文化史中写下了浓墨重彩的一笔。那么,今天我通过金牛坊这棵泡桐探寻这种树的悠久历史,不仅仅是为了欣赏它的风采,更多的是托物寄意,弘扬一种文化,呼唤一种回归,记住一道风景。

柳永在《木兰花慢》中写道:"拆桐花烂漫,乍疏雨、洗清明。正艳杏烧林,缃桃绣野,芳景如屏。倾城。尽寻胜去,骤雕鞍绀幰出郊坰。风暖繁弦脆管,万家竞奏新声。"

请让我们追随诗人的步伐,一起感受深情厚谊,享受璀璨的光阴!

五月枇杷香

初夏,散步到贴沙河绿道上,忽然被一棵枇杷树吸引了目光。只见满树橙黄的枇杷果,仿若颗颗龙眼,在枝头晃动着,一下子把我的思绪牵引回故乡的山野间。

故乡的5月,正是枇杷上市时节。孩提时的我们,喜欢去山野里寻枇杷、采枇杷。枇杷是树龄越老结果越多,果实也越甜。它的果子又不易掉落,而整枝摘下来须爬树,这个时候,身材瘦小灵活的就占优势了。我虽然瘦,却不灵活。爬的树不高,到手的枇杷就不是最大最甜的那一颗了,故而常常捞不到"甜头"。自然,那些摘到上好枇杷的伙伴也不小气,总是把他们冒着危险摘到的橙黄果子慷慨相赠,于是,大山里,常常会响起我们满载而归的欢声笑语。

真的,山里摘来的枇杷,在我们眼里才是最香甜的!

说到野枇杷,古人也是喜欢有加的。白居易有首《山枇杷》就深得其妙:"深山老去惜年华,况对东溪野枇杷。火树风来翻绛焰,琼枝日出晒红纱。回看桃李都无色,映得芙蓉不是花。争奈结根深石底,无因移得到人家。"在诗里,诗人念念不忘的东溪野枇杷,却似一株世外仙葩,扎根深石,远离人烟。因为遗世独立,故而让诗人垂涎,爱之恋之,而又空怀牵挂。我不知道最终诗人得到了几颗可啖的枇杷,其实想想也是够美的了。

好吃，却不一定非得吃到它，光看着也是美的。这也是这首诗令人惊艳的地方。

是的，我们寻找枇杷的过程是艰辛的，也是奇妙的。山野枇杷，往往在深山溪谷边，地势比较险要，欲摘之而不得，后悔没有拾得长竿，后悔手太短了，心里那份遗憾，往往会让孩提时的我们思之切切，想之难眠。那种滋味，不是成年人所能理解的。

实际上，枇杷不仅味道香甜可口，而且有着独特的观赏价值。记得小时候，外公家的院子里就有几棵枇杷树，有十余年了，结的果子着实饱满圆润，看上去色泽十分鲜亮。小舅说，等到枇杷黄得更可人，大约就可以摘了。大舅在旁边说，看看树枝被果实压弯了腰，这就可以摘了。我虽然很想吃，也只好忍着。每次去外公家，就搬张椅子去园子里看看。成熟了的枇杷又圆又黄，"被野老、相扶入东园，枇杷熟"，我想着辛弃疾的词句，心里泛起那种欲摘之而迫于身为外客摘不得的惆怅，就差念几句"阿弥陀佛"来开解了。

这个时候，小舅扛着一架梯子跨进院子，说："摘枇杷了。"那句话仿佛蜜汁一样甜，顿时点亮了我的期待，将我从苦苦期盼不得中解救出来。小舅特意让我爬梯上树去摘枇杷，那一瞬间，我的满足感爆棚了，仿佛自己就是一个得胜归来的大将军。当然，小舅才是军师诸葛亮。我手里拿着一大串枇杷，把它们送到外公手上，说："真甜，您吃颗大的！"

那么枇杷都是甜的吗？不是，有些是甜中带酸的。枇杷带着生活沉淀的味道，一路走过秋日的霜凌，冬日的冰冻，早春的冷雨，再芬芳于夏日的枝头。它是一路栉风沐雨走过来的。唐代羊士谔在《题枇杷树》中写道："珍树寒始花，氛氲九秋月。佳期若有待，芳意常无绝。袅袅碧海风，蒙蒙绿枝雪。急景自余妍，春禽幸流悦。"这首诗显然写出了枇杷成长的过程，它是浪漫的、诗意的，自然也蕴藏着生命拔节的蜕变与不易，故而它在果木中独备四时之气。

除了观赏价值和满足口腹之欲外，枇杷还有着不错的药用价值——消食止渴。枇杷中含有的有机成分能够刺激消化腺分泌，可增进食欲，帮助消化、吸收，有助于改善消化不良。此外，它还有清热、生津、止渴的功效。

枇杷中还含有苦杏仁苷，有润肺、止咳、去痰的功效，适用于各种咳嗽，尤其是黄痰患者，适量食用有很好的缓解效果。目前药店里各种"枇杷露"是止咳良药。枇杷中含有比较丰富的 β-胡萝卜素，对于保护视力和促进儿童的身体发育有着重要作用。

枇杷有别名吗？为什么叫"枇杷"而不是"琵琶"？

枇杷的别名有芦橘、金丸、芦枝等，蔷薇科枇杷属植物。枇杷原产中国湖北西部与重庆一带，以东南部栽培最盛，因叶子形状似乐器琵琶而得名。市面上主要有白色和橙色两种，称"白沙"（白枇杷）及"红沙"（黄枇杷）。其中白沙甜，果形较小；红沙较酸或颇酸，果形较大。每个枇杷果子内有五个子房，当中有一至五颗发育成棕色的种子，人工开发的无籽品种则无种子。

目前，浙江最有名的枇杷品种是杭州的塘栖枇杷。据史书记载，塘栖早在隋代就开始种植枇杷，已有1400多年的历史。塘栖枇杷始种于隋，繁盛于唐，极盛于明末清初，自唐代起被列为贡品。苏东坡在杭州任刺史,有"客来茶罢空无有,卢橘杨梅尚带酸",张嘉甫问他:"卢橘是何物也?"苏东坡回答:"枇杷是矣。"

《杭县志稿》中有详尽记述:"塘栖为杭州之首镇,土地肥沃,物产丰富,凡镇周围三十里内皆为枇杷产地。有塘栖专产而它处不及者记之,以见生植之美。"

由此可见,塘栖一带的枇杷,确实不是浪得虚名的。每到5月塘栖枇杷上市,在余杭的妹妹、妹夫总会打电话约我们一家去摘枇杷,说再不去就吃不到贡品白沙枇杷了!

思及此,不由得停下五指,想着是去仁和镇还是崇贤镇,在何处山乡寻一块挂满枇杷的原野,去重温儿时上树摘枇杷的童趣,那真是太过瘾了!

又想起一则趣闻。白肉种枇杷肉质玉色,古人称之为"蜡丸",宋代郭祥正写道:"颗颗枇杷味尚酸,北人曾作荔枝看。未知何物真堪比,正恐飞书寄蜡丸。"古代北人不识荔枝,不识枇杷,今人应该不存在了吧,毕竟当今信息如此发达。

玉而为兰

浙江美术馆的南大门边有一树玉兰，每逢春天我从那儿经过都想拍几张"玉"影，可惜都很匆忙。它开得早，而赶早的摄友，尤其以玩自拍的美女居多，这些人在树下拍照，或站在美术馆的牌子前面，无疑为证明自己到过美术馆了，占尽先机。于是我只好礼让作罢。

玉而为兰，非玉非兰，却色如玉、香似兰；玉为刚君子，兰为柔君子，这两者却在玉兰花上完善融合。玉兰花，它既有玉的质地，又有兰的馨香，真是太完美了。

其实，玉兰真的是"兰质蕙心"的花，不独它的名字留香千载，同样，它是有底气和中国文化融合的一朵文化之花。于是就想写一篇有古韵的文章，就定为《玉而为兰》。

不独美女喜欢着汉服在玉兰花下拍照留念，很多文人雅士也是它的狂热粉丝。

这里要提一个玉兰的超级粉丝——文徵明，明代江南四大才子之一。文徵明的藏书楼就叫"玉兰堂"，他写了多首与玉兰相关的诗，下面这首《玉兰花》最出名：

> 绰约新妆玉有辉，素娥千队雪成围。
>
> 我知姑射真仙子，天遣霓裳试羽衣。

影落空阶初月冷,香生别院晚风微。

玉环飞燕元相敌,笑比江梅不恨肥。

在诗中,他称玉兰为"姑射真仙子",极力夸赞玉兰高雅、遗世独立之风。而文徵明这个人算得上是一个有着"玉质"性格的人。他的仕途是不顺的,54岁才当上官。从小他就不被家人看好,还有点笨,2岁还不会说话,6岁站立不稳,八九岁口齿不清,11岁才会顺畅说话……26岁参加"科考",一直考到53岁也没考上。进进出出考场9次,仍然在衙门外徘徊。而和他齐名的才子唐伯虎在同样年纪时先是考上苏州府第一名,后又考上应天府第一名。如果不是科场泄题案事发,唐寅早就入朝做官了。而54岁时,文徵明才以岁贡生身份被工部尚书李充嗣举荐到京城,经过吏部考核,得了一个翰林院待诏的职位,相当于从九品,实在是差强人意。没有工作经验,又没有多少背景靠山的他干起来也是不爽的。职场失意,升迁无望,一场运动更是促使他决定辞官归里。

"独骑羸马出枫宸,回首长安万斛尘。白发岂堪供世事,青山自古有闲人。荒余三径犹存菊,兴落扁舟不为莼。老得一官常卧病,可能勋业上麒麟。"(《致仕出京言怀》其一)次年春天,文徵明回到苏州老家,来到玉兰堂前,虽然玉兰花期已过,但对他来说,字画里的玉兰是那么纯粹、那么亲切!看画里玉兰抽枝含苞,与蔡羽、汤珍等好友坐船游湖,在浒溪草堂喝茶吟诗才是他的人生选择。

文徵明活出了玉兰一般的人生高度。他眼中的世界鲜洁如玉兰,清明、美好。

如果说玉兰一样的才子以自身修为活出了玉兰的品质,那么玉兰本身又何尝不是一道亮丽的中华文化风景线呢？

当春风吹醒万千柳条，玉兰也已仰望天下枝了。红的娇艳，白的袅娜，如羽鸽伏于枝丫间，似巨笔架于树丛中。

我喜欢水边的玉兰，它们一树惊艳，远远地，如雪压琼枝，似特立独行的美女，光芒万丈。

我喜欢山中的玉兰，它们仿佛是凡间仙葩、岁月精灵。它们洒落于万千绿树丛中，似岁月宠辱不惊的灵魂，仙气飘飘，灵秀怡然。

我喜欢植玉兰于庭院，它仿若老旧册页的字画，碧瓦白墙，或者赭色轩窗。彼时玉兰正盛，由此向窗外瞭望。枝枝叶叶间，那些跳跃的绿色向人袭来，一股清凛之气，将人的身心洗涤得纤尘不染。

王维曾精心打造的自然山水园林辋川别业里，专门建有"木兰柴"和"辛夷坞"。王维还写了一首《辛夷坞》："木末芙蓉花，山中发红萼。涧户寂无人，纷纷开且落。"

我多么希望能像王维一样拥有一个植有玉兰的院落。空了，我就在院子里数着花瓣，将日子过成诗，将诗写在玉兰花瓣上，夹在黄色的册页里。我多么想学文徵明，拿起笔，描玉兰的一枝一叶，看它像少女光洁的额头，那时候，我的画笔下就会汩汩流淌出诗歌。

辛夷、木笔等，都是玉兰的古称。"玉兰"这名字大约出现于明代。名字的得来，在明人王象晋《群芳谱》里有记载："玉兰花九瓣，色白微碧，香味似兰，故名。"

一个城市，广植玉兰于庭院中的恐怕只有苏州了：拙政园、狮子林、留园、耦园等。古人似乎对这种花情有独钟，故而，也就创造了这一幕令人迷醉的人文风景。

玉兰可视为美人，更可看作君子。君子如玉，而白玉兰的花色朴素无华，被人称为"仿佛经了玉工的手，且琢且磨"而成，玲珑剔透，不染纤尘，这正是君子之风，也正是明代王谷祥《玉兰》诗中所赞美的"皎皎玉兰花，不受缁尘垢"。

常想，做人当如玉兰，枝枝总关情，叶叶当青翠，气质高雅，遗世独立。做人亦当如玉兰花般玲珑剔透，晶莹如雪，有骨气，有境界。

童年的山野零食

童年的山野里有着很多珍奇的零食，在地头，在树丛中，在路边灌木林里，它们是我在饥肠辘辘的年代里难得的美味，至今让我难以忘怀。

茅茅针

"茅茅针，分钱根"，茅茅针的大名叫"谷荻"。《本草纲目》记载："春生芽，布地如针，俗谓之茅针，亦可啖，甚益小儿。"在春天的原野上，到处可见这种茅草的"针芽"，你只要去拔，哪儿都有。河南一带又叫"茅线"，因为它细如丝，似圆锥状，有三分之二露在地上，因此采摘起来很容易。把牛儿放在山坡上的时候，我们便开始拔茅茅针比赛，看谁拔得快、拔得多。不一会儿，我就拔了一大把，饿了扯开茅茅针，里面绒线般的幼芽吃起来清甜可口，越嚼越有味道。我们边嚼茅茅针，边商量着明天下午去哪儿放牛。我说："'老冲坳'那边茅草多，茅茅针也多。我们上那边去放牛吧。"

仁军有点不以为然。他要放的牛是一头水牛牯子，爱打架，他担心自家牛会和三队的牛打架，因为三队的人也喜欢去那边放牛。

最后大家商量好去"土地脑"上放牛。可是那边长茅草的地方不是很多,加上一队的田地在那边,第二天我们去拔茅茅针,也没有拔到多少。

当饥饿袭来的时候,我们就想到别的可以果腹的野菜了。比如山蔷薇的根——刺桄。

刺桄

刺桄长在山蔷薇上,有刺。但是我们也顾不得那么多了,冒着被刺到的风险,在灌木丛里挑嫩枝,每当找到一根,总是折下来放到一处。渐渐地,地上的刺桄攒得差不多了,我们就聚到一处来品尝。将刺桄茎剥皮后食用,它柔嫩多汁、清脆可口,让我们如饮纯醴。一个下午的饥饿总算忍过去了。

我们唱着歌,听着"归归阳"的鸟叫声在日落之时踏上归途。自然,刺桄不好采摘,更不好携带。我们只能像牛儿一样,吃饱了,解渴了,也就满足了,然后寻找别的零食,以备不时之需。

我们会去找一种叫"鸡把腿"的野菜。

鸡把腿

鸡把腿,又叫"翻白草""天青地白",它是一种个头矮小的野菜,在农村里也是很多的。它的叶子上面绿下面白,据说是一味全身是宝的中药材。《本草纲目》里说:"鸡腿儿生近泽田地,高不盈尺。春生弱茎,一茎三叶,尖长而厚,有皱纹锯齿,面青背白。四月开小黄花。结子如胡荽子,中有细子。其根状如小白菜头,剥去赤皮,其内白色如鸡肉,食之有粉。小儿生食之,荒年人掘以和饭食。"

我们更关心它的块根,剥掉皮,肉白嫩又粉,吃起来味道是很不错的。

鸡把腿在沙质土里生长,河湾、山谷、坡地比较多。

三月泡

三月泡是野山莓的俗名。这种野果吃起来有一种特别的香味。它长在灌木丛里,往往是一树一树的红果子,亮眼,而且香气扑鼻。

我们喜欢大把大把地吃,吃得满嘴喷香,吃得不忍放手。但是如果多的话,就摘一些巴掌大的桐叶将三月泡包起来,拿回家给弟弟妹妹吃,他们就像过年一样开心了。这时候,母亲也会凑过来吃一点,表扬我们战果辉煌。"不错。"父亲瞄了一眼说,"我小时候经常去摘的,那时候山上到处都是。可是找的人多,就没剩几颗果子了。我们喜欢摘下挂在裤袢上,走路一甩一甩的,还唱着歌。"

父亲就唱起来:"小小竹排江中游,巍巍青山两岸走……"他一边哼着歌,一边掏出烟叶,我不知道他又想到了哪一段往事,但他在哪一道山梁上,一定留下过采野菜、摘三月泡的身影。

羊奶子

羊奶子的学名叫"胡颓子",现在主要是用来做行道树,防风护坡,因为其外形美,生长旺盛,具备观赏性。

《炮炙论》中写道:"所谓雀儿酥也,雀儿喜食之。越人呼为蒲颓子。南人呼为卢都子。吴人呼为半含春,言早熟也。襄汉人呼为黄婆奶,象乳头也。"

因此,羊奶子的叫法有很多种。在我们老家湖南西部,哪儿都能见到它的身影。当它的果子由绿变黄,由黄变红,别说鸟雀喜欢,在我们看来,也是极具诱惑性的。

当我们来到地里锄地,看到一树羊奶子披红挂绿,母亲也会扯一把叶子做成个尖锥形袋子,用来装羊奶子。它的味道酸中带甜,吃起来口齿生津,能刺激人的食欲。在那个物资贫乏的年代,饱餐一顿羊奶子,更有助于我们消化晚上吃的红薯饭、苞谷粑。

救兵粮

救兵粮的学名叫"火棘果",也是一种风景灌木,用于道路绿化、园林布景。它的果实在秋天成熟。听老辈人说,以前红军在山野上没有粮食吃,就把它采来充饥,因此才有"救兵粮"的俗名。

它是不俗的,无论是树形,还是长满棘刺的树身,都具有观赏性。

小时候,确实可以大把采来当午饭吃。它的果子也是酸甜各半,有时酸多于甜。

这是一种四处可见的灌木。

当我们在秋后走过田野、山冈,看到一丛绿中泛红的"救兵粮",心里就会漾起食之果腹的暖意,同时也会对它关爱有加。因为它不只给人带来秋天的讯息,还那么具有欣赏性,让人驻足观赏,流连忘返。

欧阳贤有《忆江南·火棘》词道:"深秋末,瘦草半成黄。犹见青枝含艳果,孤山晨色好风光。独赏一穹霜。"

家乡的蒿菜粑

湘西蒿菜粑是一种美食，入口软糯，香飘千里，总是让人思之念之。

趁着回家探亲，我们请二姨、三姨现场演示它的制作方法。

先要准备原料，准备米粉、糯米和黏米各4—5斤。具体按1:1:1配齐，根据各人的需要备足原料。如果喜欢吃糯一点的，就多放一点糯米。

接下来准备馅料。可以买五花肉切成丁，放入咸菜、辣椒炒，喜欢吃甜的，就准备豆沙馅。

先把原材料按照比例准备好。

再就需要准备蒿菜了。去山上采集蒿菜，洗干净放入水中煮沸，将其沥干水分后剁碎，越细越好，不然和在米粉里会影响口感。蒿菜剁细后再放入水中熬煮，中火煮30分钟，快好时加入适量的糯米粉，搅拌均匀即可。多放一点蒿菜，这样味道也许会更好。

这个时候要用力揉搓，使米粉和蒿菜充分搅拌。母亲告诉我们，一定要使蒿菜和米粉完全融合好，时间会比较长。母亲让全家人中体力好的，尤其是年轻人都过来帮忙。将掺好的米粉和蒿菜用力揉，劲道足才好。母亲和二姨、三姨在一旁助阵。三姨说："现在是需要你们上阵的时候了,加油!"二姨也补充说:"水不要放多,这样粑粑才能成形。你们几个来比比,看看谁揉得又大又匀称。"

我建议孩子们来场比赛。今年刚刚参加高考的外甥女小柴揉得更匀称,侄女小周揉得也不错,女儿文文则揉得有点稀烂了。母亲说:"加点米粉就好了。"文文加了一点米粉,终于解决了问题。我揉了一个大的,力气是用上了,可是要论均匀,母亲评价说还需要努力。我就撕了两块给小柴和小周:"就看你们的啦!"

三姨在边上开玩笑说:"你是秀才遇到兵了。"我接话说:"可不是吗?两个新秀才——大学生比我强一点点,那是长江后浪推前浪——后继有人啊!"

二姨性子急,说:"依我看不是勇勇的问题,这个比例和柔软度真是不好说的。那是技术活,有经验了才好。"

母亲也笑了,说:"现在可以揉团子了。先用小柴的!"

小柴按照外婆的指导在揉团子了。她说:"老妈你不要闲着,拿馅过来啊!"

妹妹连忙停下手中的活,往梧桐叶上刷油,这样不容易粘锅。

二姨补充说:"我一大早就去了山上,找了好久才摘到梧桐叶。现在是找遍山林都难找到的。我们村自从田地归公,就只剩胡家冲那边还有点沙地,有几棵茶树和梧桐树。我走到那边,路不好走,差点把腰扭了。"

母亲说:"那要当心啊。为了我们家这几个'下河捞'(外地人)回来有点新鲜玩意,你辛苦了。但你年纪大了,千万要当心!"

二姨说:"没事的,本来就是农村人,哪有那么娇弱?只是好久没有活动了,腿脚都不好使了。"

大家一阵打趣,有的已经在包粑粑了。一会儿,文文包了一个馅超多的,包好了又合不上,着急了:"奶奶,要炸啦,要炸啦!"

母亲哈哈大笑,说:"把馅拿出来呀! 拿出来就好。"

三姨说:"真是秀才的后代。少包一点就好了呀!"

我拿着一张梧桐叶,想到我的童年时光。我们在梧桐树下捡桐子。勤工俭学的时光虽然累,却也令人难忘。桐子是用来榨油的,可以点灯。那时候,点一盏油灯,灯光下,我们翻着书夜读、背书,至今令人难忘! 梧桐叶用来包粑粑是非常好的,它透气,又比竹叶宽,关键还不用买。小时候漫山遍野都是啊,采回来就能用。

这时,孩子们在包粑粑了。有人说少包一点豆沙馅的,甜的吃多了不好;有人说馅多了怕浪费;有人问啥时候上锅;有人说干脆晚饭就吃粑粑,不要煮饭了。

母亲把包好的粑粑放在锅里蒸。她一边在蒸笼上放粑粑,一边说:"半小时就熟了。"

而妹妹则说,自己要给谁谁带点尝尝。三姨说要给深圳的女儿们带些。

母亲半小时后打开锅盖,拿出热气腾腾的粑粑。我迫不及待地拿起一个粑粑咬了一口,哇,咸肉的香味一下子就唤起了我的乡情,真的是糯软有味,让人难忘啊!

这时母亲说:"你爸爸在的时候,也很喜欢吃这个粑粑的。"大家听了都沉默起来,气氛顿时凝固了。

二姨、三姨赶紧说:"是的,大哥在的时候,不仅喜欢吃这个蒿菜粑粑,也喜欢吃糯米年粑!"

这时,母亲说:"快吃粑粑,等下凉了就不好吃啦!"

屋子里顿时又热闹起来。

当我把蒿菜粑图片发朋友圈后,一个高中同学告诉我,还可以多放一点蒿菜,这样卖相更好。

我想,虽然我们做的蒿菜粑还有待改进,但我们动手的体验是有乐趣的,还唤醒了我们的乡情。这不仅是一次美食传承,更是一次亲情的呼唤与回归!

想起这次做蒿菜粑的经历,确实令人难忘!

辑二

家乡有河名沱江

大明湖的冬天

去济南的时候,我对大明湖的印象是模糊的。我们从菏泽出发,时间已近晚上9点,到了济南再打车去酒店,已经快到11点了。从汉庭酒店前台拿了房卡,女儿和夫人进房间后倒头便睡了。我却做了几个梦,梦里总是想起那句"皇上,还记得大明湖边的夏雨荷吗"——这是《还珠格格》里的台词。

第二天醒来后,我便急不可耐地去大明湖了。那是一个气温在零下9摄氏度的隆冬上午,太阳虽然挂在天边一角,然而总被寒冷威逼,变成一个红心鸭蛋,除了天上那一抹象征性的红,似乎一点也没有用了。

我听见前面几个一起来游湖的人在说:"这么冷还要游吗?风很大。"此时,大明湖的东面,山寒水瘦。近处的荷荡上,荷梗顶着几块冰帽,这里一圈,那里一圈,那样才让人感觉到冬天的形貌。芦苇丛在视野左边此一束彼一丛,长得野性,也长得浪漫。

几株松,我疑心是黄山松,在曾堤过桥不远的一块园地里长着,可惜株身不高,想必是从南方移植过来不久。

此刻,我真感觉到大明湖的寒冷了。老舍先生说济南的冬天是响晴的,估计跟他是北京人有关吧。如果是像我一样的南方人,谁扛得住这零下9摄氏度的低温呢?

在我看来,大明湖是一个有深厚文化积淀的湖。湖的南北岸汇集了庙宇小桥、钟楼道观、名人雅舍、传说戏楼、亭台楼榭、画舫、苇丛、溪流等景观,这就使得冬天的大明湖多了一层暖意。就像午间的风,它也许懂得迎来送往,让我这个外乡人的脚步一点点放慢,不得不与它待着,任凭湖边的游人三三两两来去,我却无法挪动一寸。大明湖实在是太热情了,热情得让我忍不住来打卡。

曾堤是纪念曾巩的。曾堤旁边的高处汇波楼里有一座纪念馆。曾巩大器晚成,属于励志型偶像,早年读书勤学,39岁中进士,在齐州(今济南)任职期间,整肃治安,振兴教育,加之为官清廉,为文为诗开一代风韵,故称"醇儒"。登上汇波楼远眺,想起他的《郡斋即事二首》其一:"满轩山色长浮黛,绕舍泉声不受尘。四境带牛无事日,两衙封印自繇身。白羊酒熟初看雪,黄杏花开欲探春。总是济南为郡乐,更将诗兴属何人。"不免为这位名士的文才点赞。真性情人也,真正的文宗也!苏轼曾赞其"醉翁门下士,杂逻难为贤。曾子独超轶,孤芳陋群妍"。

下楼过了曾堤,附近有一高楼跃居高台,层层上拔,名为"超然楼"。超然楼始建于元代。据《历城县志》记载,元代学士李泂在泉城济南的大明湖水面亭后建超然楼。此后,明清两代许多名家在此留下诗作。但原楼久已不存。2007年,大明湖扩建工程开工后,寻其旧址,将其重建。2008年8月,重建超然楼正式开工,次年建成。重建后的超然楼高51.7米,面积达5673平方米,共有7层。站在这里观光,可俯视整个大明湖。

参观需要购票,类似于杭州城隍阁,但用公园卡是有优惠的。我等外地人,也就宁愿外部观看一下了。

此行还特地参观了大明湖畔的老舍纪念馆,老舍对济南的感情尤深。他写过《济南的冬天》《济南的秋天》《大明湖之春》《趵突泉的欣赏》等散文,还写了长篇小说《大明湖》,可见济南是他游历讲学的驿站,也是他迎来写作生涯又一高峰的宝地。

今游大明湖老舍纪念馆,感受到先生对大明湖的这份挚爱。我一路走来,眼前清幽的湖水像碧玉一般。告别先生,我折回来到湖北岸藕神祠。此处傍湖,但见湖面波光粼粼,想起《大明湖之春》里的句子"大明湖的蒲菜、茭白、白花藕,还真是它驰名天下的重要原因吧",我就突然明白,济南人所拜的也许是一位"女神"——李清照。藕神祠祠联道:"是耶非耶,水中仙子荷花影;归去来兮,宋代词宗才女魂。"那荷花仙子,那清秀才女,竟然如此契合,是有意耶,还是无意乱搭耶?

走过明昌钟亭,惊讶于其在北宋时期的佳话——据说有俗姓刘的僧人入汴京勤王,因此众人为纪念他筑楼,以资表彰。站在亭的一侧,可以看到碑记和下面的响泉之水,才念及这里的一物一景,竟然很不寻常。

我们还顺便游了湖北面的孙墨佛孙天牧书画馆,参观了雨荷亭等人文传奇建筑。想起来真的是收获颇丰!

对于大明湖,个人感觉它是明丽的湖,也是厚重的湖。如果没有这清澈的水,没有这修竹相伴、细柳相随,没有这结了冰的壮观,你就不会感觉到济南人冬天的热情,以及大明湖边老百姓的悠然自得和节日里的热闹非凡。

　　大明湖的冬天，虽然寒冷，但人们内心是火热的，脚步是敏捷轻盈的，心里的温暖也是实实在在的。

　　自然，济南大明湖是包容的、雄奇的，是寒冬里的一抹暖色。

孤山不孤

　　总算能全方位地品读孤山了。首先是孤山这一名字的由来。现在通行两种说法。一种说法,因为其乃"湖中独立一山"(《方舆胜览》),"一屿耸立,旁无联附,为湖山胜绝处"(《咸淳临安志》),故名"孤山",又称"孤屿"。另一种说法,孤山一度为皇帝所独占,南宋理宗在此建规模宏大的西太乙宫,把大半座孤山划为御花园;清朝时,康熙在此建行宫,雍正皇帝改行宫为圣因寺。皇帝独占,别人就不能去了,故称"孤山"。两种说法都有其道理。若问我的看法,我比较赞成前者。孤者,独绝也,这满湖风景,以及周边群山,互相烘托映衬,风韵自是无限。别的山呢,又在四围,只有孤山在湖中,独得其美,不叫孤山似乎亏了。

　　其实,孤山是一幅水墨画。它素朴,静默。岭南诗人、金石家许炳璈在孤山建了一座生圹,旁筑云亭,但最终未能完成埋骨西湖的愿望,只留下一段风雅,得与孤山云水相伴。许炳璈生前终日与名士来往,在亭旁凿"云泉",泉后削石成壁,以供题刻。云亭的六根方形石柱上,二十四个平面写满了友人们楷、隶、行、篆等各种字体的楹联。其中,"无怀葛天以上,美人名士之间"为许炳璈撰书;"千年老鹤三生石,万树寒梅四照亭"为崔永安撰书。如今的云亭古旧得有些黯然,却还在山水之间静默伫立，仿佛在诉说着那道不尽的尘缘。

和孤山结缘最久远的当数处士林和靖了。处士者，有真才实学而未做官之人也。林和靖"少孤，力学，不为章句。性恬淡好古，弗趋荣利，家贫衣食不足，晏如也。初放游江、淮间，久之归杭州，结庐西湖之孤山，二十年足不及城市"。满腹经纶、精通诗书画的林处士在40多岁正当年时选择隐居孤山，一隐就是20年。"茂陵他日求遗稿，犹喜曾无封禅书"，人家就是去世了，也不愿意出来当官。他不仅不愿意当官，写诗也是写完一首就扔。当人们沉醉在"暗香浮动月黄昏"的美妙意境中，又岂知这个隐者内心的修为已臻无上之境。他在《孤山寺端上人房写望》中有"阴沉画轴林间寺，零落棋枰葑上田。秋景有时飞独鸟，夕阳无事起寒烟"之句，把一个沉浸在宋时淡烟细水里的痴客心境描绘得如此熨帖！人格境界实在是超然独卓！

孤山因而成了如林和靖和许炳璈们的精神皈依之地。

苏曼殊僧人曾长眠于此。苏曼殊早年投身革命事业，是集情僧、诗僧、画僧于一身的奇僧，尝与章炳麟、柳亚子等交游。他一生能诗善画，通晓日文、英文、梵文等多种语言，可谓多才多艺，在诗歌、小说等领域皆取得了成就。

秋瑾经十次迁葬，最终埋骨于此。秋瑾，字璿卿，号竞雄，别署鉴湖女侠，浙江山阴（今绍兴）人，辛亥革命时期同盟会浙江分会会长，我国近代民主革命家。她致力于推翻清政府统治，积极投身于救国救民的革命运动。1907年7月13日在绍兴大通学堂被捕，同月15日在轩亭口英勇就义，牺牲时才33岁。因其生前有"埋骨西泠"的愿望，再三辗转，由好友吴芝瑛与徐自华将其遗骨安葬在西泠桥畔。

晚清、民国之际,除秋瑾、苏曼殊外,陈英士、徐锡麟、裘绍、尹维峻、陶成章、杨哲、沈由智、林寒碧等辛亥英烈陆续归葬于此。

另有惠兴女士墓。惠兴女士,满族人,1904年创办贞文女学堂,后更名为杭州惠兴中学。

还有冯小青墓。冯小青(另一说小青,不知姓氏)约为明代万历时扬州人,母亲是女塾师。小青早慧,颇有才气,闺彦聚会时常能语惊四座。16岁时,小青嫁杭州冯姓豪公子为妾,大夫人善妒,将她移居到孤山别业。小青病重,请人作画。自奠而卒,一恸而亡。

孤山汇聚了烈士处士、悲情孤媚、慈雅善人的圹居,几乎是一步一坟头。走入其深莽丛林,莫名泛起种种幽情悲意,给它蒙上了一层淡淡清灰。在烟雨凄迷的季节,用山含悲声、情郁于中形容毫不为过。由此,它也就成了一幅水墨画,背景是苍翠幽微的。过客游此总有一种沉重,甚至于无言的悲戚感。

孤山,更是一幅美丽的油画。它色彩丰富,细腻逼真。它是西泠印社的发祥地。西泠印社,创建于清光绪三十年(1904),由浙派篆刻家丁辅之、王福庵、吴隐、叶为铭等召集同人创建,吴昌硕为第一任社长。其以"保存金石,研究印学,兼及书画"为宗旨,是海内外研究金石篆刻历史最悠久、成就最高、影响最广、国际性的民间艺术团体,有"天下第一名社"之誉。

文澜阁坐落在孤山下的浙江省博物馆内。文澜阁,为清代乾隆年间为珍藏《四库全书》而建造的全国七大书阁之一。清乾隆四十九年(1784),文澜阁建成。文澜阁原为圣因寺藏经阁。

傍依皇家苑囿的浙江省博物馆,馆藏文物及标本10万余件,文物品类丰富,年代序列完整。其中,河姆渡文化遗物,良渚文化玉器,越文化遗存,越窑、龙泉窑青瓷,五代吴越国及宋代佛教文物,汉代会稽镜,宋代湖州镜,南宋金银货币,历代书画和金石拓本,历代漆器,革命文物等,都是极具地域特色及学术价值的珍贵历史文物。

比如馆藏罗聘所画的《金农像》,实乃孤品,精绝细腻。罗聘,祖籍安徽歙县,字遯夫,号两峰,别号花之寺僧、金牛山人等,"扬州八怪"中最年轻者,兼能诗,有《香叶草堂集》。金农亦是清朝画坛"扬州八怪"之一,他生活在康熙、雍正、乾隆三朝,因此他给自己取了"三朝老民"的闲号。

由此可见,孤山是座文化园林,具有非比寻常的内涵。它还是文人读书的福地。敬一书院始建于清康熙二十四年(1685),由时任浙江巡抚赵士麟在西湖边的孤山上亲手创建,并担任主持。1999年,按清式书院建筑风格对敬一书院进行了重修。主体建筑由前后两进厅堂和左右两厢房构成四合院,院西侧另辟园林。书院前一进厅堂题额"瀛屿芬馨",书院后进厅堂题额"秀萃明湖",堂内展出孤山历代名胜图,包括平湖秋月、孤山霁雪、清帝西湖行宫八景等,串联成一幅"文化的孤山"长卷。赵士麟平生最重一个"敬"字,他将书院取名为"敬一",意谓"一念不敬,心便放逸;一刻不敬,体便松懈;一言不敬,言便招尤;一事不敬,事便取悔"。长者之言娓娓道来,至今刻在学子心间,成为悬挂恒久之铭文。

诂经精舍,书院名。嘉庆二年(1797),浙江学政阮元于西湖孤山上购屋50间,集全省通经之士纂辑《经籍纂诂》。阮元升任浙江巡抚后,于嘉庆五年(一说为嘉庆六年正月)将其辟为精舍。教学内容为经史疑义及小学、天文、地理、算法等,那时已经初具现代学校的雏形了。

楼外楼位于此地,百年老店,它的创始人叫洪瑞堂,是一位从绍兴来杭谋生的落第文人。他从南宋诗人林升的诗中取了三个字,把自己的小店取名为"楼外楼"。餐厅地理位置绝佳,坐落于西子湖畔,环境优美,是一家有文化底蕴的老店。当年周恩来总理曾在此宴请苏联最高苏维埃主席团主席伏罗希洛夫一行。

一座山,有墓葬,有庙宇,有行宫,有博物馆,有书院,有饮食名店,有公园,有梅林鹤亭,有名人雕塑,可以说种类齐全,而又文化厚重。因此孤山是"不孤"的,不仅不孤单,而且热闹、庄严、厚朴而又持重。

如果说孤山是"孤"的,应该是说它在文化厚度上是孤绝的。你看它包含了儒、佛、道等文化元素,加上特有的园林美景,彼此烘托,彼此依傍。登临38米高的山顶,但见四面西湖波光粼粼,西北靠葛岭宝石山,东北望断桥,西南瞰苏堤。它拥有30余处名胜景观:放鹤亭、林和靖墓、西泠印社、玛瑙坡、文澜阁、清行宫遗址、敬一书院、秋瑾墓、六一泉、苏曼殊墓、林社等,可以说是包罗万象。

如果让我选择,我情愿于孤山中结庐,哪怕只在范公亭里坐一坐,我也心满意足。然后用一个下午的时光冥思遐想,瞬时感觉梅花就"落满"了孤山。

家乡有河名沱江

3月22日,由中华人民共和国水利部和重庆市人民政府联合举办的第二届寻找"最美家乡河"活动揭晓仪式在重庆举行。湖南凤凰沱江、重庆荣峰河等11条河流以乡情、文化、生态、发展等特质入选。凤凰沱江是代表湖南入选的唯一家乡河。

沱江,也是我的母亲河。

这条河流里,流淌着40余万凤凰人的血脉亲情。我在长篇小说《血脉》里写裴大光回白岩村探亲:"脚下,春水刚涨过,一丘丘田丰润得像孕妇,水满出来,流向了月口,流出了石板间的缝隙,漫过了路牙子。"这股水,也流向白岩溪,流向了沱江;这股水,孕育了鲜活的生命。

我生长于斯,当晨光熹微时,一个农民母亲诞下她第一个孩子,母亲让她的亲人挨家挨户报喜:"岩坎上四队周家生了个大伢崽。"父亲的口气是坚定的、骄傲的、急切的。这个父亲,是《血脉》里的裴大光;这个场景,是凤凰普普通通人家生生世世的写照。

生命是一条河,很多文学作品里都流淌着这样一条河。这条河,既是沈从文笔下沅江的母亲河,又是画家黄永玉笔下无愁河的原型。

沈从文1922年夏沿着这条河走出兵荒马乱的湘西,他抱着闯一闯的念头来到北京,找到他的表姐沈岳鑫和表姐夫田真一,表姐夫虽没给予物质资助，但送给他一句很受用的话——"既为信仰而来，就要坚守信仰，因为除此外你一无所有"。沈从文在西西会馆一间柴房里开始了他艰辛的文学创作。他把自己的文学梦想融入了对湘西边城，对母亲河两岸人和事的诗意神性书写中……

沈从文对沅江系列题材的书写在小说《长河》中汩汩流淌。而我对家乡河的记忆，同样充满感激，充满依恋。

母亲总是告诉我："你是妈妈从水里捡来的。妈妈在打水的时候，发现有个小孩在井里面浮着，赶紧把你捞上来。可别冻着那孩子呢，妈妈把你放在水桶里挑回来了。"

长大后，我一直对母亲讲的话有疑惑。如果水里能随便捞孩子，那也太神奇了吧。后来终于知道自己是母亲生下来的时候，母亲还是固执地说："妈妈的肚子里不是一汪水吗？"

想一想，母亲说得对呀。

既然孩子出生与水有关，那么沱江就是一条孕育无数生命的母亲河了。

小时候，父亲带着我去摸鱼捞虾，我们曾沿着白岩溪走出了家乡，来到了沱江的上游。白岩溪在凤凰长宜哨与堤溪之间流进了沱江。

那么，它的上游在哪里呢？后来才知道，沱江为湖南省凤凰县境内最大的河流，为武水一级支流，源头之一为乌巢河，发源于禾库都沙南山峡谷中，滩险流急，天雨水涨，行旅多阻。沱江从西至东横贯凤凰县境中部地区，流经腊尔山、麻冲、落潮井、都里、千工坪、沱江、官庄、桥溪口、木江坪等9个乡镇。至吉首市河溪镇汇入峒河（武水），在泸溪县武溪镇汇入沅江。

　　干流全长 131 千米，在凤凰境内有 96.9 千米。这条长河流出了天堑。在云贵高原向武陵山脉过渡地带，乌巢河把它们隔开；如今，一座大桥又把腊尔山台地和其他山脉连接起来。上游的苗族人民靠着它生活、生存，繁衍生息。

　　这条河，流出了 3000 年凤凰历史。在下游官庄乡龙潭村沱江两岸考古发现，土层中留下来的石器和兽骨，经考证有商周时代的典型特征。

　　沱江，也流出了无限风景。小时候和父亲去钩儿坡上打柴，父亲让我向沱江对岸的放牧人喊山歌："我家住在高山坡哎——生来最爱唱山歌哦——"

　　对面山上就响起即兴的回答："今天和我来对歌哎——我让你半边嘴巴角哦——"

　　唱毕，只听见落石投江的声音，有人举起石头往江里扔了！

　　父亲感叹着说："苗伢崽野得很！算了，我们去摘八月瓜吃。"

　　我们听得出对面苗族少年吆喝牛的惬意和自在！他唱着我们听不懂的民歌，陶醉在乡韵里。

　　沱江，流淌着朴素的乡情乡音。在两岸生活的苗汉两族人眼中，它是我们共同的家园。

　　瑞士驻华大使白瑞谊参观凤凰古城时说："这是一个被旅行者发掘的世外桃源，吸引了众多的游客慕名而来。"

　　大使说的是沱江流经凤凰县城的一段，这里两岸青山，夹江而峙。吊脚楼以独特的模样悬挂江岸，江水清澈，潺潺东流。白天，吊桥人立、石桥纵横、水车作歌，构成一道独特的风景。入夜，江水倒映两岸房屋,只见繁灯万点,辉煌昳丽,恍如隔世蓬莱。这时候,中国首个水上沉浸艺术游船项目"湘见·沱江"上演了一个节目——一个身着红衣的"翠翠"凝眸远望,或风情款款欠身,或翩翩起舞,令人遐思,让人浮想,使人心潮难平!

沱江之美,美在风景独特,如诗如画。

沱江是古城凤凰的母亲河,她依着城墙缓缓流淌,世世代代哺育着古城儿女。坐上乌篷船,听着艄公的号子,看着两岸已有百年历史的土家吊脚楼,别有一番韵味。顺流而下,穿过虹桥,一幅水乡的画卷便展现在眼前:万寿宫、万名塔、夺翠楼……一种远离尘世的感觉油然而生。

沱江之美,还美在人文,厚重蕴藉。

除了沈从文"北漂",成了一代大文豪,还有众多的俊秀英才。

凤凰历史上,既有感天动地的英雄,如郑国鸿,又有风云震荡的爱国政治家、实业家,如熊希龄。淞沪会战时,感慨"余虽六十老翁,此心不甘亡虏,一息苟存,誓当奋斗"的熊希龄,随即组织全家和慈幼院师生200余人为义勇军,开赴抗日前线。更有回国献身科研的材料专家、中科院学部委员肖纪美博士,著名画家、作家、中国第一张生肖猴票设计者黄永玉,宣布湘西和平起义的一代英杰陈渠珍将军,苗族银饰锻制技艺传承人麻茂庭、龙米谷,蓝花布印染技艺传承人刘大炮……

江流浩瀚,人杰地灵。母亲河沱江衍生了底蕴丰厚的凤凰历史。

从远古盘瓠到凤凰厅,到辰沅永靖兵备道,到民国,到今天,走在古巷中,脑中涌现众多凤凰名人的身影。凤凰的风景是蕴藏着文化的,但这文化是沉重的。奇梁洞古战场、落马河等众多名称正像这美丽风景的胎记,时时提醒着你。这文化是朴实的。走进沈从文故居、熊希龄故居、黄永玉画屋,简陋的陈设,惊人的成就,强烈的人格力量,让人油然升起一种敬仰,完成一次神圣的文化洗礼。这文化又是鲜活的。寻常人家那些制作工艺独特、艺术风格朴拙的蜡染、扎染作品和姜糖作坊系列,使人产生一种文化交融的联想。

让我们徒步,一点点走进这文化的丛林高地吧,感受优秀文化的滋润! 让我们荡舟沱江,在缥缈幻境中感受沱江的绝美风景吧!

让习习春风为这个古老的边城绣上最美的锦缎,让古朴的母亲河与最美的边城融合,缠绵出优雅的乡风流年!

让母亲河沱江焕发出生机,让沱江哺育的文明和文化发芽、滋长、成熟、生根!

九曜山纪行

杭州周边的山峰,九曜山算是海拔不高的山了,只有201米,另有玉皇山237米,贵人峰240米。因为山上曾有九曜星君殿,故有此名。《西湖游览志》卷三记载:"九曜山与赤山联属,旧有九曜星君殿。"

所谓"九曜",指梵历中的日曜(太阳)、月曜(太阴)、火曜(荧感星)、水曜(辰星)、木曜(岁星)、金曜(太白星)、土曜(镇星)、罗睺(黄旛星)、计都(豹尾星)。其于唐开元年间传入我国,道教吸收这一说法,形成"五曜星君""七曜星君""九曜星君"等神名,甚至出现"十一曜星君"之说。

这样看来,九曜山和玉皇山一样,有着较浓的道教气氛。

我是沿着南屏山往南边九曜山爬的,山势蜿蜒,但几乎都是缓坡,走起来不紧不慢,也不吃力。两旁的树有松树、栎树、樟树、枫杨等,高低错落,形成一道道天然屏障。

南屏山的主峰慧日峰海拔只有131米,多数石岩由二叠系石灰岩构成,因此看石也是一大乐趣。这里的石头多峭壁、空穴。单单看石,也是蛮有看头的。当然这里最有名的是净慈寺传来的钟声,叫"南屏晚钟"。

净慈寺位于南屏山慧日峰下,面向西湖,为杭州著名丛林寺院,由五代吴越忠懿王钱弘俶于后周显德元年(954)创建。初建时,名慧日永明院,迎衢州道潜禅师入寺,由他首先开坛说菩萨戒,署号为慈化定慧禅师,并由吴越王赐紫伽黎,成为净慈寺开山祖师。

今在南屏山慧日峰下,有石佛洞、少林摩崖石刻、周昌题书以及《家人卦》。《家人卦》在幽居洞附近,为摩崖题刻。司马光父司马池曾于宋康定元年(1040)任杭州知府,封温公。司马光于宝元元年(1038)中进士甲科,因父在杭,来杭省亲,文为光代作。此段摩崖大抵是司马池守杭时所刻。

走出石刻区,沿着山上石板主道可见两旁有低矮灌木。有一种一树花长得像风车的,叫络石花。五瓣白色的小花瓣,一瓣瓣旋转着,还会散发出淡淡的清香,所以它还有"风车茉莉"的别称。

还有一种油麻藤树,它的紫色花落了一地,散发着一种鸡尾酒般的气味。紫色花一摞摞,一串串,密集生长。它的花瓣比较特殊,由旗瓣、翼瓣、龙骨瓣、花蕊四部分组成。据说是由蝙蝠、麝鼠等来传粉。李白《清平调》诗道:"名花倾国两相欢,常得君王带笑看。解释春风无限恨,沉香亭北倚栏杆。"这油麻藤是可以入药的,活血化瘀,舒筋活络,屏风山一带及九曜山山脊一带多有生长。它们沿着树攀爬,形成一道天然屏障,遮挡阳光。它们有时候缠成麻花状,看起来非常奇特。

当我踏上九曜阁,坐在西面茶楼里鸟瞰西北面的西湖,以及周边群山时,那种居高临下的开阔感非常强烈。东边则有一个亭子,可以看到玉皇山,以及远处钱塘江和江边高楼群。此时群山披翠,西湖潋滟,波光粼粼,一种君临天下的感觉涌上心头。有一年,杭州牙膏厂的青年人搞团建,最先到达的拿大奖,只要能爬到九曜阁,都可以领纪念品。记得五一期间，我当时曾和一个干部聊了一会儿。他说："杭州牙膏厂改制以后，私人老板管理比以前更严格了。从国有到私企，很多人是难以接受的。反正自己还有五年就退休了。"我因为父亲也经历过国企改制的发展阶段，就说："改制未必是坏事，说不定能起死回生呢。"

在九曜山，还有据说已有一千多年历史的佛教摩崖石刻。走到石刻处，旁边有百姓焚香的印迹。主尊佛陀跏趺而坐于平面呈长方形的须弥座上，佛像肉髻，右旋螺发，脸形长圆而饱满，双目俯视，眉间内凹，右手（已毁）举胸前结印，左手抚膝，手背表面风化，现在看到的双手都为近期修复。

杭州市园文局正着手修复这些历代真迹。虽然历史记载不多，没法体会其具体价值，但我们可以通过这种方式来保护文物，延长其"生命"。

爬一次山，我觉得九曜山的神奇在于它既是佛教又是道教的重要场所。它有一千多年前的五代吴越国弥勒造像，为一佛二弟子二菩萨二天王七尊一像。它有北宋摩崖雕像群，还有传说中的九曜星君殿，虽然这个大殿没有保存下来，但是它厚重的历史文化本身所散发出的魅力是久远的。

爬一次山，我领略到的有那种志在必得的豪情，以及面对困难的雄心，还有百转千仞的持久恒心！

南山路的冬天

　　我要去的南山路,实际上是指公交长桥站到杨公堤东口这一段。这应该是远离尘嚣的地方了。从我家穿过万松岭隧道,大约15分钟就到南山路东口了。过了红绿灯,大概可以看到几株鸡爪槭或黄或红地立在冬季风声中。风是树的手,这只手随着季节起舞,将树摆弄得腰柔肢软,又将柳树的柔柔发丝一甩,冬天就在岁月缱绻的仰望中抵达一个自信的路口。这个时候,南山路有点像走路太多的人一样,需要静下来休憩一下。

　　然而雷峰塔的灯光不曾在夜里歇息。白天一般是岁月静好,一副宠辱不惊的样子。倒是净慈寺的钟声有几分悠然,有几分怅惘:"南屏晚钟,随风飘送,它好像是敲呀敲在我心坎中……"徐小凤的嗓音轻灵而飘逸,一下一下化成一道泪泉,在心之湖上溅起朵朵浪花。

　　当杨万里迈出净慈寺大门送别自己多年好友林子方时,时令还是盛夏呢。不知道哪一个冬天,外放的杨万里和同样外迁的林子方才能回到临安(今杭州)一聚。

　　南屏晚钟的字碑在其右边碑亭里,亭里现置一挂钟。张岱诗曰:"夜气溢南屏,轻岚薄如纸。钟声出上方,夜渡空江水。"如今在冬天的某个早晨敲击它,不知道它会不会和千年前铸的古钟一样,声音空灵。

据传,明太祖洪武年间铸了一口重约一万公斤的巨钟。每日傍晚,夕阳西下,暮色苍茫,钟声在群山碧空中回荡,响彻云霄。由于南屏山空穴怪石较多,钟声经石穴回荡互激,能传播到十多里外。

我曾在六和塔敲过几次大钟,那声音感觉有点像报平安的旋律。

钟声似乎没有带来更多遐想。因为没有什么比许仙和白娘子的爱情故事更让人挂心了。不过每次走南山路,我总是喜欢在这里爬爬小山,最后爬上金碧辉煌的雷峰塔。我有些痴迷,也有些患得患失,细究起来又不知该如何去说。

极目远望,视野开阔。西湖和周边群山尽在眼里。苏堤如线,湖中几个岛像翡翠般镶嵌在西湖宽大的锦袍里。我可以随意走动,在午后的阳光中听听风铃于檐下清脆地鸣唱,其声如天籁,令人陶醉,心旷神怡。

下得塔来,我想那个故事已经在游人心中耳熟能详,遂不多说。雷峰塔重建时出土的鎏金纯银阿育王塔被浙江省博物馆收藏,它是唯一能够体现吴越国金银器制造工艺最高水平的器物,它的出土震撼了整个考古界,并成为我国一级文物。雷峰塔和六和塔一样均为吴越王钱俶所建。

过了雷峰塔,不远处就是苏公堤了,旁有苏东坡纪念馆。修葺一新的苏东坡纪念馆展出的文物有限。除了有点价值的碑帖外,其他一概可以忽略。其中一幅苏轼临帖的《醉翁亭记》书法俊逸洒脱。这幅草书作品是元祐六年(1091)苏轼任颍州太守时,开封刘季孙托欧阳修求书于苏轼,苏轼因为与欧阳修有师生之谊,故写成。

苏轼参加会试时,考官是欧阳修。欧阳修虽然很想将苏轼文章列为第一，但他觉得此文很像门生曾巩所写，怕落人口实，所以最后评了第二。一直到发榜的时候，欧阳修才知道文章作者真的是苏轼。在知道真实情况后，欧阳修后悔不已，但是苏轼却一点计较的意思都没有，苏轼的大方和出众才华让欧阳修赞叹不已："老夫当避路，放他出一头地也。"遂收苏轼为弟子。

过了纪念馆就是花港了。花港的冬天真美。除了门口那一树鸡爪槭成了网红打卡地外，它的每一株树都有故事。花港的美国红松是当年尼克松送的。1972年尼克松访华时，送给杭州五棵树，其中一棵美国红杉种在植物园，其他四棵红松种在花港北门进去不远的地方。如今这长了50年左右的红松枝干壮硕，不仅没有一点水土不服，还成了花港的标志树种。

当然，花港里有点历史价值的要算马一浮纪念馆，又名蒋庄。马一浮，国学大师，1950年应弟子蒋国榜之邀，迁居于此。此地"临水为楼，轩窗洞豁。南对九曜山，山外玉皇峰顶，丛树蔚然若可接。东界苏堤，槐柳成行。西望三台，南北两高峰环峙。唯北背孤山、宝石山，不见白堤。避喧就寂，差可栖迟。南湖一曲荷叶，天天若在。庭沼俯瞰，游鱼可数。今日湖上园亭寥落，此为胜处矣"。可见，马老是如何地心仪此处！然而1966年老先生的华居被抄家，字画皆被焚毁。马老也受牵连搬离此地。

出得蒋庄，沿着花港一路南行。秋天时，我们观叶，除了鸡爪槭耐看，还有就是无患子、枫香等树种。无患子举着铃铛似的果实在高处自在，枫香树叶由黄变红，有时一树枫香红黄相间，显示季节特有的姿态。我特地去红栎山庄看了栎树，它们在高处呈现出暖红的色彩，一阵风过,地上便掉下厚厚一层栎叶。如果在农村,我想这一定可以做引火之用。刚巧有两个清洁工在收拾,把栎叶收入布袋中。我问是不是拿去做柴薪,他们看着我笑了。

秋天的南山路,路边悬铃木的叶子和花港绿地上的枫杨树叶,收拾起来就比较困难了。园林里的落叶,有时候是故意不扫留下的。看着空旷草地上的那些落叶,令人诗情洋溢。遥想一场雪到来的时候,我们将是怎样的兴奋。然而悬铃木的叶子终归是要扫掉的。它们落在路面上,比较碍事。毕竟诗意和现实两者很难兼得。

我想我在这条路上不知走了多少个来回。20年前我来过,因为家离这儿近,20年后我一如既往,初心不改,细思起来应该是与它有缘吧。2000年我在中国美院附中教书,经常从南山路坐车去一桥南的学校,一路上美景入眼,内心怎不泛起波澜呢?再说我家步行去雷峰塔也只要20分钟,寒来暑往,看惯了西湖云烟,对南山路的几个景点都熟悉得不能再熟悉了。

南山路,是我的精神道场,是我的梦幻花园。

请"贵人"与我同行

决定再爬贵人峰是思索颇久的事。自己一把年纪了,"征服"这个词好像不应该属于自己。但是心底又有另一个自己在说:"爬吧,不爬怎么知道你不行了呢?"

于是,我做了一番准备:五个松茸糕,一瓶矿泉水。其实很想买根拐杖,后来还是放弃了。

景区接驳班车在玉皇山隧道里大约停了20分钟才缓缓挪动。这个五一假期游客实在太多了,据说假期的头三天,浙江共有2268.38万人在旅游。这样一想,自己这次出游就算是迎接长假吧。我决定,还是走一回"长征路",先征服贵人峰,啃下这块硬骨头,然后迤逦去往九溪。

说归说,爬起来还是很有点难度的。首先是脚力不行。说实话,一直有点痛风的关节不知能否承受这直入云天的台阶。其次是心力,离2021年11月3日爬山恰好过了一年半,中间好像去过一次。我这样想着,觉得今日的挑战意义有点不一样。

不管怎样,今天是一定要爬的,看看时间,大概是下午1点。从山脚爬上去,30分钟时间是写在路牌上的提醒。我开始往上爬的时候还是气喘吁吁,有点难以为继,担心力气不足。路上有一个年轻的妇女带着一个 5 岁左右的小女孩,她们正在途中休息。小女孩妈妈安慰说:"宝贝很棒,但还有好远哦,再坚持一下。"我想自己也要这样,中途不能休息。大约用了 24 分钟,我爬上了山顶。

贵人峰海拔为 240 米,山道长约 1500 米,这坡道在西湖群山中算陡的了。战胜自己的信念使我曾经两次征服了它。我也曾经两次在贵人阁上抒发感慨,相信自己还可以再爬 20 年。

自然,若论爬山技巧,个人经验告诉我,中间最好少休息,因为你越想休息,你就越觉得累。还有就是不要老想着什么时候能看到贵人阁,而是想着你脚下的台阶,每跨一级就少了一级。不抬头向上看,而是低头看着脚下的路,这样,你就战胜了内心的魔障,加上你的爬山经验,最终,你就可以战胜它。

我是山里娃,老家在湖南凤凰山区,平均海拔 600 米。境内好几座山有 700—800 米高。小时候捡柴火就得爬这么高的山,才能拾到好柴火。如今,贵人峰这样的山对我来说真的不算什么!

回想上一次爬山我选择的是从大华山走头龙头,再走龚佳育墓到六和塔,一路感觉高高低低,地势起伏不平,大约耗费两个小时。但是最佳的观景平台还是贵人阁。在贵人阁,向西可以看到大片大片龙井茶山,往北可以看到西湖和雷峰塔,东北面是玉皇山福星观,东南面就是钱塘江了,江对面高楼在望。因此,那种君临天下的感觉,应该是贵人峰给人的第一美好印象。

沿着弯弯山路走过马儿山冈,感觉这里的山林还保留着原始状态,阳光从林间一缕缕洒下来,给人一种光怪陆离的感觉。那些陈年旧事一下子浮上心头。50 多年人生路,自己大约也是属于野蛮生长一类的。10多岁努力读书，20多岁离开家乡，之后一直过着平静的教书生活，抚养孩子，悉心写作。到了50岁，又离开学校，开启了创业之路。山路和人生路其实有很多共同点。山路弯弯，人生海海，终归是颠簸不平的。

我期望中的好风景可曾在这条路上见到过？答案是肯定的。要说累，也是累的。但是经过荒山丘冈，走过莽莽林海，我越来越觉得，路是有尽头的。而人生呢，何尝不是如此？在经历一番寻找希望的寂寞难耐、苦苦煎熬之后，迎接你的，又何尝不是柳暗花明呢？

世间所有的美好，原本就是隐藏在红尘中的执着与坚守啊！

我的心灵如马儿山冈的骄阳普照，不知不觉间，我已经从153米的石壁山上下来了。

穿过这条乾龙路，来到理安寺。一年不见，理安寺变成了理安食肆，也就是过路者打尖吃饭之地。门口有个小伙子对我说："欢迎光临！"我竟然想象着应该是某高僧在召唤信众了。理安寺变了，在往人间烟火上靠，而我，被杭州都市的烟火熏黑了肤色之后，也熬白了头发，被生活拔光了头顶的烦恼丝，变得超脱，变得多了几分世事如烟的沧桑，和一个出家人竟也有几分相似。

过了杨梅岭，来到九溪。这里的风景依旧，这里的热闹依旧。常言说九溪十八涧，大多数人到这里是赏美景的，美的山树，美的溪涧。我在意的是什么呢？除了一路风景，我想最美好的感觉莫过于行走在谷地里，内心满足而平静。

观幽潭瀑布，九溪烟树为西湖新十景之一。路边那些打水仗的小孩，顽石上摆拍的少女，以及溪边绿地上搭帐篷的家庭，他们趁着长假悠闲地享受生活,这应该就是人们来此的原因吧。

联想到自己这一路上的行程:贵人峰—马儿山冈—石壁山—理安寺—九溪,隐隐感觉有几分耐人寻味的意蕴。人生路莫过于:遇到贵人—骑着马儿—看个通透—回到平川谷地。

难道不是吗?

当你百转千回寻求的目标达到了,又何尝不是命运在眷顾有心人呢?"贵人"是什么,我的理解是困难中为你开解、指明方向的人。贵人贵在他是适时给予你机会、伴你渡过难关的人。有了贵人相助,你的人生开挂是早晚的事。也许有人会问:为什么我找不到贵人,遇上的都是衰人呢? 我想,可能他并没有做好自己。当运气光临、机会来临的时候,若你还没有准备好,准备好你的从容自信、你的奋斗拼搏、你的迎头赶上——这些都是你最需要的储备,那么,你一定会错过"贵人",错失机遇,最后与成功擦肩而过。

看来,你最需要的,还是无惧风雨,拥有能够坚守到底的信心!

沈园非复旧池台

眼前就是放翁先生牵挂的沈园，我有点不敢相信。春天已到了尾巴上，一只白蝴蝶寻找着芳踪逡巡而去。它的姿势看起来是难舍的。亭边水榭，早已没有爱情的踪迹，如今，只剩下桃的青果、梅的绿叶。

想来，陆游先生为之写下10多首诗词的故地，如今只剩下离殇。

世上有一种爱情，最后只剩下千古遗恨。

沈园便是见证。

1199年，诗人75岁，再游沈园，也是一个春天，堤柳鸣禽，沙睡鸳鸯，曾写诗两首："城上斜阳画角哀，沈园非复旧池台。伤心桥下春波绿，曾是惊鸿照影来。""梦断香消四十年，沈园柳老不吹绵。此身行作稽山土，犹吊遗踪一泫然。"

这两首诗让诗人触景生情，仿若回到他与唐琬的相遇。1151年，他是在禹迹寺边上的沈园遇到唐琬夫妻的。距离两人相遇已过了48年。"梦断香消四十年，沈园柳老不吹绵。"陆游对这一段感情的负罪，一直藏在心里，成为一个解不开的结。

按今人的逻辑是理解不了陆游的，既然父母不同意，那么私奔好了。但陆游不能这样做。

两个人曾经恩爱有加，如胶似漆。唐琬是郑州通判唐闳的独生女儿,母亲李氏,祖父是北宋末年鸿胪少卿唐翊。唐琬自小读书,琴棋书画无所不通,尤其擅长写诗。陆游祖父陆佃,师从王安石,精通经学,官至尚书右丞,所著《春秋后传》《尔雅新义》等是陆氏家学的重要典籍。陆游的父亲陆宰,通诗文,做过地方小吏,南渡后隐居不仕。其母唐氏为北宋宰相唐介的孙女。陆家与唐家可谓门当户对。两家联姻,天作之合,当时定亲之物是陆家家传的一支凤钗。

1144年,19岁的陆游与唐琬喜结连理。民间版本两人是表兄妹。唐琬是陆游舅父唐仲俊之女。这种说法是杜撰出来的。唐琬的唐家与陆游母亲唐氏并不是什么亲戚。

陆游与唐琬婚后曾有一段幸福的时光。两人诗词酬唱,伉俪情深。但这样的好日子很快便成为云烟。年轻人贪图安逸,年长的父母则关心儿子的事业。何况陆游母亲有着显赫的家世,她在教育子女上是严苛的,要求儿子成为栋梁之材,将来好光宗耀祖。可是自从唐琬嫁到陆家后,陆游与唐琬卿卿我我,不思进取。不苦读诗书,将来何以入仕?再美好的爱情,也是要柴米油盐酱醋茶的。加之陆宰隐居山阴之后,陆家的名望已呈日落颓势。

很快,陆母棒打鸳鸯,逼迫儿子将不善迎合的唐琬休掉。陆游是不甘心的,两人私自在外租房生活。这样的行为遭到陆游母亲强烈不满。她想到一个办法,替陆游找了王氏,让他们正式结婚。王氏嫁到陆家后,为陆游生下孩子,拴住了陆游的心。陆游不敢违逆母亲,只得与唐琬斩断情丝。

此后,唐琬家人撮合她嫁给越中名士赵士程,做了其续弦。赵士程大唐琬十多岁,倒也关心唐琬。无奈唐琬的心里始终还是割不断与陆游的情感。

1151年,陆游科举考试失利之后,在沈园偶遇唐琬夫妇。那时,唐琬和赵士程坐于沈园琴台赏景饮酒。陆游与唐琬两人目光相迎,故人相见,自然话多。赵士程邀请陆游喝一杯,陆游情场、仕途皆失意,不免多喝了一些。待唐琬夫妇走后,陆游一个人坐在亭子里觉得憋闷。几杯黄酒下肚,酒意上来,心里愈发不称心,遂在半壁亭题词《钗头凤》:

红酥手,黄縢酒,满城春色宫墙柳。

东风恶,欢情薄,一怀愁绪,几年离索。

错、错、错!

春如旧,人空瘦,泪痕红浥鲛绡透。

桃花落,闲池阁,山盟虽在,锦书难托。

莫、莫、莫!

写罢,陆游掷笔而去。此后,他一直郁郁不得志,直到宋孝宗继位,才奉诏入朝,历任福州宁德县主簿、敕令所删定官、隆兴府通判等职,后因坚持抗金,屡遭主和派排斥。

1155年,唐琬又一次游沈园,看到壁上陆游所题的词,百感交集,遂在其后也题了一首《钗头凤》应和:

世情薄,人情恶,雨送黄昏花易落。

晓风干,泪痕残,欲笺心事,独语斜阑。

难、难、难!

人成各,今非昨,病魂常似秋千索。

角声寒,夜阑珊,怕人寻问,咽泪装欢。

瞒、瞒、瞒!

写罢此诗不久,唐琬忧思成疾,几年后病故。时光匆匆,陆游在68岁时重游沈园,看到当年题诗的半面破壁,触景生情,感慨不已,写下诗歌(作于1192年)并做小引:禹迹寺南,有沈氏小园。40年前,尝题小词一阕于壁间。偶复一到,而园已三易其主,读之怅然:

枫叶初丹槲叶黄,河阳愁鬓怯新霜。

林亭感旧空回首,泉路凭谁说断肠!

坏壁醉题尘漠漠,断云幽梦事茫茫。

年来妄念消除尽,回向蒲龛一炷香!

通过诗作,陆游把他对唐琬的一腔痴念寄于诗中。

81岁,陆游做梦游沈园,及醒,感慨系之。

84岁,陆游辞世前一年,不顾年迈体弱,再游沈园。

沈园,成了陆游心头移不掉的三生石。他与唐琬的故事,遂成为千古伤情,在民间被演绎成爱情神话。但这样的神话结局是悲怆的,也是令人遗憾的!

太子湾的春天

太子湾的春天来了，平时冷清的亭子里挤满了人，平时寂静的平坝上挤满了人，之前还在保养的绿地上挤满了人。到处是人，与其说人们是去看花，不如说是去看游人。

能预约到进太子湾公园观赏已经很不容易了，我们约了周六下午4点那场。去时在雄镇楼公交站等车。5号线接驳车来了，可是没有停。眼看其他公交车驶过了好几辆，我们还没等到车，只好决定自己步行过去。这时我们后面的2个小姑娘也说："等了好久啊，我们也跟着你们去吧。"这样，我们5个人跟着别人从南山路隧道穿过去。隧道里也是一堆人，估计是旅游团队，长长的队伍，使我们怀疑能不能挤进太子湾。

雷峰塔前面人山人海，游步道上水泄不通。女儿说："好挤啊！我们能挤进去吗？"我说："可以的。"等明天就没空来了。周日中午孩子的学校开始上课，因此我们不得不约在周六。

总算挤到了太子湾公园门口，女儿看到她的小学体育老师龚老师和他的女友，她说一定要好好看看龚老师的女友。我说："难道你不怕老师发现吗？"女儿说："我戴着口罩呢。"本来女儿是不想来的，我说："那么这次真是来对了，你今天可以体验当'侦探'的乐趣，不过别打扰老师。"

于是，女儿很快接受这个理由。她说龚老师女友应该也是当老师的吧，当初自己训练时，因为没戴眼镜，看不清楚，如今有机会可得好好看一下了。

太子湾公园的大门口，人流被分割成预约好的、临时约的两大类。

2023年太子湾公园的重头戏是樱花烂漫的山情野趣和田园风韵，结合了太子湾公园的独特空间设计和简洁的植物造景。杭州西湖风景名胜区凤凰山管理处在太子湾公园逍遥坡、望山坪、樱花大道、珠帘碧瀑布等区域增加了8个品种131株樱花，望山坪成为太子湾公园樱花最密集的区域。来到逍遥坡，远远地就看到樱花树前有盛装的美女在摄影师指导下用增光板拍照。摄影师一会儿摆弄着美女的衣袂，将袖子往外拉，一会儿又将其头上的金簪子取下重新插一下。"对对对，就这样！"美女刚要侧过头去靠着樱花树枝，没承想一只蜜蜂"嗡嗡"飞进花中采蜜，差点蜇了人，吓得美女"啊"了一声，差点从椅子上摔下来。摄影师赶紧跑过去安慰，说："等一下，再换一下位置。"另一位美女打着一把伞，在旁边催着说："你好了没有？这个位置我也想补拍一张。"

夫人在旁边感叹说："这拍一套要花很多钱吧？"我说："可不是嘛！漂亮是要包装的，樱花太美了。你看旁边那些长枪短炮蹭人家照片的，那可是毫不吝啬相机空间啊。也许是因为省了模特费。"

自然，我也打开相机蹭了几张照，可惜离得远，又有点矜持，所以拍得不是很到位。夫人在一旁说："给女儿也拍一张。"回头一看，女儿拿着夫人的手机去拍她的体育老师了！

太子湾的郁金香展可是重中之重。今年的新品种增加了5个,均分布在主河道两侧的水系边,搭配皎洁的白玉兰,上下辉映,彼此烘托,越发展现出公园景观的独特美。

郁金香种植区域同样包含望山坪、逍遥坡、手拉手雕像区块、悠然亭、放怀亭、主河道两侧及月季园等,起到分散游客的作用。

在整体植物配置中,采用多年生和一年生草本花卉与郁金香相搭配的形式,还种植了羽扇豆、虞美人、角堇、鸢尾等花卉,使之欣赏价值更高,内容更广博。

游人除了在樱花树下拍写真,他们也徜徉于公园中,流连于郁金香的清新、别致,"白雪公主""香奈儿""美兰达""大花葱""蓝铃花""葡萄风信子""雪片莲""洋水仙"等品种争奇斗艳,使得游人到哪里都能感受到花色绮丽,仿佛生活一瞬间都串联成歌谣:"……我们慢慢说着过去,微风吹走冬的寒意。我们眼里的春天,有一种神奇……"

文创室里的皮影戏、影楼,还有35元一盆花的宣传标价,无疑都在说明,太子湾俨然成了游客的天堂。

我们逛到了花食肆区域。之前因为和女儿走散,这回终于等到她了。花食肆里有驴打滚、烤肉、豆皮、椰奶、茶色冰激凌、酸辣粉售卖,可以说品种多,花样也多。逛累了就买点吃食也挺好的。

女儿说她在水果吧那边走了好一阵,把龚老师他们跟丢了!

附近的大草坪上,郁金香长得漂亮,花骨朵没有完全开,一副期待春天的模样,红的,黄的,白的,红中掺黄的,品种丰富,姿态万千;洋水仙倒是开了很多,它的花苞像一个个打开的壶盖,黄澄澄一片,扑入眼帘,仿佛和春天约好了在此驻留!

　　另一片树丛中，玉兰开在春风中，乳鸽般绽放，有白色的，也有紫色的，像新疆梨般倒立枝头。

　　赏花的人各种摆拍。有的倚靠，有的后仰，有的手托腮帮子，有的手牵手，有的侧身，仿佛要和春天亲近一下，来个拥抱！

　　这个时候，人和花都成了公园的风景。我们看花，也看人。花姿百态，人间尤美。生活本身就是一道风景线，而我们就是其中的亮点。人们奔涌而出，都想着莫负春光，都要拥抱这明媚的诗意，书写时光下的浪漫。

　　是时候走出来和春天约会了！太子湾万人赏花，让杭州旅游焕发出无限生机！

吴山秋色

趁兴爬一回吴山,是我空闲时的一种爱好。

吴山的秋天是美丽的。那一树梧桐叶呈现层次不同的色彩,有的鹅黄,有的土黄,在黄叶纷飞的风景里,我听见一个老奶奶喊山的声音"哦——哦——",虽有些单调,但发自肺腑。我想这位老奶奶一定是鹤发童颜的神态,她的声音相当有辨识度,充满着活力与自信,传达出健康与豪情。

吴山上的石头在秋色中泛着光泽,灰色或深灰色,仪态万千。石头不会说话,石头的沉默是对沧海桑田最好的诠释。史前时期,吴山与宝石山就是浅海湾的两个岬角。后来陆地抬升,老百姓开始迁居于此,遂有了山下的人间烟火。

吴山石刻就是证据。宝成寺旁路左即紫阳山石刻群所在,上有米芾书"第一山"石刻大字,字大如斗,气势雄浑,为明代万历年间钱塘县令姜召命人仿刻,原刻在江苏盱眙南山。史载米芾自汴京经汴水南下就任。沿岸平原,景致索然,忽遇一山,葱茏奇秀,翠屏耸峙,米芾见之,心情大悦,弃舟登岸,书"第一山"并作诗一首:"京洛风沙千里还,船头出汴翠屏间。莫论衡霍冲星斗,且是东南第一山。"其后各地仿制者甚众。山上还有"吴山第一峰"的石刻,相传为朱熹所书。又传金主完颜亮听说此字,便起"立马吴山第一峰"之志。据记载,完颜亮读柳永《望海潮》,见其中有"三秋桂子,十里荷花"之句,便作诗一首:"万里车书一混同,江南岂有别疆封?提兵百万西湖上,立马吴山第一峰!"这大约是吴山第一峰的由来了。秋光下,这些无言的石刻记录了特殊年代的典故与传说,由此,我们仿佛能回溯到吴山史海充满玄幻的"秋日神话"。

林间的树彼此对望,樟树、女贞、梧桐、银杏、槭树、栾树交杂在一起,葱绿、浅绿、鹅黄……色彩斑斓,遮蔽了视线。鹅掌楸嫩绿的身子在低处,显得格外醒目。它在高处的兄弟姐妹,正向秋天做最后的告别。偶尔可见的木槿,与我在西湖边上所见无异。栾树头顶着小灯笼似的紫红色果实,似乎在向人诉说着绚烂的一生。

此刻一簇小黄菊在路边怒放,绮丽而又浪漫。人对秋花的感觉是新奇的。草木一秋,秋天本来是万木凋零的时节,一树果实的真实存在,打破了这种和谐,这就是大自然的破与立。

吴山上的亭台泉壁,在秋天里显示出一种沉稳。泼水观音像前,一池清泉依旧清澈,水中游鱼自在,水草肆意生长。一个人在打躬作揖,供案上摆放着鲜花。几个老人坐在其侧闲聊,仔细一听,是关于水中两条鱼的,说一红一青,现在都很好。我想说,你们也很好,退休在于有很多时光可以闲度。两条鱼的故事简单,温馨,安逸。

人和山是种依存关系。我们爬山,必然有所凭靠,抛开时间概念,我们所依凭的,是山间森林,是白云苍狗,是一树秋叶,是积雪满地,是春花烂漫……大自然给予我们的,是一种超乎寻常的辩证法。

闲时爬爬吴山,看看四季不同的风景,真乃人生一大幸事。

愿你我都有空闲,并有一份外出爬山的闲情。

西湖之春

漂亮的野鸳鸯站在坝上梳理羽毛,它们宠辱不惊的样子惹人怜爱。记得去年夏天,摄影师拍下不同场景中的鸳鸯,其中一张是它们在树上打盹。那娇憨的样子同样值得玩味。鸳鸯喜欢在北山街的西湖湖面游泳,成双成对,春天里,它们吸引了几乎所有的摄影师。摄影师们扛着长枪短炮等在这里,鸳鸯偏偏只管春江水暖它先知,岸上的摄影师们却也气定神闲地交流,或听歌,各自安好。此时拍与被拍者,都成了风景。

春天里,我喜欢去茅家埠看茶嫂采春茶,到青芝坞农家乐尝尝鲜。泡一壶龙井茶,嗑半盘瓜子,和大妈聊天,看着春雨如油,一垄垄茶叶沿山而上,山顶上的云烟和我桌上茶杯里的水汽,诗一样氤氲……想入非非中,大妈告诉我,她两亩茶园所产之茶,其实女儿早就帮她全部预售了,丝毫不担心销路。我感觉大妈表情比来买茶喝的我更轻松。

无论是花港里开得娇媚的牡丹花,还是于谦祠附近一树紫红的红花檵木,都仿佛披着战袍的将军,这些都让我对西湖有了一种更深的迷恋。一个人与一方山水的关系是水乳相依。活在山水里的人,滋润、丰赡,而且惬意。

我喜欢太子湾的樱花和郁金香。她们仿佛两个尘世外的奇女子,正年轻，环佩叮咚，翩若惊鸿。她们在王母的后花园里逡巡，而我，估计是前世与她们有缘，能以上仙的名义深入瑶琳，去邂逅两位仙葩。远远地，互相欠身，作一个揖：敢问仙家，可是在瑶池那头的烟霞洞修行？

我要和苏东坡讨论一下苏堤边的桃色："争开不待叶，密缀欲无条。"虽不直接写桃花，而花之早，花之密，却让读者想象飞扬。苏学士是如何构思的呢？

我要去观赏浴鹄湾的玉兰与山樱，还有粉海棠。去子久草堂拜谒黄公望先生，我要和他下一局棋，讨教一下，在他眼里富春江与西湖，究竟是怎样的风雨同舟。去霓虹桥边慢慢逛逛，我想听听锦鲤是如何拍击水草，发出令人惊喜的声音的，以至一下子吸引了游客的目光。这鱼儿，也许是太开心了吧。鱼之乐，岂非我之乐也？常想，做一个俗人，做一个过客。在西湖边生活，我怀抱着一个清梦，西湖，亦张开她母亲一般的怀抱，揽我入梦，去怀想生生世世的感恩，去咿呀一段，小船摇曳，从此江海寄余生。此情长待，此梦，一生！

西湖之夜

家住上城，终日与南宋偏安皇帝为邻，未有丝毫优越感。譬如也锦衣玉食一回，譬如在古玩市场淘到件宝贝，发了一笔横财。我那可怜巴巴的一点工资，基本维持在温饱线上。然穷且益坚，整日舞文弄墨，以不坠青云之志。

喜欢晚饭后在西湖边走走，看湖光夜色下的温柔，晚上竟然在长桥边、雷峰塔背景下，看到一对夜拍的新人，好浪漫！其实，许仙哪里喜欢雷峰塔呢，他的娘子在里面关得太久了。

西湖边是没有大妈跳广场舞的，西湖很静，静得能听见微风拂过水面的声音，让人浮想联翩。

遂想起李叔同《西湖夜游记》载："壬子七月，余重来杭州，客师范学舍。残暑未歇，庭树肇秋，高楼当风，竟夕寂坐。越六日，偕姜、夏二先生游西湖。于时晚晖落红，暮山被紫，游众星散，流萤出林。湖岸风来，轻裾致爽。乃入湖上某亭，命治茗具。又有菱芰，陈粲盈几。短童侍坐，狂客披襟，申眉高谈，乐说旧事。庄谐杂作，继以长啸，林鸟惊飞，残灯不华。起视明湖，莹然一碧；远峰苍苍，若现若隐，颇涉遐想，因忆旧游。"1912年的农历七月，李叔同与姜丹书、夏丏尊两位好友，一起夜游西湖。他们去了湖心亭，吃着菱角，开始品评古今人物、畅聊稗官野史，兴致浓时，还唱起歌来。歌声惊动了夜鸟，也让李叔同勾起了对往事的回忆。离上次来西湖已经过去九年，于是感慨岁月倥偬，离别无期。回到家时，"秋声如雨，我劳如何？目瞑意倦，濡笔记之"。今我游西湖，不独有挚友相伴，当然也有往事前尘纷纭。

我曾和学生一起在西湖边待了一个晚上，那时候是来游西湖的。夜色如水，几个学生说，我们就在这里陪着白娘子和许仙了；后半夜有点凉，在公园长椅上大家时而坐着，时而和衣而卧，冷了就爬起来跑几圈。那时候甚至后悔没有去宾馆住一晚。但面对一轮圆月，我们竟然也兴致未尽，说着一些开心的话，聊着未来可期的话题。

时光一去20多年，至今还记得那个白天喧嚣夜晚寒冷的西湖秋夜。我那时的畅想就是将来和学生一起来西湖常住，在西湖边找一份工作。毕竟，安吉是一个小县城，偏安于一隅，要想干大事，还得挪挪窝。就在2000年初，我完成了自己的愿望，在杭州找到了自己喜欢的教师工作。而我的学生们，有的回了老家温州龙港，有的回了长兴，有的当了鱼行老板，有的开了民宿。岁月变迁，我们再也找不到当年夜宿西湖公园长椅的冲动与兴味了，一瓶矿泉水和几片面包充饥的日子，成为记忆深处的笑谈。那一年我的弟弟妹妹也来过杭州，我们在六公园边拍过一张照片，如今翻出来，仍令人感慨。亲情还在，只是面对这份时光深处的顾盼，我们不免为若干年后各自的归宿和境遇而患得患失。我和妹妹在杭州发展，弟弟在老家湖南凤凰，我们都为人子女，为人父母。离别的日子多了，遗憾不能和母亲常相聚，尤其是近几年，聚少离多，打电话就成了家常便饭。我常常夜里一边踱步一边和母亲聊天，那时候听着家长里短，沐着湖岸秋风，就觉得心里面有一种异乎寻常的温馨与淡定。几千里外,家人安康,工作稳定,亲戚们也都各自安好,即使人生路上有些起伏,比如某个亲人结婚了,某个亲人去世了。生活犹如湖光塔影,美丽,斑斓,有时也有夜色下湖水的幽暗、阴冷。

走近湖边亭台,望过去有"芳汀过雨"之句。雅也是雅的,只可惜景点门庭紧闭。我选择看灯光秀。这些灯光下的植物,有的在雪松下安然,有的在墙影下斑驳,有的在湖边静默以待。许是待的时间太久,凉意侵袭,我选择返程了。

袁宏道《晚游六桥待月记》里写道:"月景尤不可言,花态柳情,山容水意,别是一种趣味。"我很少在西湖边细心观察月色,也没有特别在意过。我常想,这种妙不可言的感受,可能跟它的寄托对象有关。至于月下的邀约,以及湖心亭的看雪,也就是心上的城堡、梦里的虹霓了吧!

在鲁西南平原上奔驰

　　有好多年没有回山东岳母家了。临行前我和妻子商量好,这回要去单县乡下看望岳母。我和女儿先回到湖南老家,因为有一场新书分享会要开,并在老家过年。我们约定,大年初二从长沙飞往山东菏泽,先去舅子家看望亲人,然后一起驱车到单县乡下,大约有117千米。

　　到了年初二,我们坐高铁到长沙黄花机场。大约两小时后,到了山东菏泽。大舅子从机场把我们接到家。这时妻子和大舅嫂也做好晚餐。大家愉快地用餐,因为是多年未回,话就多了起来。我们一起聊菏泽。菏泽市位于山东省西南部,古称曹州,地处鲁、苏、豫、皖四省交界地区,东与济宁市相邻,东南与江苏省徐州市、安徽省宿州市接壤,南与河南省商丘市相连,西与河南省开封市、新乡市毗邻,北与河南省濮阳市相邻。

　　菏泽也是一个历史悠久的城市。因其地南有菏山,北有雷泽,故有菏泽之称。清朝雍正十三年(1735),菏泽升为曹州府。伏羲、少昊、帝舜、吴起、孙膑等出生在这里,刘邦登基,曹操成就霸业,黄巢起义,宋江起义等历史大事件,均与菏泽有直接关联。这里人文荟萃,被誉为"天下之中""牡丹之乡"。

　　席间大舅子还告诉我,菏泽比较有名的曲艺是山东落子。在他们这里,传承悠久。山东落子,也称"莲花落""莲花乐",以其早期曲调衬词而得名,简称"落子"。初为僧家募化所唱警世歌曲,宋代时便已在山东流行。流行于山东地域的落子,统称"山东落子"。大钹一响、竹板一敲,那"哐哐哐"的声音,豪迈粗犷,形成其独有的风格。我说:"时间有限,否则正月里一定要去看看。"

自然,我们说到了吃。大舅子说:"明天我们去单县过早,吃羊肉汤。"喝了点酒的他,脸色有些泛红了。大舅嫂说:"喝了酒早点休息,明天要赶路呢。"

第二天早上,我们起床前往山东单县。汽车奔驰,驶过一片原野,路边有多处布着霜。侄子开车,大舅子昨晚喝酒了,吩咐自己儿子要小心一点,因为路面有点滑。我们来到三义春羊汤馆,这是一家连锁店。我们点了饼、羊肉汤,还有小碟冷菜。羊肉汤呈白色乳状,散发着清香,不腥不膻,不黏不腻,独具特色,有着"中华第一汤"的美誉。

大舅子说:"这道汤可不简单,它的做法妙在熬汤上。熬制单县羊肉汤最关键的是作料的应用和火候的掌握。作料多了,则药味冲鼻,少了则腥膻不净;火小了则水是水、油是油,水在下油在上,界限分明,不能做到水乳交融、一色到底。另外,火的急慢也大有章法可循,火太急不但熬不出味,而且容易丢失了营养成分。"

我浅喝了一口,果然是满口鲜浓、香醇无比,不禁赞叹不已。

"这个三义春是有来头的。"大舅子吃了一口饼,蘸着辣椒酱继续说,"1935年春,单县羊肉汤的正宗传人周永歧、窦宝德和吕运法共同出资筹建,羊肉汤馆如期开张,因为其时在春天,《三国演义》中有'桃园三结义'的典故,就取字号为'三义春'。"

我听了他的话,转头去看墙上的介绍,才发现满墙都是荣誉奖状,方知这家是总店。

到丈母娘家村口不远,妻子提醒说:"买点纸钱,待会去一下父亲的坟头。"于是下车去买了纸钱,顺便还买了打火机。我们驱车来到田野里,发现春麦已长到指许长,一行行整齐地排过去,绿油油的。岳父的坟就在田野中间,只有一个小小的土丘。2017年秋,岳父走了,由于种种原因,我和女儿未能参加祭奠。妻子打电话向其姐姐确认得到答复。大舅子焚烧纸钱,我让女儿和我一起磕头。

一路上我和妻子聊,她说地方是父亲自己选的,农村人去世,葬在自家地里,没有人会去说。因为是火化的,也就是一个小盒子了,不占地方。想起我父亲在湖南农村祖坟上的土堆,以及墓碑与水泥砌就的墓圈,如今也淹没在荒草丛中,心里未免升起一种悲怆情绪。

我们驱车回到村里,大舅子说:"刚才在村口看到娘了。"我在想,是那个步履蹒跚老态龙钟的老妇人吗?到了家门口,看到院子里的岳母,才发觉刚才所见是真的。由于要去找岳父墓,没有下车打招呼。我想起自己来过三回,但都是好多年前的事了。那时,岳父健在,我和老人家聊起钓鱼,他说到时候带我去黄河故道边的小河去钓一回。如今,人已去,屋已空。而岳母,则和她的女儿、女婿一家一起过。

吃午饭时我们聊起这几年里发生的事。二姐一直在农村,两个孩子一个研究生毕业,一个念高中。二姐夫一直在山西临汾打工,好像是承包工程之类的。岳母一见我妻子,说了句"俺都不认识了",听起来又是高兴,又是悲楚。我们也曾邀请岳父岳母来过杭州,但是他们嫌住的地方太高,农村人不习惯,加上岳母的腿不好,也就作罢了。

女儿告诉我,外婆一见她就说:"外孙女长高了!"一边叫着她的名字,一边牵着手搓揉,满眼都是慈爱。是的,岳母近80岁了,一脸疲态,走路不稳。岁月已经夺走了她的健康,而她还在顽强地生活着。正如她地里的春麦,在寒风中摇摆,在大地上挣扎。

离开乡下,我们的车子在原野上飞驰,那路边低矮但干净的房屋在天空下一一掠过,它们的白色瓷砖反射着阳光。今天气温降了,大约零下5摄氏度,因此孩子妈让孩子拉紧羽绒服。我们一起看着路边小店摆放的新年大礼包,想象着过年走亲戚的热闹。"还是要回家,看看父母,聊聊平安!尽管平时电话也在打,总比不过促膝交谈。"妻子说。

凭窗眺望,我看见大片田野里的小小坟茔,联想到岳父长眠之地,就说:"山东的坟地还是比较简单的。"妻子说:"可不嘛,俺们山东人低调。"

我想起最近单县农民歌手朱之文在接受采访时说:"刀郎是一个优秀的歌手,我不能和他比。他的歌是原创的,写得很好。"我问妻子朱之文家在哪里,妻子说:"好像是在郭村镇的,离这里多远不清楚。这边以前是芦目乡。"

"这个乡现在撤掉了。"大舅子说。

"现在属于哪个乡镇?"妻子问。

"不清楚。"大舅子说,"想不起来了!"

我想,故乡即便是改了名字,它还是在的,只不过是活在我们的记忆中了!

单县古称单父,是舜帝的老师单卷居住地,因而得名。周成王封少子臻于此,为单子国。明洪武二年(1369)更名为单县,一直沿用至今。

辑三

榴枝婀娜榴实繁

傍林鲜得有此笋

离开满山披翠挂绿的竹乡安吉已经有25年了，对竹笋的印象始终在心头萦绕。此前写过关于竹子的文章，如今又想起这可以食用且可以入文的竹笋来。

笋有两种，一为冬笋，一为春笋。冬笋和春笋区别在哪里？简单地说，冬笋长在地下，春笋长在地上。

在安吉时，每一餐饭，桌上一定有一道和笋相关的菜，比如春笋炖咸肉，比如油焖春笋，比如笋干老鸭煲，或者冷食手剥笋，等等。

因此，就这道地方菜，我能回忆起竹乡的绿水青山，它们真的是金山银山。走遍万水千山，我也忘不了安吉的鲜美竹笋。

关于竹笋的食用史，最远可以追溯到《诗经·大雅·韩奕》："其蔌维何，维笋及蒲。"韩奕是韩国诸侯王，他临走的时候，周宣王赐宴，用鲜嫩的蒲芽和竹笋为他饯行。当然，顺便还送他几斤竹笋。就像我离开安吉时，我的同学送我一袋冬笋作别。那绝对是饱含了情谊的。

唐朝时，朝廷还设有专门管理竹子的机构叫司竹监。《唐书·百官志》说："司竹监掌植竹笋，岁以笋供尚食。"

关于食笋的公案倒是有几件。苏东坡是食笋专家，他不排斥苦笋，有句诗写道："久抛菘葛犹细事，苦笋江豚那忍说。"他对苦笋还念念不忘。黄庭坚曾经调侃他"公如端为苦笋归，明日青衫诚可脱"，是说你喜欢吃笋，连乌纱帽都不要了。他倒是挺自在的，笋会吃，竹也喜欢。他在《於潜僧绿筠轩》中写道："宁可食无肉，不可居无竹。"当然，他也是借此夸寂照寺的老友惠觉和尚人品极佳。

要问冬笋与春笋哪一个好吃？梁实秋先生认为是冬笋。他觉得冬笋质地细腻。从科学角度来看，也是如此。其一，膳食纤维。同为100克笋，春笋的膳食纤维达2.8克，而冬笋却只有0.8克。其二，冬笋蛋白质含量比春笋更高。同为100克，冬笋的蛋白质有4.2克，而春笋却只有2.4克。但是，若论微量元素，春笋的含量要比冬笋高多了。

总之，比较起来，冬笋更加丰腴鲜美，春笋更加质朴清新。

在菜式上，两者绝对是不相上下的。梁实秋回忆起自己多年前在杭州吃过一回冬笋，至今念念不忘。"有一年我随舅氏游西湖，在灵隐寺前面的一家餐馆进膳，是素菜馆，但是一盘冬菇烧笋真是做得出神入化，主要是因为笋新鲜。"吃笋的境界，他倒是体会得很到位了，讲究一个"鲜"字。说实话，那种冬笋炒冬菇就保留了其鲜味。"炒二冬"正是令梁实秋难忘的佳肴。我个人也非常赞同这种烹制方法。

江南还有一道美食——腌笃鲜。三样东西少不了——春笋、鲜肉和咸肉。后两者也是可以变的，用新鲜猪蹄和咸猪蹄代替，成为金银蹄。春笋的青涩和稍显粗糙的口感极佳地中和了肉味带来的油腻，同时，它敏锐的清新感、鲜甜味在一派荤香的肉汤中加入了清新的元素！一口汤下去，你能品到春天的气息！春笋的清鲜融合鲜肉的丰腴和咸肉的浓香，那是一种"和谐"之美！

关于笋的食用价值，周作人就说得幽默而又直白："爱竹的缘故说了一大篇,似乎是很'雅',结果终于露出了马脚,归根结蒂是很俗的,为的爱吃笋。说起竹谁都喜爱,似乎这代表'南方',黄河以南的人提到竹,差不多都感到一种'乡愁',但这严格的说来,也是很俗的乡愁罢了。"

吃笋,鲜是鲜的,保鲜却很困难。《笋谱》说:"采之宜避风日,见风则本坚,入水则肉硬。脱壳煮则失味,生着刃则失柔。煮之宜久,生必损人。"我们知道,笋里面含有草酸、黑尿酸等,吃起来是苦得涩口的。目前根据研究已知,竹笋挖出一天后草酸含量会增加两到三倍,这些剧增的草酸就是让竹笋变苦的罪魁祸首。当然,如苏东坡、黄庭坚等是例外,他俩都爱吃苦笋。东坡《春菜》诗中云:"久抛菘葛犹细事,苦笋江豚那忍说。"而黄庭坚和诗道:"公和端为苦笋归,明日春衫诚可脱。"他还写了一篇《苦笋赋》。

其实,笋里面的确有一种苦笋,又名凉笋,野生于崇山峻岭之中,与苦瓜有相似的保健作用。另有一种甜笋,味道就是甜丝丝的了。看来笋的味道与它的生长环境有一定关系。因此食用笋前,焯水去涩是一个好办法。

南宋林洪在《山家清供》中给鲜笋起了个外号,叫"傍林鲜"。"林笋盛时,扫叶就竹边煨熟,其味甚鲜,名傍林鲜。"当春天到来,上市的春笋躺在摊位上,无论如何都会激起你的食欲。周作人先生说过,春笋即使只用白水煮了蘸酱油,也有一种"新鲜甜美"的味道。江南人家惯以笋切丝,辅以雪里蕻外加肉丝炒之。吃时下撮细面,将其做成面浇头,简简单单就是一道美味。

是的,面对此等"傍林鲜品",我们又怎么能辜负这凝聚山川日月精华的大自然给予我们的无私馈赠呢？郑板桥喜画竹，也爱食笋。他说："笋菜沿江二月新，家家厨爨剥春筠。""江南鲜笋趁鲥鱼，烂煮春风三月初。"让我们邀请苏东坡、梁实秋、郑板桥、周作人等，一起来道"腌笃鲜"吧！"无竹令人俗，无肉令人瘦。若要不俗也不瘦，餐餐笋煮肉。"

吃笋，喊你一起去！

公园里的榆叶梅

"美艳村居足众愿,随人指点小桃红。"这几树花长在斗富二桥与三桥之间的公园里,我在去市三医院的路上看到了,驻足许久。美是什么,你无法用语言去描摹它,或者它突破了语言的限制。

在此之前,我曾经误将它当作梅花,实际上它的名字叫小桃红,应该叫"桃花"才对,而非梅花。喜欢这大串花朵密集的美,它似瀑布般花枝满树,开得热烈,开得娇艳,开得美丽动人。六宫粉黛,天香国色,美到眩目,美到令人心醉。它另外有个芳名叫"榆叶梅",它的叶子和榆树叶子相似,而花形和梅花酷似,因而得此名,但它是李属的。

"昨日青枝初泛红,蓓蕾串串早欣荣",我要向这一树桃花致敬。它让我想起孤山的梅花,我曾经在鲁迅雕像前停留,用手机拍摄过,也曾经在植物园里与它合影。这些重瓣的粉红佳人,它们似要走出深闺,实在太美了,它们是美的代表。超越梦想,超越人间最纯粹的亮色。它们依着水滨而开,探头一笑。我看到流水上的旅游船,轻轻从远处荡来,看到一个叫梅的芳邻,走过天光水影,走过梦幻楼台,走入无边春色。它们是来与我约会的吗?

如果能换一身汉服,我希望选一件青衣,戴着高帽,拿把扇子,朝着她双手举过头顶抱拳——小生这厢有礼了。我乃前朝秀才,不料遇上仙子，可否同游古巷，同过陌上小桥，同看夕阳秀水？今朝有缘，我们且行且珍惜。

再来一段昆曲《牡丹亭》吧，也好。记得一句诗："四溢清香醉九重，红花满树溢芳菲。"想起一句词："良辰美景奈何天，赏心乐事谁家院！"

它还有一个芳名叫"鸾枝"，因为它枝短，花又美，仿若美人凤冠霞帔。若种在自家庭院，当与连翘之类同植，待到花开时红黄相映，那才叫花事缤纷、春光满园呢。

东风吹来满眼春。赶着脚绽放的花儿，争奇斗艳，一簇簇，一团团，一片片，春天的气息中到处飘荡着鲜花的芬芳，或清幽或馥郁或淡雅。榆叶梅也不甘落后，先开花后生叶，枝头上的红红花骨朵儿还没待多久，便齐刷刷地怒放开来，给出行的人们带来一场红色的盛宴。

一树榆叶梅，它的花枝饱满，色彩鲜艳，由浅粉到黛粉，由一枝到数枝，由一树到多树，使我在城市里有幸遇上知己，有幸打马经过南庄，忽然和去年的一幕重逢。我想说，我真愿意留下来，和它厮守终身。

"鸾枝锦簇小桃红，阳暖风轻春色浓。"

它在公园里绽放，枝头摇曳，花团锦簇。它低调，而又不失华美，仿佛一个淡定的雅士，从容，而又自信、洒脱。

一树榆叶梅，平凡而又真实，让我想起千千万万的普通劳动者，他们用最勤劳的姿态演绎生活，将生活中的小调，变得华美，变得昂扬、充实。

它们是平凡的，又是不凡的。

榆叶梅,你是诗,是画,是小家碧玉,更是大家闺秀。

榆叶梅,你是云,是霞,是天边彩虹,是朝阳初露,是火热的爱情童话,你装点了生活,扮靓了人间。

故乡的茶泡、茶耳

茶泡，是南方油茶树上生长出来的一种"果实"，严格来说，它不是果实，应该叫茶树果瘤，是茶树感染病菌后形成的果子。此种菌不仅寄生在茶树的果子上，也寄生在叶子上，叫茶耳。

茶泡的形成条件，一是要有新果，二是要有充足水分，三是阳光较充足。长江中下游地区就可以满足这些条件，茶树换新叶时雨水特别多，而且这时茶果也还很小，环境刺激下就会使新叶（或幼果）异常生长，形成茶耳（茶泡）。

于是摘茶泡、茶耳就成为我们童年的喜好，甚至可以说是一种竞赛性活动。

我们把牛闲放在山坡上。春天的山野，青草饱满肥嫩，是牛儿们的乐园，也是孩子们的乐园。我和弟弟还有伙伴一起放牛。我家的牛儿是一头黄牛，名字起得很贱，叫黑烂。黑烂是头20余岁的老母牛，它吃东西很缓慢。此刻，它在用心吃着刚刚长出来的骨节草、芨芨草。我们村的茶园在岗苑坡靠近半山腰一带，早些年属于生产队，后来改制了，有的属于一队某某家，有的属于四队某某家。由于茶油的产量不如菜籽油高，久而久之，这些油茶树变成了无人管理的野树。这时候，4月的春风习习吹来，满山盛开着野杜鹃，还有白檵木花，可以说绚丽无比,景致奇美。

　　而我们感兴趣的则是茶树上的茶泡、茶耳,决定来个采茶泡、茶耳比赛。油茶树长得高,弟弟太小了,我就爬上树杈想把他拉上去。仁军劝我说:"万一你弟弟摔下来,你妈准会让你吃牢饭的。"我一听吓坏了,赶紧断了这个念头。我让弟弟摘了张桐油叶铺在地上,说:"哪里有茶泡,你就告诉我。"弟弟在树下答应着,一一指给我:"东边树梢上有茶耳,也有茶泡。"他的眼睛加我的耳朵使我很快瞅准位置,够不到的地方就摇树,那些茶泡簌簌掉下树来。弟弟欢喜地捡茶泡,还时不时感叹"碎了破了"。茶泡是圆而中空的,掉在地上容易碎,卖相就谈不上了,自己吃吃倒也没什么。茶耳得把树压下来用手去摘,于是,我们兄弟联手,我在树上压着,弟弟在树下采。这让仁军和他的伙伴们非常羡慕。他说,自己下次也让弟弟仁利来帮忙,还说,这次算幸运了,前天在老冲坳摘茶泡,踩到了一条五花蛇,好险!

　　是啊,真幸运,那次我不在场。不过,当时那么多小伙伴,怎么不两两联手来采茶泡呢?后来想,也许大家规则没有定好吧。如果大家都是两两联手,而又均分成果,我和弟弟大概率拿不到冠军了。

　　采下来的茶泡,用桐油叶包着。那些卖相不好的,我们就用来满足口腹之欲。采山野果蔬,就是那么自由随意,采一把立马满足一下肠胃之需。

　　我曾听三爷说,这种茶耳和茶泡,在1959—1961年,起着救灾救命作用。查了一下资料,才知道这种茶泡还是一味中药材,并且营养丰富。茶泡对心血管有特别明显的保护作用,因为它含有大量不饱和脂肪酸,特别是亚油酸、亚麻酸等物质的含量比较高,这些物质在被人体吸收后能净化血液,可降低血液黏稠度,并能促进血液循环,经常服用能保持心血管健康,也能防止血栓中风发生。另外,它还能延缓衰老,茶泡中含有的亚油酸和亚麻酸又有"美容酸"之称,都具有很强的抗氧化能力,可加快人体内脂肪酸分解和代谢,能防止人体内过氧化脂质生成,并能阻止人体内氧化反应发生,经常食用能延缓人体衰老速度,提高人体的抗衰老能力。

想来,这种茶泡还真有点像《西游记》里的人参果一样神奇。

摘到茶泡回家后,如果食用,还得焯水,去掉其涩味,做成汤,清新爽口;另外,切成丝,炒肉,也是地道的故乡珍馐。当然,我们更在乎的是,上学时母亲把茶泡放在我们书包里,让我们当零食吃,那可是让小朋友们羡慕的零食啊!尤其是将茶泡分给同桌女生,那是特别有面子的事情;分给老师吃,老师一高兴就给我们讲《镜花缘》里的故事,我们简直太开心了。

故乡的茶泡、茶耳,总是让我回忆起那段记忆犹新的岁月,让我们兴味之余,在故乡的山风民俗中,去细细回味童真童趣。我想,如今,零食品种是多了,但比起茶泡的甜中带涩、茶耳的清香微甜,还有摘茶泡的乐趣,总是要差一些。我觉得,茶泡、茶耳才是天下无双的美食!

家在上城

　　喜欢爬吴山，每当登临其最高处江湖汇观亭，总能想起柳永《望海潮》里的"烟柳画桥，风帘翠幕，参差十万人家"之句，据说当年金主完颜亮就是听了坊间传唱的这首词，才兴起了南伐的念头，欲"立马吴山第一峰"。完颜亮挥师南下至维扬（今扬州），以为自己很快就能打到杭州。没承想随后与宋兵交战失利，只能做撤兵之谋。就在金兵受挫之时，南宋高宗皇帝赵构终于松了一口气，1162年，将自己的皇位禅让给养子赵昚，自己安心做起了太上皇，退居于德寿宫，继续享受眠花宿柳、抄抄经书、游湖观潮的潇洒时光。

　　这个江湖汇观亭可不一般，据史料记载，在五代时此处即有"江湖亭"。北宋时取宋仁宗"地有湖山美，东南第一州"诗句意，改名为"有美堂"。南宋时，改为"江湖汇观堂"，取外江内湖、一览江湖之意。元朝时，遭毁。清朝雍正时，浙江总督李卫获准将云居山濒临倒塌的"大观台"迁建于此。亭柱上挂有徐渭所作对联："八百里湖山，知是何年图画；十万家烟火，尽归此处楼台。"因此，江湖汇观亭堪称上城第一亭。

　　站在亭内，西望西湖青山碧水，南瞰钱塘江浩浩东流，东临德寿宫，北及吴山城隍阁。我周围的众山均在亭脚下。在这个绝妙的亭台里，不由得想起久远的上城历史。

吴山海拔98米,位于上城中心地段。是什么让这个曾经蕴蓄着王者之气的古老片区焕发久远的历史光芒呢?

上城区及周边,曾是吴越王钱镠建的罗城的子城。钱镠在纷乱的五代十国时期主动采取"柔和"的政治策略,接受后唐、后周封赏,到了宋代,钱俶纳土归宋,使吴越之地免受兵燹之苦,百姓安乐。钱镠爷孙三代用这样的方式造福于人,也为后世提供了政治清明、安居乐业的范本。彼时的钱塘,物阜民丰,崇佛向善,经济繁荣的趋势日益彰显。一部经典的《钱氏家训》也因此福泽后人,有佳句传世,曰:"利在一身勿谋也,利在天下者必谋之。"人要有大格局和胸怀天下之心。"子孙虽愚,诗书须读。"要培养家族子孙诗书传家、世代传承的文化氛围。"家富提携宗族,置义塾与公田。"宗族间要互相帮助,使子孙都能读书,都可以明理成才。正是这样的家训传承,使得钱氏家族到了近现代还涌现出很多名人,科学界如钱学森、钱三强、钱伟长等,文史学界有钱穆、钱锺书等,都是各领域的杰出代表。

到了宋代,金人大举南侵,赵构一路南逃至临安。南宋在经历靖康之变后不得不采取柔和政策求得偏安,对北方民族纳贡称臣,客观上说,宋统治者此举换得了138年的繁荣安宁。尽管其中也有零星的北伐和抵抗,如岳飞抗金等事,但大多数时候,临安这一古老的区域趁势崛起,得到大力发展,一举成为当时经济、文化的发达地带。

南宋定都临安之后,北方风俗与南方地域文化有机融合。这也使两支文化形成了和谐的主流形态。这种文化交流在当时古都临安得以释放,得以凸显。比如勾栏瓦肆间百戏交流,崇尚忠孝节义的儒家文化,民间流行的风俗、饮食文化,渐渐形成了一种独有的文化现象,引领着时代潮流。

如今的上城,经济繁荣,文化更是璀璨。这里有万松书院及紫阳书院等文韵悠久的儒学圣地,更有诸多带有古老韵味的物质文化等待发现和传承。

这里还有德寿宫、河坊街、鼓楼、南宋御街、八卦田、南宋官窑博物馆、江洋畈生态公园、钱学森故居、小营巷纪念馆、龚自珍故居、胡雪岩故居、吴山景区等一大批风景名胜,是外地人了解古老杭州、感知宋韵文化的一张金名片。

德寿宫的落成和对外开放是一个标志性事件。历史上的德寿宫范围东接直吉祥巷,南至望江路,西临中河,北靠水亭,占地面积约有17万平方米,格局恢宏和细节精致并不逊于南宋大内。随着历史的变迁,南宋王朝已然成为历史云烟,可宋韵文化却在上城区得到流传,并延续在老杭州人的记忆里,愈久愈温暖、愈富有魅力。

当然,胡雪岩故居也值得参观。胡雪岩故居,位于杭州市河坊街、大井巷历史文化保护区东部的元宝街,建于清同治十一年(1872),正值胡雪岩事业的巅峰时期。当时豪宅工程历时3年,于1875年竣工。落成的故居是一座富有中国传统建筑特色又颇具西方建筑风格的美轮美奂的宅第,整个建筑占地面积10.8亩(合7200平方米),建筑面积5815平方米。故居无论是建筑还是室内家具的摆设,用料之考究,都堪称"清末中国巨商第一豪宅"。胡雪岩,杭州人,祖籍安徽绩溪。少年时入杭州一钱庄当伙计,后在浙江巡抚王有龄扶持下,办阜康钱庄。又因帮助左宗棠有功,受朝廷嘉奖,封布政使衔,赐红顶戴、紫禁城骑马,赏穿黄马褂。在鼎盛时,胡雪岩除经营钱庄外,兼营粮食、房地产、典当、军火、生丝等,后又创办胡庆余堂国药号,成为富甲一方的红顶商人。

胡雪岩故居的特殊意义在于,它是明清私家住宅园林的典型见证,高墙碧瓦,曲径通幽。

在上城区不可不提吴山城隍阁。城隍阁为七层仿古建筑,面积3789平方米,高41.6米。它通过各层的多个翘角,体现凌空飞升的气势,顶部又设计成飞阁,象征凤凰展翅和仙山琼阁,从而让人联想起"龙飞凤舞到钱塘"的神话传说,堪称"江南第四大名楼"。

城隍阁建筑整体造型具有南宋和元代的建筑风格,它的洞门用蘑菇石砌造而成,底部呈块石状垒筑的坚实基座,象征着古老的杭州城墙所蕴含的悠久历史。

吴山东南方向过去数里就是有名的八卦田了。八卦田景区位于杭州西湖风景区东南侧玉皇山南麓,旧时多认为是南宋皇家籍田的遗址,今不少人认为是南宋郊坛遗址。籍田是古代中国以农为本的农耕文化的缩影,是古代皇帝通过神圣仪式活动对农业生产予以重视的场所。《西湖游览志·南山胜迹》记载:"宋籍田,在天龙寺下,中阜规圆,环以沟塍,作八卦状,俗称九宫八卦田,至今不紊。"然后人考证此说不确。如今人们在八卦田种植各种农作物,春有油菜花,夏有水稻,秋来尝甘蔗、收玉米,冬收萝卜、芹菜……八卦田成了农事体验地。八卦田周围"野芳发而幽香",鸟语饮涧,风景绝佳。

当我将视线收回到这个区的制高点吴山时,这个曾经以寺院、摩崖石刻久负盛名的地方,曾经汇集了香火集市、杂耍百态,如今山下就是繁华的河坊街了。这里商铺林立,百业兴旺。这里是有名的旅游打卡之地。这里聚集着胡庆余堂、方回春堂、御和堂等一大批中药名店，这里还有鼓楼、大井巷等文化景点，张小泉剪刀、天堂伞等著名商铺。这里的每一条街巷都是有来头有说法的。十五奎巷、城隍牌楼巷、南宋御街、水陆寺巷、五柳巷、大井弄、直箭道巷、白马巷……小巷深幽，散发着魅力。

　　如今的上城，道路纵横，交通发达。省、市、区的大批商业、旅游业、服务行业，省、市各大银行，省、市著名医院和影剧院皆云集于此，上城成为省、市商品经营、金融信贷、信息传播、旅游服务、医疗卫生、文化娱乐等的聚集之所。区政府积极推进"购物天堂、美食之都"建设，湖滨、南山路、清河坊三大特色街区建设，以四大城市综合体为核心，新增现代服务业企业939家，玉皇山南创意产业园、复兴国际商务广场被认定为杭州市第一批现代服务业重点类集聚区，以玉皇山南一带为核心的私募股权投资集聚区逐渐形成。南宋皇城小镇经过精心打造，成效毕现，"市列珠玑，户盈罗绮，竞豪奢"的局面恰恰可作为它今天的最好写照。

　　上城，这个皇城根下的老区不仅风景美、人情美，它的核心文化——宋韵文化魅力，它的"和谐""雅致"脉象，一直由后人口口相传并向四周辐射。它一直是杭州乃至浙江走向全国、走向世界的文化原点，从这里汇聚衍生的宋韵必然是这个时代辨识度最高的，也是最有说服力的一个文化注脚。

　　"千骑拥高牙，乘醉听箫鼓，吟赏烟霞。异日图将好景，归去凤池夸。"上城，是我心中的华贵之城、文明之城、梦想之城。

老舍文字中的济南

    1930年7月，老舍受齐鲁大学邀请来到济南教书。他一生足迹遍布世界，在济南生活了4年半时间。根据老舍的回忆，他刚走进济南城时，城楼上还挂着"勿忘国耻"的布条，西门与南门城墙上留有炮眼的痕迹。目睹此情此景，老舍义愤填膺，以此为题材写下长篇小说《大明湖》。可惜的是，老舍将它投给《小说月报》后，在"一·二八"的炮火中被烧掉了。

    老舍在济南期间也幸运地收获了爱情，他与胡絜青经朋友介绍认识，一年后结婚。后来两人有了爱情的结晶——女儿"舒济"，这个"济"字，用意自明。在济南期间，老舍还写了《月牙儿》《猫城记》《牛天赐传》《赶集》等小说，创作了《非正式的公园》《趵突泉的欣赏》《春风》《大明湖之春》《济南的药集》《吊济南》《一些印象》《到了济南》等大批散文佳作。

    这里仅就其散文佳作做一些个人化解读。

    老舍毫不掩饰对济南的无限深情。《一些印象》里写道："设若你的幻想中有个中古的老城，有睡着了的大城楼，有狭窄的古石路，有宽厚的石城墙，环城流着一道清溪，倒映着山影，岸上蹲着红袍绿裤的小妞儿。你的幻想中要是这么个境界，那便是个济南。"老舍直陈对济南这个城市的喜爱,他认为这个地方有山有水,有亭有泉,有石城墙,有清溪,有小妞儿,是一个美丽的古城。

老舍毫不吝啬用饱蘸深情的笔触,来写济南的山水画意。"请你在秋天来。那城,那河,那古路,那山影,是终年给你预备着的。可是,加上济南的秋色,济南由古朴的画境转入静美的诗境中了。这个诗意秋光秋色是济南独有的。上帝把夏天的艺术赐给瑞士,把春天的赐给西湖,秋和冬的全赐给了济南。"(《一些印象》)

老舍认为济南的秋天如诗如画。在文中,他用比较手法来写济南,他认为瑞士的夏天美,西湖的春天美。要说秋天和冬天,那还是济南最美。"特别是在秋天,那阳光能够忽然清凉一会儿,忽然又温暖一会儿,这个变动并不激烈,可是山上的颜色觉得出这个变化,而立刻随着变换。忽然黄色更真了一些,忽然又暗了一些,忽然像有层看不见的薄雾在那儿流动,忽然像有股细风替'自然'调和着彩色,轻轻抹上一层各色俱全而全是淡美的色道儿。"光线的明暗变化导致山色存在一些微妙的变化,这些在作家笔下是那么亲切、自然。

作者写济南的水,在济南,水是清的,也是甜的。作家用多感官来写济南的水景。"哪儿的水能比济南?有泉——到处是泉——有河,有湖,这是从形式上分。不管是泉是河是湖,全是那么清,全是那么甜,哎呀,济南是'自然'的Sweet heart吧?"其情也真,其意也纯。这不仅因为老舍先生对济南的山水情有独钟,更因为他的爱情在济南萌发,在济南的经历是他人生中最温馨浪漫的历程。留学归来的他,又有着各种不同经历与感受,因此这种对济南的情怀释放才显得浪漫而又纯真。

老舍写济南,除了山水,还有对民俗风情的恣肆抒写。他用幽默的语言表达对中药的喜爱:"卖药的人们非常安静,一点不吵不闹;也非常和蔼,虽然要价有点虚晃,可是还价多少总不出恶声。"

老舍先生不仅写出了对济南山水之胜的赞赏,而且写出了济南道路的狭窄、失修和交通工具的陋弊。他在《到了济南》和稍后的《路与车》中,即以幽默的文字描写了济南的瘦马破车、不平的旧石路、狭窄的小巷,车上的人稍微一歪头便有撞到墙上之危险,在幽默夸张中,也饱含着针砭。

在《三个月来的济南》和《吊济南》中,老舍痛陈济南的亡城之危,写了面对外侮时民众的麻木、散漫和缺乏组织,写了士兵的英勇抵抗,写了官员的敷衍和军阀的昏聩。

老舍对济南的情感有着两套笔墨、两种色调。他既欣赏赞美济南的山水之美,有诗意;同时又痛恨于当局的马虎、敷衍、无规划,民众的贫弱、愚昧、麻木。这种亦庄亦谐的文字,无一不透着含泪的笑,是一种急欲疗治而无奈导致的焦灼,也是一种恨之切的关照!

先生写济南的文字"一半恨一半笑"。1930年,他结束了6年的外国游学回来,自然对这片有着浓郁厚重文化的山水有着不一样的复杂感情:一方面,他盼望着融于当下的中原文化;另一方面,他又以自己的文化审美与价值观来评判济南。总的来说,他是爱济南的,认同济南的,在这里他找到"第二故乡"的印象,并且饱含深情地说:"每一个角落,似乎都存在着一些生命的痕迹;每一小小的变迁,都引起一些感触;就是一风一雨也仿佛含着无限的情意似的。"

老舍对济南,不可谓不爱。所谓爱之愈深,写之愈切!

榴枝婀娜榴实繁

走在凯旋公园里，小径两侧的石榴花开得热烈，开得红火。满树娇羞，仿若红尘仙子翩跹而来。

在白居易眼里，它有着"翦碎红绡却作团"的娇柔；在韩愈的诗里，它有着"五月榴花照眼明"的灿烂；在王安石笔下，它有着"浓绿万枝红一点"的惊艳；在苏东坡笔下，它有着"微雨过，小荷翻，榴花开欲然"的情味；在杜牧眼里，它有着"一朵佳人玉钗上"的婉约……它的花期又长，从5月可以一直开到7月，当众花争宠时，它不依不附，当百花凋零时，它明艳依旧，占尽艳姿，尽葆芳华。

喜欢石榴花，也源于它这种孤芳自赏的品质。

石榴，也叫安石榴或海榴，是一种高约八九尺的落叶灌木，长椭圆形而平滑的叶子，到了夏初开出赤红色的花来，像要给炎夏再添点热情似的。这种植物原产于伊朗及其邻近的国家。汉朝时，通西域的张骞带了石榴的种子回中国种植，不过当时他不是从伊朗带回来的，而是从安息国，因此石榴又名"安石榴"。当时还称之为"涂林"，就是石榴一词的外语音译叫法。从此，中国大江南北一到5月，便可见到红艳如火的榴花了。

要说石榴在中国知名的产地，肯定要提西安。西安石榴开的花大多是红色的,也有红白相间的,颜色非常鲜艳。当时妇女的裙子喜欢染成石榴花的红色,所以有人才会创造出"拜倒在石榴裙下"这句话,来比喻男子对女子的追求。"汉家天马出蒲梢,苜蓿榴花遍近郊。"石榴引入之初,汉武帝就下令遍植长安城。据史书记载,当时石榴作为珍树奇果,被栽植在首都长安御花园、上林苑和离宫,专为帝王享用。东汉魏晋时期,石榴的种植以河南最盛,而都城洛阳是石榴种植的中心。这一时期,石榴由皇家宫苑开始进入士人阶层乃至普通民众的田园,并开始成为本土化的优良品种。隋唐时期,石榴的栽培范围得到快速扩大。唐时临潼华清宫有七圣殿,绕殿长满石榴,据称是杨贵妃亲手栽种的。

西安临潼的石榴产量、面积和质量均居中国之首。在西安,骊山之麓,遍布榴园,初春婀娜多姿,仲夏繁花似锦,深秋硕果累累,尤其以"五月榴花红似火"被唐代诗人白居易盛赞:"花中此物是西施。"由于石榴和西安的历史渊源,加上其自身所具有的食用和药用优势,1986年8月13日,西安市九届人大常委会第27次会议决定,石榴花为西安市"市花"。

石榴是一种重要的功能性水果,果实富含可溶性酚类物质、类黄酮物质、花色素苷,果皮含单宁酸及鞣花单宁等抗氧化物质,具有抗动脉粥样硬化、抗流行性感冒、抑制心脑血管疾病、抑制前列腺癌等重要的作用。

人们为什么喜欢石榴?因为它寓意非常吉利而又丰富。石榴的寓意主要有两点。第一,它在我国传统文化中是一种吉祥、吉利的意思,通常将它送给结婚的新人,寓意多子多福。第二,石榴的颜色十分鲜艳,寓意着红红火火,象征着人们的生活和事业蒸蒸日上。

另外,石榴树还象征着生命、幸福和繁荣。在古代,人们认为石榴树能够带来好运和幸福,因此,常常将它作为喜庆、祝福和吉祥的礼品送给朋友和亲人。而在现代,石榴树的寓意也被赋予了更为丰富的内涵,它代表着人们对未来的美好憧憬和追求,是人们心中永恒的梦想和图腾。

石榴树还象征美好的爱情。石榴树的果实中有许多红色的籽,象征着爱情的热情。在希腊神话中,石榴树同爱与美的女神阿芙洛狄忒有着紧密的联系。据说阿芙洛狄忒曾经爱上了一个名叫阿多尼斯的青年,但阿多尼斯最终死于战神阿瑞斯的陷害,阿芙洛狄忒十分悲痛,流下了眼泪。她的眼泪滴在地上,化为石榴树,象征着她对阿多尼斯的爱永不凋零。

石榴树的观赏价值也极高,可以作为园林景观树来栽种。它既有食用价值,又有观赏价值,被人们广泛引种栽培于山地、庭院、公园等地,成为誉满天下的一种栽培佳木。

5月石榴开花的时节,在南京莫愁湖公园,有棵“金陵石榴王”正值花期。这棵石榴树树龄超120年,树冠直径达20米,每年都会开花。娇艳的花朵星星点点缀满枝头,好似披上火红的霓裳。为了保护百年石榴树,公园专门设置了护栏,并做了透水透气等处理。一瞬间,不由使我对眼前凯旋公园里盛开的石榴花满怀敬意。苏东坡《贺新郎·夏景》写道:“石榴半吐红巾蹙。待浮花、浪蕊都尽,伴君幽独。秾艳一枝细看取,芳心千重似束。”细想来,这石榴不仅牵系着古代欧亚人的热情,还触发了无数文人墨客的情丝。其本身的文化交流意义已经使它超过了诸多花卉水果,而成为人们喜欢的一种奇珍异果。石榴树,从此走入中国的千家万户,成为房前屋后遍种的美丽景观。

三个宋人的端午节

"老爷,起床吃粽子了!"苏轼爬起来。今年的端午节有点不一样啊,天气一直是晴着的。他洗漱之后,穿过后廊,只见王朝云拿着镰刀在花园里找着什么。

她一回头看到苏轼:"官人,你这可是头一回这么闲呢!"

"朝云你发的是哪门子疯,找耗子吗?"

王朝云笑靥如花:"今天不是端午节了吗?我在找蒲草,前几天交代丫鬟去置办节物了。偏只买了艾、柳、桃三种,独少了蒲草!"

苏轼来了兴趣,告诉朝云他昨天写了一首诗,等会给她瞧瞧。少一样无妨,这池塘里拔几根也行。蒲草不仅可以做药引,还可以吃呢。当初孔子周游列国时到了陈蔡之地,兵荒马乱中和众多弟子被困淮阳,绝粮七日,正是靠着采食湖中蒲草的根,才得以活命,并借此领悟了"弦歌不辍"的儒学真谛。

"官人是读书识大礼的人,那诗写了什么?念给我听听!"

"轻汗微微透碧纨,明朝端午浴芳兰。流香涨腻满晴川。彩线轻缠红玉臂,小符斜挂绿云鬟。佳人相见一千年。"

"太好了,妙哉!"王朝云沉默了一下,说,"官人,洗澡是应该的。我正准备放这四种去秽药水呢。那个相见一千年的佳人不会是说我吧?"

"正是你!"苏轼笑着说,又拍一下掌。

"那我要变成老妖精了!官人真是会说笑话。"朝云话题一转又说,"咱们去吃早点吧。我叫丫鬟上粽子果盘。"

端上来的有角粽、锥粽、茭粽、筒粽、秤锤粽五种粽子。苏东坡说:"'不独盘中见卢橘,时于粽里得杨梅',有没有上次我说的杨梅粽子?"王朝云说:"官人的口味真是挑剔啊,不过我早已想到了。昨天就包了几只,还没有煮呢!你先将就一下,晚上我让厨房刘师傅煮好。对了,去年的菖蒲酒是时候拿出来了。"

"还有香糖果子,别忘了。"苏轼想了想,又朝王朝云一笑,说,"那菖蒲酒,加香糖果子,可是端午节的标配呢。"

香糖果子,是将菖蒲、生姜、杏、梅、李子、紫苏等,切成丝,以糖蜜渍而成。菖蒲酒,是用菖蒲浸制而成,"以菖蒲或缕或屑泛酒"。

洗澡的事就不说了,让我们把目光投向另一户人家。

大名府梁中书家

只见梁中书和夫人正在家宴上吃席。"盆栽绿艾,瓶插红榴。水晶帘卷虾须,锦绣屏开孔雀。菖蒲切玉,佳人笑捧紫霞杯;角黍堆银,美女高擎青玉案。食烹异品,果献时新。弦管笙簧,奏一派声清韵美;绮罗珠翠,摆两行舞女歌儿。"(《水浒传》第十三回)

梁中书说:"夫人,我今番坐镇大名府,奉朝禄三品官衔,有此厚遇,全赖令尊蔡大人成全。如今记得泰山是六月十五日生辰,我备下十万贯金银珠宝,差人送上京师为他老人家庆寿。"

蔡夫人一听说:"官人聪敏,你差心腹之人去就是。但是时间比较紧迫。从今天端午节算起来还有一月。大名府到汴京,路途遥远。一定要选对人。"

梁中书说:"夫人此言在理。我已想好了最佳人选。考虑到路途遥远、强人出没,一定要找一个诚实可靠的。"梁中书站起来吩咐下人,今天过节要戴百索的。

所谓"百索",是用条纹清楚的丝线绣织成各种饰品,可以佩戴,挂于脖颈间,也可以相互赠送。小孩则缠绕在手臂上。"符箓",是将缯彩剪成小符儿,戴在头上,插于鬓髻之上,所以又叫"钗头符"。佩戴"五毒图"最为特别。"五毒"是指蜈蚣、蛇虺、蝎、蜂、蜮(或指蝎、蛇、蜈蚣、壁虎、蟾蜍)之类,宋人以为这"五毒"可以用来治疗疮疖,防治其他毒虫,所以就将其剪裁成图饰,佩戴在身上。

"来呀,替我去叫杨提辖(杨志)过来,就说有事交代。让他速速过来!"梁中书啜了一口茶,若有所思地说。

蔡夫人起身:"我去后院看看下人们艾草插得如何。你和杨提辖一定要交代好,记住谨慎行事,千万不能有闪失。"

梁中书连连点头说:"夫人放心,此事我来办。"

插艾草和石榴,须在天未亮时,将艾草、石榴等绑成束插在门上。有的还将艾草编为"人形",或干脆饰成张天师像。将艾剪成小虎,或在所剪小虎上粘艾叶,戴在头上避邪。艾草是一种可以预防疫病的药草,相传插在门口,可保全家身体健康。

东京（开封）宋徽宗皇宫

"皇上，请移驾临水殿观赏龙舟赛。"太监禀报。

只见那大龙舟长三四十丈，宽三四丈，头尾鳞鬣，皆雕镂金饰。

宋徽宗坐在龙椅上，眼见几十艘大小龙船在锣鼓喧天中前行，几十个行武好汉呼声连连，卖力地划桨。一会儿东边队领先，一会儿西边队占优。"好，我大宋有此健儿，江山可保无虞。传我旨意，参加者皆赏银二两。"

令初下，只见划船者纷纷喊出口号："皇上安康，大宋无疆！"

赛毕，宋徽宗在一干人等簇拥中回到殿内，开席观演出。参军色（主持人）便手执竹竿上场"致语"，还引领杂剧角色大呼万岁，请人来一段"大舞曲"后，端来下酒菜肴及各种粽子。在琵琶的独奏声中，宋徽宗带头吃下了第一只粽子，接着是宰臣吃粽饮酒，乐部跳起"三台舞"。然后，"竹竿子"会"勾"出一队"屈原"，二百多人头戴"峨冠帽"，手持一束菖蒲，同时吟诗诵词，甚是壮观，煞是热闹。

各位大臣纵情豪饮，宋徽宗说："爱卿们尽管多喝几杯，今番朕开心。端午节了，一年已快过半。大家各自珍重，保重身体。"

一位大臣站起来："谢皇上，皇上也要保重龙体。愿我大宋福寿齐天，愿百姓幸福安康！"

"传令明日继续休息，解粽节，大家必须休息一下再来上班！"宋徽宗说着，摆摆手，对着某大臣，"童爱卿，你留下来，帮我看看几张画。"童贯上前行礼，说："遵旨！"

其他文武百官都去领了粽子、纱冠，宫人们领了香囊、香坠子及软香。不值班的都休假了!

欧阳修在《渔家傲》(其五)中写道:

　　五月榴花妖艳烘,绿杨带雨垂垂重。

　　五色新丝缠角粽,金盘送,

　　生绡画扇盘双凤。

　　正是浴兰时节动,菖蒲酒美清尊共。

　　叶里黄鹂时一哢,犹瞢忪,

　　等闲惊破纱窗梦。

由此可见,宋人的端午节是非常恬淡闲适的。

绍兴和鲁迅

鲁迅在绍兴的影响力，是人人皆知的。我们走在绍兴的大街上，不久就来到咸亨酒店。中午，咸亨酒店人流如织。夫人指着门口的雕像告诉女儿，这个是孔乙己，看他在吃什么？

女儿不得其解。我赶紧告诉她，茴香豆。

记得22年前，我和夫人就曾到过咸亨酒店。那时的咸亨酒店，门口右边是几排长条凳，店堂内挂有一幅国画，题款写着："鱼米之乡绍兴游，文豪笔下咸亨酒。胜似春光今日里，赏菊沽酒茴香豆。"堂口的一副对联是作家李准撰写的："小店名气大，老酒醉人多。"我和兄弟沽了酒，点上一盘臭豆腐、一盘茴香豆，吃得津津有味。如今孔乙己雕像还在，孔先生照旧衣衫褴褛，瘦骨嶙峋，做靠扶状喝着酒，嚼着豆。而绍兴，却变了，早已不是鲁迅笔下的绍兴了。

我们从杭州出发，乘坐地铁5号线，换乘绍兴地铁1号线到鲁迅故里，只需要一个半小时。绍兴融入杭州都市圈，也就几年时间。我想，这个规划是明智的。目前，浙江地市级通地铁的城市，除了杭州、宁波，接下来就是绍兴。这是鲁迅想不到的。

我们去的鲁迅故里，包括鲁迅故居、百草园、鲁迅祖居、三味书屋、鲁迅纪念馆、河埠头的乌篷船、阿Q寄住的土谷寺、鲁迅寄养的长庆寺,甚至鲁迅小时候去过的后街恒济典当,都保留了下来。这是绍兴人的智慧。他们把鲁迅文化发扬光大,无限放大。鲁迅,把他的故乡绍兴通过文学艺术形象一步步激扬、一点点释放,引发无数人的共情,从此让这个江南小城登上世界舞台。因此,鲁迅与绍兴,相互成就了对方。

绍兴对于鲁迅来说,是文学之源。鲁迅从这里汲取地方文化,他把文学的、革命的、小家碧玉的绍兴带到大舞台上。鲁迅在推广宣传故乡方面,无疑是立了功的。

绍兴靠着先生的宣传,把霉干菜、茴香豆、绍兴酒、乌毡帽等,把武魁、文魁、社戏、诗韵、乌篷船、河埠头等带入世人的视野,成为人们消费和欣赏的文化营养品。我觉得,这一点上,鲁迅和绍兴同样想得周到。

在鲁迅纪念馆,我关注到改造后的新馆对人物生平和文学成长做了较为丰富的介绍,这是以前所没有的。电子屏上播放着的《阿Q正传》,正通过动态画面介绍鲁迅,可见绍兴人的用心。即便是时代变了,鲁迅还在,他的思想和灵魂,就通过一张张图片、一本本字帖、一个个挥舞的拳头来体现的。

绍兴人说着绍兴话,打着鲁迅牌子。从前那个家道破落,穷得连祖居都卖掉的青年鲁迅,专门请假回乡搬家,从此全家搬往北京城,离故乡的空间距离越来越远。消弭于人们视线的绍兴,没想到若干年后,却因一篇文章越来越为世人所瞩目。

绍兴是文学味满溢的绍兴,鲁迅是绍兴的一枚"朱砂痣"!

绍兴是复兴经济的一道大餐,鲁迅是复兴绍兴文化的一张金名片!

　　无论走在哪里,鲁迅都是故乡的鲁迅,绍兴都是鲁迅的故乡。

　　"地上本没有路,走的人多了,也便成了路。"可以说,绍兴的路,走出了鲁迅,鲁迅则反哺了故乡绍兴。

温情的德寿宫

约了很长一段时间才约到去德寿宫参观的门票。12月底,去了一趟德寿宫,参观了赵构曾经的住所。

德寿宫是赵构退位后住的地方。赵构1162年禅位给赵昚,自己住进了收归"国有"的秦桧府邸,将其改造为德寿宫。赵构在这里一住就是20多年。他是边修边住,在此赏玩山水,同时又把这个地方经营成南宋"北内"。赵昚十分孝顺他,拨款将德寿宫修葺一新,这里有微缩版的西湖和飞来峰等园林景观,中河之水被引进德寿宫。赵构在此写字、焚香、点茶、挂画。正是他的个人雅好影响到整个宋文化的形成。一时间,民间皆有此习,加之赵宋王朝的偏安求和大环境,这就使德寿宫的文化韵味更突出了。

赵构禅位,继位的宋孝宗赵昚是一位贤德而又有志之君。他为岳飞平反,起用张浚北伐,在失利后和金人签订"隆兴和议";同时又致力于整顿吏治,撤汰冗官,重视理财,赈济百姓,开展海外贸易,一时间开创了繁荣发展的新局面。

赵构和赵昚两代君王都曾居住于此地。虽然这里的名字改了又改,重华宫、慈福宫等,但在经历战火过后,几百年过去了,人们还是记住了德寿宫的辉煌和风雅。

在德寿宫里,我被这里的建筑形制震撼到。其建筑奉行宋代宫廷建筑流行的样式,主殿与多殿互补,形成特有的层叠之感。观其大殿内的陈设,简单而幽雅,体现淡泊之风。椅子是简易的休闲椅,令人想到赵昚前往赵构处请安聊天的悠闲。1184年,这两人曾前往飞来峰赏冷泉,为此赵昚还写了首诗纪念。赵构在去灵隐寺游玩时,遇一行者言谈举止不凡,一问之下,才知此人原是郡守,被贬到此地。赵构回去后便让赵昚将他官复原职,经核查,此人原来确实贪赃枉法,而且已经被宽大处理了。赵构却并不管这些,坚持让他官复原职,赵昚无奈,只得照办。由此可见,赵构退位后还是极有话语权的。

赵构喜欢湖山泉石,赵昚就叫人在德寿宫北苑蓄草养花种树造石景,来表达对赵构禅位的感恩之情。当时,很多事情他仍请教赵构,使得赵构对朝政有参与权。于是乎,德寿宫几乎成了当时的"幕后朝廷",也即真正的政治中心。

太上皇的"倦勤"客观上造就了宋人平和的行事作风。试想那么多政事要办,还要向金人纳贡称臣,哪有退休惬意呢?太上皇喜欢写诗填词,于是南宋民间得以弘扬,并出现了中兴四大诗人:陆游、杨万里、范成大、尤袤。四位大家的诗引领风骚,如尤袤《落梅》有句道:"却忆孤山醉归路,马蹄香雪衬东风。"诗歌平实清淡,却别有韵味。其他几位诗人各有千秋,此处不多言。南宋词人如李清照、辛弃疾、姜夔、朱淑真、文天祥等,也各有特色,宋文化蔚为大观。

南宋统治者"农商并重"。农业生产技术的创新,商品生产与销售的专门化,以及城市化的发展,都是大家有目共睹的。对外贸易也空前繁荣,使得南宋商品经济空前发达。而科举取士又使平民百姓有了上升渠道,客观上说,这也为南宋政权维持150多年提供了一定保障。

赵构深居简出,在家里练字作画,民间艺术因此也就有了发展的契机和动力。这位爱好诗词书画的退位皇帝成了民间模仿的偶像,粉丝众多。王公贵胄争相效仿,以习字填词为荣;老百姓则斗茶、插花、挂画、临帖,引以为雅。宋韵便是这么发展起来的。外部妥协,内部发展。此时的南宋政权得以偏安,也打造了约150年的发展基业。

德寿宫住过两代皇帝,赵构住了25年,赵昚住了5年。岁月流转,从1145年起秦桧在此修建府邸,到1268年改建为宗阳宫,作为祭拜场所,有着一百多年阅历的德寿宫像是一个老态十足的人,见证着南宋风云沧桑,成为历史深处的浮光掠影,渐渐淹没于历史的河流里。

而如今山河已改,历史已然翻开了新的篇章!

重庆的声光色

我们的飞机是在中午到达重庆的。因为事先预约了专车,我们来到网约车停靠点顺利上车。路上司机对我们说,重庆温度还是挺高的,穿得厚厚的我们看了下天气预报,确实有6—9摄氏度,羽绒服就显得有点厚了。女儿嚷嚷着说:"好热啊。"

到了格林东方酒店,看看外观,确实不怎么样。进了房间,看看陈设,又觉得还不错。下午两点,我去找医院打了一针破伤风,因为在济南时我醉酒摔了一跤,头上缝了两针。我打车去医院,一个女司机用柔和的重庆口音说:"你是要找医院吗?重庆大学附属医院离解放碑挺近的。看完了病,这里走过去很近。"于是,我先做皮试,再拿药。只见号单上写着"门诊9楼"。问了保安大哥,他说我们进去的就是9楼,下面还有8层呢。

在重庆,楼上跑车,楼下住人、办公一点都不奇怪。因为地方狭窄,加上地理位置特殊:山在城里,城在山上。上上下下,你就会觉得,进了重庆,就等于是在山上爬行了。对于平原上长大的人来说,这肯定有点吃不消。夫人和孩子埋怨走路吃力,可是对我来说,这就是小菜一碟了。我一个人走得蛮轻快,不一会儿就把她们两人落下了。

我们朝着解放碑走过去,一路上钻进几家特产店看东西。重庆特产超市里卖得最火的是火锅底料。不久前在抖音上看一个川菜师傅的直播,他做麻辣水煮鱼用的就是其中一种火锅底料,名字好像叫"名扬"。其实火锅底料花样蛮多的,有麻辣的,首推这个,另外还有番茄味的、清汤的、牛油味的等等。品牌也挺多,比如桥头、秋霞、周君记、小肥羊等。

逛累了,我们走进一家重庆小面馆。三个人点的有酸菜肉丝面、炸酱面、牛肉面,总价64元,吃起来比较够味,就是其中的花椒辣油放得多了,店家说是清汤,其实够味。至于那味道,可想而知了。当然,你要是觉得还不够过瘾,还可以加点麻辣油。

来到解放碑时,已是晚上6点了,我们本来想再去逛洪崖洞,但是时间来不及了,只好作罢。解放碑号称中国第一条商业步行街。1997年,重庆市渝中区政府又投资3000万元,将解放碑大十字地区(民权路、民族路和邹容路,共2.24万平方米)改造成解放碑中心购物广场。2000—2001年,渝中区相继投入1600万元,将步行街拓展至八一路中段和民族路。解放碑步行街的面积增至3.6万平方米。

解放碑最早兴建于1940年3月12日,1941年12月31日落成,原本是木质结构,四方形,炮楼式,高七丈七尺(约25.67米),有旋梯可达顶端,碑顶设时钟、方向标志和风速风向仪,当时由国民政府修建。建碑的意义是鼓舞全国人民抗战的士气,勉励同胞当有抗战到底的精神,因此命名它为"精神堡垒"。据说在碑下,埋有缴获的日本侵略者的武器弹药;在碑中,存放着美国总统罗斯福写给重庆人民的信;在碑身内侧,刻有成千上万阵亡将士的姓名。现存的解放碑于1946年10月31日正式奠基,12月动工,1947年8月竣工。这次全部采用钢筋水泥建造,十分坚固。碑高 27.5 米,为八角形柱体盔顶钢筋混凝土结构。

我们在碑下合影留念。这时候华灯初上,解放碑的路口、树上挂着一只只小灯笼,有的地方则挂着小圆盒,看上去像鸟窝,若是晚上,看上去就似橘子般黄澄澄的,很可爱。

第二天的行程可以说是红色之旅。一为参观渣滓洞,一为参观周公馆。在渣滓洞,我们眼前仿佛重现当年国民党特务残害共产党员以及狱中斗争的情景。我们深感《红岩》绝对是一部革命史,更是共产党人奋斗抗争的血泪史。

1947 年 12 月,渣滓洞重新关押犯人,称"重庆行辕二处第二看守所"。关押的人员主要是 1947 年"六一大逮捕"中抓捕的教育、新闻界人士,"小民革"地下武装案被捕人员,上下川东三次武装起义被捕人员,《挺进报》事件被捕人员,民革川东、川康分会成员,等等,最多时关押过 300 多人。江竹筠、许建业、余祖胜等都曾在此关押过。

渣滓洞看守所分内外两院,内院有一放风坝,有 16 间男牢,2 间女牢。内院墙上写着大量标语。

外院是办公室、刑讯室。渣滓洞有牢房、审讯室、审讯台、看守所长室,还有铁锁链、竹签、辣椒水、老虎凳等酷刑。老虎凳是一条长凳子,把囚犯的手脚都捆到凳子上,再在脚腕下摞砖头,摞到第三层的时候估计大部分人的腿就断了。"好残忍啊!"女儿感慨道。

1949 年 11 月 27 日下午 4 时,解放军已经解放了四川大部分地区,国民党开始屠杀被关押的人员。敌人对白公馆监狱的革命者进行屠杀时,从渣滓洞监狱拉出三批人押往白公馆附近枪杀。深夜,可隐约听到人民解放军的枪炮声,此时白公馆尚有 19 名、渣滓洞约有 200 名被关押的革命者。渣滓洞的刽子手向白公馆的刽子手求援,于是,丧心病狂的刽子手集中到渣滓洞,以"马上转移,要办移交"为名,将男女牢中的全部人员分别锁在男牢楼下的8间牢房里,突然用机枪、卡宾枪扫射。

走出渣滓洞,心里默念着那些牺牲的烈士姓名:江竹筠(江姐)、李青林、杨汉秀、张学云、谯平安、盛腾芳⋯⋯仅1949年9月至11月29日,国民党当局在这里屠杀的共产党人近300人。

走出渣滓洞,只见歌乐山下,一泓流水自山上倾泻而下,仿佛要洗去往日的黑暗历史。时光一去70多年,烈士的忠魂仿佛在告诫后人:勿忘历史,珍惜当下,好好活着,为国家多做贡献。牺牲自我,奉献社会,无怨无悔的青春才会焕发出熠熠光辉!

当我们下山去曾家岩拜访周公馆时,一样能体会到共产党人舍小家,为民族为国家所做出的努力和牺牲。周公馆坐落在重庆市渝中区中山四路的东端尽头,占地面积364平方米,是中共中央南方局设在城区的办公地点,南方局军事组、文化组、妇女组、外事组和党派组均设在这里。

1939年初,南方局考虑到办事处住房紧张,而曾家岩地处市区,靠近国民政府,会客访友和与各界人士接触都很方便,十分有利于开展工作。邓颖超遂以时任国民政府军事委员会政治部副部长周恩来的名义,租用了曾家岩50号主楼和三楼,以及二楼东边的三间房屋,对外称作"周公馆",实际上是中共中央南方局部分机构所在地。

馆内陈设着当年南方局同志们工作的场景。可以想见当年毛泽东在重庆谈判期间在此会见各界人士,以及周恩来接见中外人士的一幕幕场景。

我们走出周公馆,来到红岩革命纪念馆,领略革命者可歌可泣的革命斗争史,深感震撼。女儿说:"想不到革命先烈们的斗争如此艰难与坎坷。"

当今世界格局在变,我们不能松懈。我们需警惕,更需要发挥当年先驱们的斗争精神。如果祖国需要,我们当捍卫自己的国家,男儿当自强,为国家做贡献,为社会做贡献!去创造自我价值,去创造美好未来!

"现在明白为什么初六咱们一家人来重庆了吗?不光是来吃火锅逛大街。"妻子对女儿说。

"是的!"女儿若有所思地说。

三潭书院记

汽车开上一道陡峭的坡坎，爬得有点吃力。我们从车上下来后，便径直走向最高处的书院。

三潭书院入口处的位置在得胜营碑亭坳凤乾大道附近。十级青石为阶，上面是一道牌坊，牌坊下方正门上用隶书写着"三潭书院"几个字。细看，"潭"字下方"早"字的一竖写出了头，直穿过"日"字，寓意这里的三潭学子早日出头。门边上两个圆形花坛，一植金桂，一植银桂，望上去均翠绿依旧，充满生机。

经过长长的廊道转入正院，底层分三大间，正中为中堂，乃老师点教口授之所。吉信完小校长田景祥告诉我，他一直在此举办一个兴趣班。我翻了一下桌子上的教材，有两种，一为《中华诗教扎根诵读》，一为《吉信完小校园"十礼"》。"十礼"大约分"升旗礼""集会礼""对众礼""尊师礼""孝亲礼""起居礼""求学礼""着装礼""就餐礼""借赠礼"，可以说从行为习惯、精神面貌等方面对学生提出了要求，既规范，又好记。试想，学龄儿童"逢集会，快静齐"等"三字经"版本式的教育内容既务实，又求真，对学生的熏陶无疑是全面的。

田校长告诉我，自己目前还在工作。我看到他的班子办事能力和"快静齐"速度，听一个中层干部说，上午他们刚刚处理好一件棘手的事,紧接着又接待我们。这令我想起刚刚看到一位女校长在清洗操场入口的防滑垫,我问她是不是教室门口的,她说不是,是学生进操场处的,为了防止孩子们集会时摔倒。另一个老师告诉我,前天一场大风,刮断了一棵刺槐、一棵松树,还没来得及搬走。我注意到校园跑道上的一棵圆柏,树干上写着300年树龄,显然,这棵树的历史比三潭书院本身还要悠久了。

三潭书院建于清同治十三年(1874)。当地乡绅、贵东兵备道吴自发念及家乡偏僻,读书条件不好,因此从阵亡将士薪饷中拨银8万两,由其家人运回吉信镇,在得胜营和沙坪各建一座书院。得胜营书院初题"新吾书院"。吴自发回乡省亲,登上书院,见万溶江在山脚下潆回形成漆树潭、杨柳潭、罗布潭,伫立书院,但见三潭青碧如翡翠,令人心旷神怡,于是觉得"新吾"二字不能抒其山川钟灵毓秀与建此院初衷,便更名为"三潭书院"。还因为当初建院有吴、杨、田三家帮助,"三潭"也蕴含这个隐喻。

书院竣工,据说杨泳秋将剩余银两购置两百余亩良田作为学田,每年净收450余石谷子。书院还成立了董事会,杨家监督核算,蔡家做收支出纳。

书院建成后,又置田达1000余亩。书院延请教谕,如举人龙骥、名士田瑶价等曾任教于此。得胜营(吉信)附近的苗汉子弟均免费就读。有了三潭书院,吉信地区人才辈出。肖选卿、唐良臣、田云帆、田锡九、唐富僧、唐铣生、张宗藩等人在此读书,并考取秀才。其中肖选卿、唐良臣、田云帆曾担任教师,后来做了县长。

书院历经约150年变迁,英才济济。自建院至清光绪三十二年

（1906），共培养举人8名，秀才30余名。新式学堂建成，又培养数千名苗汉子弟，可以说享誉天下。

读罢校方资料，我不禁对三潭书院的悠久历史和卓越贡献肃然起敬。三潭书院创办人吴自发多次回乡，为解决书院生存出谋划策。其病殁于1886年，当地人曾建吴公祠以记之。其对家乡教育的贡献彪炳史册。

王连祥祖父及后人往返于贵州镇远府及吉信镇押运阵亡将士薪饷，风尘仆仆，一路跋涉，艰辛执着，造福桑梓。

杨泳秋及后人对三潭书院兴建和管理工作付出了心血，也值得褒奖。

三潭书院，是一座集信义、仁义和凛然大义于一体的宏大建筑。虽经约150年风雨，但其信义仁爱之精神必将载入史册，为后人所敬仰，可歌可泣。

在三潭书院的卓越校友中，就有著名材料科学家肖纪美等人。肖纪美，1920年生于凤凰吉信镇，其父肖官麟曾任凤凰县县长。1939年考入北方交通大学唐山工学院。1950年毕业于美国密苏里大学。曾任北京科技大学教授，是中国科学院学部委员（院士）。

其他有官职、社会职务的乡贤不一一列举了。当我走出三潭书院，回望苍松翠柏间的古朴书舍，对创办者吴自发的建院壮举非常钦佩，同时也对杰出的校友深表尊敬。我想，三潭书院不仅彰显了约150年的历史文脉，更展现了一代又一代吉信教育先贤的殚精竭虑。

如今的三潭书院，更名为三潭诗社。三潭诗社的诗友们常常吟诗作对；树上、花前、绿茵地，诗词歌赋点缀其间。诗社经常组织凤凰、湘西州等多个诗社诗词楹联联谊活动,还组织诗社专家在书院里给老师和孩子开展诗词楹联知识讲座。

这所具备1000余名学生规模的中心学校,以书院为核心逐步向四周发展,又以书院文化为核心打造出主流文化。

巍巍武夷,文化曾因三潭书院而熠熠生辉。

蓄养文脉,含蕴古今。

山河依旧,人间春秋。

这座文韵绵远悠长的书院,飞出了一只只金凤凰,唱响了本地苗汉子弟孜孜以求、不断奋进的时代新韵!

愿三潭书院越办越好,愿吉信乃至凤凰儿女一代胜过一代,愿凤凰的明天更加美好!

"天下唯三潭,松阁耸云间。书香溢千古,灵气扬万年!"

辑四

书斋，拥抱一方天地

我的阅读史

闲暇时打开一本书,就像在和作者对话,感受作者力透纸背的思量与潜藏着的情怀。我觉得阅读可以打开一扇通向世界的窗户,借由这扇窗户,我一步步完成自己人生的一次次跋涉。

大约在小学时,我开始阅读经典名著。《三国演义》是我反复翻阅的一本书籍。其中"反西凉"一章节,马腾明知曹操用计诱他入许昌受封,与众人商量之后还是带兵前往。黄奎奉旨前往劳军。黄奎素来恨曹操,与马腾不谋而合。两人商量诱曹操前来,以便擒贼。不料黄奎醉酒,回去酒后泄密,其小妾李春香又和黄奎妻弟苗泽商量。苗泽是小人一个,去曹操处告状。曹操得知后施计抓了黄奎,派人马征讨马腾,将马腾及其两子擒住,与黄奎一并处决。随后甚至连苗泽也一起被处斩,理由是他不义。

这一情节让我读懂了曹操用心险恶、奸诈势利又老谋深算的一面。因为年纪小,那时我看到的是刀光剑影下的乱世。我只知道曹操的人品不好,做人得学刘备,讲仁讲义,结义桃园。因此,对其中的江湖并没有去细究。其实仅这一章节就能看出作者的精雕细琢。哪怕是一个并不笨的马腾,明知是曹操奸计,却也无法拒绝受封。一个傻得让人无语的黄奎,还有那个不忠不义的苗泽,一个情节就像是一个人世江湖啊！

　　记得有一次母亲让我赶猪进栏。我看时间还允许，就一溜烟跑出去玩了，回去后知道事情没有做好，有点慌。母亲回来以后气得摸出一根杨荆条子要揍我。我就像马腾一样逃跑了，母亲追赶过来，像曹操一样紧逼。我说："你追不上我！我是马腾，你是曹操！"没跑多远，我就被地上一块石头绊了个嘴啃泥。母亲哈哈大笑："马腾的马字要写歪了。"

　　《西游记》也是我儿时比较喜欢的一本书。最初是通过连环画这种形式了解唐僧师徒的。孙悟空几番劝告想让唐僧把自己留下来，无奈唐僧就是不愿意留他，念起了紧箍咒，孙悟空疼痛难忍，见师父不回心，于是驾起祥云，去找观世音菩萨诉苦。孙悟空是睿智的，他知道让他摆脱紧箍咒的根源是观音大士。他是聪明的，也是忠诚的。只可惜一言不合就要打架，这是他的臭毛病。孙悟空武艺高强，是所有少年记忆里的一抹亮色。

　　小学五年级时，我对班里的一个同学有点意见，很久不与他说话了。起因是他的数学这次竟然比我考得好，之前一直都是我的分数比他的高一点。后来我从《西游记》中悟到，你要比别人优秀，不是老师课上念"紧箍咒"的问题，而是你自己做得不好。于是我坚持听课，不懂就问。后来，我的成绩上去了，我给自己的总结是既要学孙悟空的精明，也要看到别人的优秀。

　　在我读高中的时候，我第一次接触到琼瑶的《窗外》："就这样，静静地坐着，我看着你，你看着我，不要说什么，也不要做什么，让两人的心去彼此接近，不管世界上还有什么，不管别人会怎么说。这多美！"

江雁容的反叛和对康南的情感让我们一度觉得很唯美。1987年是一个什么样的时代呢？当琼瑶在抒写她的自由浪漫爱情的时候，我还是一个高中生，心里面有着千丝万缕的情意，脑子里却成天装着XYZ，时不时还要被数学老师抓到，然后给我讲题目。我就想，什么时候也能碰上一个貌若天仙的女老师呀！那时候，我们的政治老师恰恰是个长得还算漂亮的未婚女学霸，上课时轻声细语，其声音有几分像林志玲。有时候学生问她几句话，她还脸红。于是，青春期的我们一度荷尔蒙飙升，每天都想着明天有没有政治课、政治老师穿的是什么衣服之类，以至于高考时我的政治成绩惨不忍睹。这也就罢了，读大学后我甚至还给政治老师写过信，她也回了——也就是些鼓励我好好学习之类，并没有别的意思。

如今想起来，青春期的懵懂似乎是在情理之中的。琼瑶阿姨的浪漫情缘作品就是一剂开给少男少女的药方。必要的感情历程需要我们自己去经历，这样才能算是"渡劫"。

个人的阅读反映这个人的成长史。什么样的青春，什么样的年纪，读什么样的书。在我们一点点读着这些启智言情类的作品时，我们正在一步步走向成熟，正在完成一个青年人自己要走的行程。

到了大学里，我觉得是要好好读书的时候了，整天就在吉首州图书馆泡着。这个时候我看《红与黑》："于连对所有那些现代人的名字一窍不通，像骚塞、拜伦勋爵、乔治四世，他都是第一次听说。但是，没有人不看到，一旦涉及在罗马发生的，可以在贺拉斯、塔西佗等人的著作中获知的事情，于连就有不容争辩的优势。"于连拼命巴结，费尽心机钻营，为了爬入上流社会可谓穷形尽相，他心底的那种卑贱又时时困扰着他。作者把这个一心想攀附权贵的人刻画得入木三分。

于连的形象深入我心。要知道一个拼命读书考进大学的青年,谁没有于连似的野心啊!我们一方面在满足自己精神的追求,一方面也如他般在生活里挣扎,表面上把自己包裹起来,只有回到自己的位置上才能卸妆入睡。

是的,人何尝不是如此。进入高校,我们读的书更多更广,随着教育程度的提升,这就使我们进一步脱离原先的圈子,变得睿智、通达了,而细想起来,这又是顺理成章的。

从《三国演义》到《西游记》,从《窗外》到《红与黑》,我的阅读之旅充满对经典的神圣探索。从前"书非借不能读也",甚至有人抄书背书,如今,这只是一个令人唏嘘的故事罢了。从一本经典走向另一本经典,我觉得它使我单薄的人生变得丰盈,渐渐完美。

生活不是一帆风顺的,在我们成长期读到的一些书,无疑在长知识、受教益的同时,也为我们成长的过程增添了一丝烦恼、一些悸动,现在想起来也是唯美的、单纯的,滋养着我们的心灵,书本所给予我们的教益与熏陶作用显而易见。比如于连的奋斗历程就让我们觉得年轻人应该明辨是非,而不是一心只为名利,道德沦丧,变成行尸走肉。

好书让我们明白:社会需要净化,人生必有沧桑,于是历经风雨,我们能做好自己的选择,无怨无悔。

被阅读滋养的人生

成长的旅程与阅读是分不开的。

我是从看连环画开始对文学阅读产生兴趣的。那时候在农村，接触的书籍不多，除了毛主席语录外，在我家的抽屉里，还有买来的连环画。我记得有一本母亲买给我们的书——《黄继光》。黄继光，1931年出生在四川省中江县一个贫穷人家，幼年时给地主放牛、当长工。1949年四川解放后，他积极参加清匪反霸和土地改革运动。1951年，黄继光响应伟大领袖毛主席抗美援朝、保家卫国的号召，参加了中国人民志愿军。在举世闻名的上甘岭战役中，黄继光纵身扑向敌人火力点，用自己的胸膛堵住了敌人的枪眼，为部队开辟了胜利的道路。黄继光的故事吸引了我。

这本连环画让我改变了自己的人生观。我明白，除了小学课本里的《过桥》，竟然还有那么多肯帮助别人、肯为了信仰牺牲自己的人。

我朗读着课文内容："雷锋小时候上学，要走过一座小桥。有一天下大雨，雷锋和几个小同学一起上学去。他们走到桥边，看见河水漫过了小桥。雷锋说：'来，我背你们过桥。'雷锋把小同学一个一个地背过去。放学的时候，他又把小同学一个一个地背过来。"雷锋就是这样帮助别人的。

我记得老师特地表扬我读得好,让我回家继续学习。另外,老师顺便布置了回家后预习下一课内容的任务。小学一年级时,老师接到了六一儿童节参加公社表演的任务,让我代表学校参加沱江镇南华公社举行的朗读比赛。我选的是一年级上册的诗歌《高山顶上修条河》:"高山顶上修条河,河水哗哗笑山坡。昔日在你脚下走,今日从你头上过。"这算是一首打油诗吧。为了读好这篇课文,我每天回家后就坐在仁军家的草堆后面念,这声音让好朋友仁军以为自己做梦看了电影。第二天他告诉我,一连几天晚上都听到有个人在念电影里的台词,以为是在放电影呢。当然,由于准备不足,那次比赛我没有拿到奖。

到了小学高年级,我买连环画的热情越来越高。那时候,我愿意花一角八分钱买《马跃檀溪》,也愿意花更多的钱买10多本《三国演义》。这样,我裤兜里总藏着一两本连环画去放牛。从看拼音到识字,从看连环画到三四年级写的作文被表扬,我的内心逐渐对文学产生了强烈的兴趣。五年级时,有一个姓袁的老师也经常把我的作文念给大家听。

我对文学的兴趣还与外公热爱读书有关。他经常捧着姚雪垠的《李自成》在阳光下阅读,给我讲李闯王的故事。闲暇的时候,我也会拿书来看。我们相互给对方讲故事。外公就会夸我,说我讲得比他知道的更全面。当然,外公还知道《说唐演义全传》《岳飞的故事》等,他把我带到五光十色的文学世界里,激发了我对文学的浓厚兴趣。

到了初中,语文老师经常表扬我写作文很用心。记得有一篇写凤凰南华山的雾的文章,李老师夸我写得生动、形象。因此,我的初中作文有两篇是留在学校档案馆里的,是被当作范文保存的。听我妹妹说，她们语文老师还拿出来给她们看，并当众朗读过。

高中老师梁祖国也一样欣赏我的作文。他经常在大家面前念我的作文。如果他在报刊上发表了豆腐块文章，他也会拿出来念给我们听。后来，听说他调到另一个地区当教研员了。我们在课余时间，已经开始偷偷看琼瑶、金庸、张贤亮的书了。尤其是张贤亮的《绿化树》、琼瑶的《窗外》，这对我青春期的成长，对我立志走上写作的道路起到了关键作用。

时光不断向前，大学里的图书馆成了我阅读的场所，后来我办了张湘西州图书馆的借书证。这样，我接触到外国作家的《飘》《百年孤独》《战争与和平》《傲慢与偏见》，中国作家的《平凡的世界》《创业史》《边城》《四世同堂》等，也深深影响了我。20世纪90年代是文学复苏的年代，我们凭着兴趣成立了文学社。作为文学社主编，我已经在报纸上发表了一些小诗。在大学里，我经常给广播站投稿。一到吃晚饭，听到广播里播我的乡土散文，我兴奋得晚上都睡不着觉。于是，在学期末，我往往会领到校广播站颁发的优秀通讯员奖状。

看的书多了，我便尝试去投稿，陆续发表了一些文章，也被退过许多稿件。直到我大学毕业后分配到凤凰一个乡下小镇教书。我的阅读兴趣除了重读金庸小说，还有就是阅读《散文》《团结报》等报刊。在教学之余，我一边去图书室翻阅专业杂志，看报纸副刊，一边给自己制订了写作计划。

《长沙晚报》的一个编辑有一次去我们学校借宿。学校让他在我房间里小住。这位蔡编辑看到了墙上的阅读与写作计划，他对学校老师说，让我给他投稿。可惜此后我向他投稿，却没有得到任何答复。

当然,在投稿中我也认识了不少编辑,比如《开发周刊》《诗歌报》《散文诗》的编辑,还有福建一份诗歌报的编辑。编辑的鼓励使我坚定了自己的写作信心。

我的第一本散文集《尘缘》是在浙江工作时写的,2018年底,由海天出版社出版。《湖州晚报》还刊发了出版消息。第二本小说《白云深处》由湖北咸宁文联《九头鸟》杂志社收入丛书出版,出版单位为中国文联出版社。此后,我坚持或编或著,出版了多本文学书和教辅书,至今算起来有22册,近500万字。

对我来说,阅读是通过熏陶使我坚定信念、坚持写作的触发点。我在写长篇小说《白云深处》时,很多情节受琼瑶《窗外》影响,比如主人公的多愁善感。在写《被风吹乱了的城市》时,受邱华栋《花儿花》某些魔幻手法和人物性格的启发。阅读打开了一扇窗,通过这扇窗,我看到了文学的星辰大海,看到了生活的春暖花开。

阅读,在偏僻的乡村曾经释放过我的文学情怀,使我在感动中奋笔疾书,以文字记录了一个文学爱好者的春华秋实。我要感谢我的阅读经历,让我的思维不断改变,让我不断砥砺前行,不断向名家靠近,从而走上了漫漫文学之路,并养成热爱写作和坚持写下去的良好习惯!

我要感谢阅读!它是我生命中的一面旗,是我人生跋涉时的灯塔!

"不耐才子"袁枚

我曾经写过与杭州关系密切的几个历史名人,写袁枚是准备了很长时间的。袁枚(1716—1798),字子才,号简斋,自号随园山人,晚年有感满头白发而又称"袁丝"。浙江钱塘(今杭州)人,祖籍浙江慈溪。其出身书香门第:五代祖槐眉当过明朝给事中及御史大臣;曾祖茂英为布政使;只是到祖父袁锜时家道中落,其父亲、叔叔一代都靠才学游牧四方为生,父亲袁滨精通《大清律》,母亲章氏是杭州名士师鹿之女。

那么,袁枚是怎样的一个人呢?

严迪昌评价袁枚是一个真正意义上的专业诗人。"关于袁枚的个性,总之一言为'不耐'。他不耐学书,字写得很糟;不耐作词,嫌必依谱而填;不耐学满语,乾隆七年(1742)庶吉士散馆,以习满文不合格放任知县;不耐仕宦,乞养时年仅33岁,后再铨选知县,未及一年复归。"(《清诗史》)要说这个"不耐",在我看来,恰恰是袁枚率真质朴性情的表现。

袁枚这个人,他的粉丝真的是多不胜数啊!

汪曾祺是他的"藕粉"。汪曾祺很欣赏他的《随园食单》,认为他是一个美食家;甚至觉得论吃,袁枚恐怕算得上文人中的"天花板"了。当然,"天花板"级别的袁枚也是有短板的,此事容后面再说。袁枚自认为其学术生涯和成就相当一部分是食学,甚至说自己的食学成就不在诗学成就之下。袁枚认为,人生与国家大事莫过于饮食,他视高层次的饮食生活为一种艺术化境界,肴馔的制作也能够并且应当追求极致化结果。

我们来说说美食家袁枚。袁枚爱吃,爱得简单、自然,也爱得挑剔。

《随园食单》是一本讲"吃"的书。它分为须知单、戒单、海鲜单、江鲜单、特牲单、杂牲单、羽族单、水族有鳞单、水族无鳞单、杂素菜单、小菜单、点心单、饭粥单、酒茶单等14个部分,详尽记述了中国14—18世纪中叶流行的326种菜式。

好家伙,这可比那"小红书"更经典更专业了。随便举一例来印证一下。"厨者之作料,如妇人之衣服首饰也。虽有天资,虽善涂抹,而敝衣蓝缕,西子亦难以为容。"意思是说,好的作料,就像女人的衣服首饰,对增添女人的姿色起着不可替代的重要作用,这就像西施虽然拥有绝色,也需要打扮啊!

再如:"要使清者配清,浓者配浓,柔者配柔,刚者配刚,方有和合之妙。……常见人置蟹粉于燕窝之中,放百合于鸡、猪之肉,毋乃唐尧与苏峻对坐,不太悖乎?"说的是做菜时,要用清者配清,浓者配浓,柔者配柔,刚者配刚,才是天作之合……常有人用蟹粉配燕窝,用百合配鸡肉、猪肉,这就像让伟大的唐尧和大将苏峻对坐,真是一幅不和谐的画面啊!

那么也许有人会问,袁枚一定是个顶级名厨吧?

错,他家有个厨子,叫王小余。袁枚专门为他写了篇《厨者王小余传》，大致内容是小余做菜，天赋异禀，已臻化境，曾有人问他，厨师宰杀动物千千万万，不是在造孽吗？小余说，不能把它们的美味展现得淋漓尽致，让它们枉死于炉灶间，才是真正的造孽。

又有人问，因为你才华横溢，无数朱门富户三顾茅庐，为何你却要终老于随园呢？小余答道："因为这世间知己难得，知味之人尤其难得。我做的每一道菜，都是我的心血之作，但世界上的俗人，却只知道吃，而袁枚先生，不仅深知其妙，而且亦深知其不足，因此经常为此而斥责我、为难我。"

实在是高山流水，知音世所稀啊！袁枚将外面吃到的好菜回来说给王小余听。小王厨师依法炮制，一旦成功，袁枚那是又写文章，又记菜谱烹制方法。如果没有新菜，袁枚就对小王厨师说："你到外面去找好吃的名菜，费用回来我给你报销。记住，想办法搞到菜谱。"

如果说袁枚是个美食家已经够有趣了，那么我告诉你，袁枚还是个园林艺术家。他32岁以侍母为借口辞官，就花了200两银子购置隋氏废园，此园乃康熙织造隋公之园，废弃已久，破败零落，袁枚出资购置，易"隋"为"随"，起名"随园"。袁枚辞官后对随园"一造三改"，因地制宜，顺应自然，将它建成一个集山水人文景观于一体、清幽迷人、名噪一时的私家园林，吸引四方文人来此聚集。从此，遁隐小仓山房随园的他悉心打造随园，力求实现"壶中天地""须弥芥子"的最高境界。随园是文人园林中规模较大者，其所纳之景比一般园林更丰富。仅《随园二十四咏》中就涉及24处景观，兼具自然与人文，两者相得益彰。不仅如此，袁枚还依据四时天气的变化，设计了各具特色的景致，宜四季、宜晴雨，是袁枚赋予"壶中天地"的新内涵。

在这座倾注袁枚心血的园林里,他潜心创作,并接纳文友,聚会,谈论诗文。同时,他也是精明的营造者,他把随园周围的田地租给别人耕种,自己乐于当个"租公",从而有时间写出《小仓山房集》《随园诗话》《随园食单》等一系列传世佳作,几乎每部都打响,成了畅销书。他还成立了印书社,出版自己的作品,堪称一位精明的出版商。

这个喜欢吃又喜欢玩的人自然是讨现代人喜欢的,即使是穿越到现在的都市大街上,也丝毫没有违和感。因为他好吃,也会玩,讲究生活品质,又是那么随和、幽默、可爱!

要论他的诗文(包括墓志铭等)作品,毋庸置疑,堪称文坛大咖手笔。他是文坛性灵派主将,地位之高,无人出其右。然而我更喜欢这个有着众多爱好,既好玩又可爱的"生活家",在我看来,他就是一个个性男人,一个会生活、有品位的凡人。

历经宦海沉浮后,失落的袁枚辞官,在随园开始了长达50年的隐居生活。归隐的袁枚立刻有惊人之举:他拆除随园围墙,任由游人赏玩,还在门联上大书:"放鹤去寻山鸟客,任人来看四时花。"

他寓居随园50年间,四方名士凡到江南,莫不以造访随园为幸,而风流倜傥的袁枚也乐于交友,诗文唱和、争相题咏,还收了不少门徒,其中包括能诗善画的女才子二十余人,在当时堪称惊世骇俗之举。

他又是一个喜欢游山玩水的"驴友",足迹遍及天台、雁荡、黄山、匡庐、罗浮、桂林、南岳、潇湘、洞庭、武夷、丹霞、四明、雪窦等地,写下无数壮丽诗篇。如游乐清雁荡山时,有《观大龙湫作歌》,内云:"龙湫山高势绝天,一条瀑走兜罗绵。五丈以上尚是水,十丈以下全为烟。况复百丈至千丈,水云烟雾难分焉。初疑天孙工织素,雷梭抛掷银河边。继疑玉龙耕田倦,九天咳唾唇流涎。"诗歌新奇浩大,想象瑰丽。

他自述"好味,好色,好葺屋,好游,好友,好花竹泉石,好圭璋彝尊、名人字画,又好书",堪称一个奇葩文人、性情汉子。他的朋友圈里不光有红粉,甚至有"黑粉"。比如章学诚这样说:"斯乃人首畜鸣,人可戮而书可焚矣。"一代名臣刘墉在做江宁知府期间,因觉得袁枚有伤风化,甚至要将他逐出南京城。钱锺书说他:"子才装点山林,逢迎冠盖,其为人也,兼夸与诣。"有些评论内容尽管是诋毁,但我想如果袁枚活着,他会在乎吗?当然不会。

他活出了自我,活在"活色生香"的平凡境界里,做他喜欢的事,爱他喜欢的人,写他喜欢的诗文。因此,回到文章开头的"不耐"上,袁枚的"不耐"就是活在当下,活出真我,活得潇洒自在!

前文说他有"短板",那就是仕途不顺。不过,这又何尝不是件好事呢?

瓷景花间

瓷景花间指的是一个展示空间,布置在手工活态馆的一个角落里。望过去一幅竖轴映入眼帘,写着"问道"二字,给人以空灵之感。

瓷景指的是瓷艺作品,制作用的是冷瓷。非遗里的冷瓷,是指不经过烧制而制作出类似瓷制的工艺美术品,具有制作简单、原料易取、成本低廉的特点,且兼有高分子材料光洁、高雅、华贵的特色。角落的墙壁上摆放着一束冷瓷制作的插花,是一束长距彗星兰,六瓣三角形的长花冠张开着,花蕊小巧如豆。这种花芳香浓郁,尤其在夜里,香气更盛。还有一束则布置在挂轴右侧,大约是由紫色玫瑰和鼠尾草的锥状花盘集束而成的,给人以娴静之感。

在瓷景花间的主桌上摆放着一个空灵鼓,地上摆放有三个小一点儿的空灵鼓,后面有几个坐垫,是用来让访问者体验的,每架空灵鼓前面整齐地摆放着曲谱。一个穿着纱质长衫的女艺师正在敲打空灵鼓。

这是一种怎样的和谐?我听到你敲打空灵鼓的声音,仿佛听到黄钟大吕,听到清音流淌,听到风吹过花间,感受袅袅炊烟。"你的美一缕飘散,去到我去不了的地方。天青色等烟雨,而我在等你。炊烟袅袅升起,隔江千万里。在瓶底书汉隶,仿前朝的飘逸……"让我想起周杰伦《青花瓷》的歌词。

我听着你敲打空灵鼓的清脆,感受着那微微伤感的情绪。我注视着你,聆听着你一记一记敲打鼓面发出的雅乐,仿佛置身于一个远离尘嚣的世界。

空灵鼓,是艺术家们借鉴西周编钟而发明的。空灵鼓目前分为五色音阶与七色音阶两种。五色音阶,即传统的宫、商、角、徵、羽,相当于按音高顺序排列的1、2、3、5、6。我看着你敲打着空灵鼓,其声空灵、幽远、醇厚,把我的思绪带进一个迷宫。喜欢你飘逸的装扮,你身上的葛麻织品是那么柔韧,你气质清丽,浑然若仙子。我注意到你手背上的文身图案,就想,你不仅仅是茶艺师、音乐师,还是一个摆渡人。你轻敲鼓点,我仿佛听到梵呗声声,空灵如天籁。这鼓点是度化人心的,所以这鼓名为空灵鼓。

我流连其间,注意到冷瓷上的花卉,注意到眼前这青花瓷色的茶具,我喜欢这些瓷器,喜欢其璞玉一般的意境。我还喜欢饮一盏茶。我想向你讨一杯茶喝,可又不忍心将你打扰。

流连于瓷景花间,我喜欢这个小小角落里的各式空灵鼓,它们圆润,有着涵容天地灵气的包容胸襟。我喜欢这空灵的清音,它是那样的飘摇,它像一枚棋子,一枚棋子就是一曲旋律、一场风雨。一架空灵鼓,就像一个木鱼,仿佛敲打着生生死死的探问。

我是来此喝茶问道的。瓷道、花道、音乐表演,万事万物皆有其宗。我不想追问,不想打扰你,我只是一个过客。今天,当我走进杭州丝联厂这个活态馆的空间,我仿佛回到了那个灯火阑珊的宋代。我想着宋式服装,挽一个道士髻,把衣袖一点点抖开,然后捻着须轻吟一阕宋词。

让我邂逅一个道法老师,让我走进一个典雅的梦中。此时耳边回荡着李玉刚《万疆》的唱段:"抚流光一砖一瓦岁月浸红墙/叹枯荣一花一木悲喜经沧桑。"

乐声空灵,余韵悠长。

端午的风景

一想到端午，记忆里就浮现出小时候挑着鸭子去外婆家过节的情景。五月初五端午节，家乡人将这个节日看得很重。比如大河里有龙舟竞赛，家里有烧香祭拜的习惯。比如粽子就是一种祭拜品。我们乡下每到端午节，往往会做雄黄酒。

把鸭子放到外婆家的我们，跟着舅舅脚后跟在村中四处溜达，有时候还到村里的代销店买点糖果之类吃。外婆也会从米缸里拿出米糕给我们吃，再分发小舅买来的兔儿糖。我们帮着大人干活，劈柴、生火、洗菜、挑水，当然，除了去菜园里摘几个西红柿，摘几根黄瓜来吃，我们就在院子里的某一角下起了打山棋。

端午的家宴上少不了喝点自家酿的酒。老家是喝白酒的，外婆也会喝一点。大家一起讨论着粽子哪家的好吃。我们那边包的是三角粽，用糯米和粽叶做材料。母亲把泡的糯米放在箬竹叶里面，做成一个三角粽。蒸好后，将白白胖胖的粽子放在白糖碗里蘸着吃，那个甜哪，早已成为我们童年里的一抹亮色。

端午还有一幕情景也是我们念念不忘的，那就是看龙舟比赛，我们那边叫"看划龙船"。听说沱江镇有划龙船比赛，我们计划好进城看热闹。走了两小时十几里山路到县城里，在沙湾一带早就听到"咚咚锵锵"的锣鼓声。再走近,只见人山人海,叫声连片。我们沱江镇的龙船在一群中青年大哥整齐划动下遥遥领先。母亲叫我不要走远,说等下四点钟在虹桥南口位置上会合。我们就四散开来,寻找合适的位置看划船比赛。沱江队和水田队在争冠军,第一、第二名之战尤其好看。人群是混杂的,有的喊水田队加油,有的喊沱江队加油。锣鼓咚咚锵,也将我们的少年壮志鼓噪起来,乃至自己也幻想着有朝一日去做一名划船好手,将对方打败!

眼看着沱江队取胜,就听见人群里有人在说:"年年都是水田队、沱江队取胜,我们林峰、廖家桥的都没什么戏了!"说话的是一个30岁左右的青年男人。

"那是你们没有下功夫去训练,比赛两个月前就下通知了。人家水田队、沱江队最近半个月几乎天天都在练!能怪谁呢?"一个60多岁的老人对青年人说,有点不以为然。

有一个苗族老兄用苗话说了一遍,又用普通话说:"都不要吵了,要怪就怪你们政府不支持,没拨点款下来。没钱吃点好的,谁有力气去比赛呀!"

"就是,"一个包头帕的苗族婆婆说,"有工夫训练划船的时候,你们在家里玩牌。没工夫训练划船的时候,你们想的是抢鸭子。又怎么能在比赛时胜过人家?"她的话引来大家的赞同。

"就是就是,老人家讲到点子上了!喜欢打牌而不费工夫去训练的村民哪里划船能赢呢?这不是天大的笑话吗?"

这时人群中一阵轰动,说锣鼓喧天的比赛要结束了。

我只看见那龙头船上,像是漆涂过一样。他们说,这是要涂鸡血的。民间认为，鸡血代表祭祀，可以引来蛟龙助阵，沱江队在比赛中取胜是迟早的事。十几个汉子，靠了他们的吆喝呐喊，专门来涨士气。加上敲鼓的鼓点具有感召力，一准要拿第一名的！

不过对方怎么说都没用。紧接着广播里说："刚刚大家看了划龙船比赛。下面要进行抢鸭子比赛了。接下来请注意，抢鸭子要讲规矩。各位也要注意自身安全。要是有什么不测，边上有'水猴子'帮忙，但帮忙的就要分享鸭子了。"主持人这么一说，就见主席台上扔下几十只鸭子。众多好汉泅水来抢鸭子。鸭子在水面上乱窜，那些原先敲锣打鼓的、划船抄桨的，还有众多本地健儿，拿出了游泳比赛的功夫上前。不一会儿，就有赞叹声传来，原来那个青年的表弟率先抢到了鸭子，然后又要去抢别人的。裁判对他说："能抢别人手上的吗？你这是犯规。鸭子要充公的！"

那个抢到鸭子的男青年说："那好，我已经抢了一只，另外那只我不要了！"

后来一打听，这人确实是沙湾附近的居民，仿佛一生下来就有好水性，水里出没如在陆地，人称大宝。他拿着一只鸭子，来到他亲戚面前说："欢哥，今年背时的，算了，咱们回去把鸭子炖上，一起喝点酒。"

呼喊声渐渐远去。河里还有几只鸭子。

还有人在抢鸭子。有的人手上拎了两三只，有的人一只也没有抢到。

"你看，这不是做白日梦吗？一只也没有抢到，都搞了一天了，晚上好好吃点。"回龙阁边上，两个青年也边说边聊，一个说"我的鸭子要到梦中去抢了"，岸上青年说"我今天没空，要明后天再去吃鸭子了"。

我在人群里寻找两个表弟，大家在虹桥边的南山路口这边相聚。母亲还特地请我们吃了本地凉粉。我还花2角3分买了一本连环画《六出祁山》。

母亲说："看了划龙船比赛，你看出点什么了吗？"

我说："我看出了团结的重要性。"

大表弟小兵说："抢鸭子比划龙船比赛有意思。"

小表弟小杨说："划龙船比赛好看。但是掉到水里，那才有意思。"

母亲笑笑对我说："还是你有想法。你们表弟将来就是种田的命。"

我默默跟在他们后面。这个端午，也许只是众多庆典活动之一。除了拜节、去看划龙船比赛，它还意味着什么呢？心里的锣鼓声远去了，而这个节日的习俗与拼抢鸭子的场面，却留在记忆里，一直鲜活着。

多少清凉界

不知道为什么，突然喜欢上岣嵝山房这个地方。你要问我它在哪里，我只能说它在诗里，它在文中。

为什么这么说呢？岣嵝山房的主人是李芨。李芨，号岣嵝，武林人，也就是杭州人。他的房子在哪里？"逼山、逼溪、逼韬光路，故无径不梁，无屋不阁。"张岱《西湖梦寻》告诉我，那是一个近山近溪近韬光路的地方。以我的判断，大约在冷泉亭以西的某个地方。这房子的周围环境如何？"门外苍松傲睨，翁以杂木，冷绿万顷，人面俱失。"其实，它就是一个松柏参天蔽日、林树飞花之地。这样的地方，依我们的想象，它真的适合归隐和修真。所以，李芨这个人我确实很喜欢。他是个"神人"，徐渭就很钦佩他，于是他们成了好朋友。

好朋友十分难得。徐渭说着就来了。"岣嵝诗客学全真，半日深山说鬼神"，两个人聊什么那么开心呢？对了，聊鬼说神。徐渭（1521—1593），绍兴府山阴（今浙江绍兴）人。初字文清，后改字文长，号天池山人，或署田水月、田丹水、青藤老人、青藤道士、青藤居士、天池渔隐、金垒、金回山人、山阴布衣、白鹇山人、鹅鼻山侬等别号，中国明代文学家、书画家、戏曲家、军事家。民间也流传着他的故事，关于他年轻时如何聪明，后来如何捉弄官宦等。从徐渭的诗中可以看出他是如何欣赏李芨的,两个人一起泛舟西湖,在西泠桥、断桥一带赏荷。徐渭感叹说:"七年火宅三车客,十里荷花两桨人。"他对和李芨两人游历的事情念念不忘。李芨虽无出家之实而宁愿在韬光寺一带隐居,"七年火宅三车客",火宅指尘世,三车指三乘。李芨"修行"几年不得而知,徐渭夸他学道倒是有几分神似。俗人学佛,是要念经诵道的,而李芨可能做不到。他啸傲山林,写诗著书,与徐渭有着共同爱好,因此两人能成为知己。

这一点,张岱《岣嵝山房》有交代:"山人居此,孑然一身。好诗,与天池徐渭友善。客至,则呼僮驾小舫,荡桨于西泠断桥之间,笑咏竟日。以山石自碨生圹,死即埋之。所著有《岣嵝山人诗集》四卷。"张岱对两人的交情十分欣赏,能感觉到他的文字中有一种惺惺相惜的情怀。这一点上,文人心灵相通。

"天启甲子"(1624)是一个特殊年份,27岁的张岱与好友赵介臣、陈章侯、颜叙伯、卓珂月及其弟平子读书于此。当时的张岱,自责于名利之心未灭,对于山僧送来的"园蔬山蕨"有点不习惯。以我的思考,张岱的确说的是大实话,那么点年纪,谁又能把名和利看得淡泊呢。徐渭1593年去世,岣嵝山房主人李芨什么时候去世,却是一个谜。

再回到岣嵝山房来。据张岱文中所写,这里没有鱼肉,但有山肴野蕨。山上有很多毛栗子,有山笋,山农在房子边上卖菜、卖野鸡野鸭鸟雀什么的。张岱还是想搞点鱼吃吃,于是到潴溪里面去打鱼,结果弄到数十条。他走到冷泉亭,来到包园,爬爬飞来峰,骂骂蕃僧杨琏真伽,甚至还动手毁了一尊他的石像,真叫一个爽啊。

关于张岱,他真的是一个富贵公子,也堪称一个旷世难得的散文大咖。他之所以迷恋岣嵝山房，是因为欣赏李芨的出世与人品。至于天启甲子年（1624）明朝京城发生的一起陨石大爆炸案，官方历史上好像没有提过。

但是又有什么要紧的呢？张岱在这山房中读书，明白了一个事实。在功名利禄之外，他在岣嵝山房的经历，显然是一颗年轻的心在跳动，是这位眠花宿柳的过客在阅尽红尘、92岁高龄的人生路上，所经历万般坎坷而从此改变人生方向的一个驿站、一个转折点。"空学陶潜，枉希梅福。必也寻三外野人，方晓我之衷曲。"（张岱《墓志铭》）

读完张岱，再用他的思路去看看生活，突然觉得，这位高寿老人竟然如此明智，如此率真可爱。我也有点向往那如今已渺茫不知其踪的岣嵝山房了。"多少清凉界，幽僧抱竹眠"，最后用王思任的诗来作结吧。

湖山信美

——观宋韵江南书画展

走进中国美术学院美术馆一楼大厅,迎面看到的是巨大的立轴宣传海报。"夜山钩古——黄宾虹的宋画研究""湖山揽胜——宋韵江南书画艺术展""立最高峰——潘天寿的常变之道""含英咀华——汇通中西的国美油画""典垂百代——两宋书画传习展",看5个画展花费60元,想想今天是可以看个够了。

此行我的目的其实是看两宋的几幅名画。至于所谓"传承",也就是后人的临摹之作。在我看来,艺术的发展史,大约就是在模仿和开拓中不断嬗变的历史。

中国山水画到了南宋,气象万千,别开生面。无论是技巧还是观念都发生了变化。关照自然、模山范水成为重要的内容与角度,画院派注重把视觉符号的山水根据内心意念来进行个性表达,绘出了那个时代的脉象与个性特征。

以北宋郭熙《溪山行旅图》为例来解说。郭熙,字淳夫,河阳温县(今属河南)人,早年信奉道教,游于方外,以画闻名,宋熙宁元年(1068)奉诏进入宫廷画院。山水画师法李成,自创"卷云皴",画树枝如蟹爪。其画论《林泉高致》总结了对山水画中四季的审美感受,及山水画中"三远"构图法。此作兼以"高远""深远""平远"构图法取景,层次分明。山石、云烟、树木古朴简淡，笔法雄健。画石以卷云皴为主，树木多虬枝，如蟹爪下垂。用浓墨写树，境界清幽，颇有笔简气壮、景少意长之妙。

郭熙的这幅画体现了宋画厚重沉郁的风格。但见平视近处角度中的山石虽不高，但有形，其形卧狮，其背夷平，石头的后侧另有一怪石，形状不规则。石之后有奇松三棵。右边那棵低矮，枝叶披垂，如胡须般飘逸。另两棵松较高，其一向天，枝叶稀疏，另一侧弯，其姿势如翅膀张开，做腾飞状。

画的中部有石桥，有瀑布。溪面或平阔，或置于悬泉瀑布之中，山石嶙峋，奇松峥嵘。其间可见一道瀑布，落差较小，瀑布在两岸树木掩映下淙淙流淌。亭台楼阁在这一层上有两处：近处房舍，体积大，在树丛间突出大部分；远处见亭台，人字形亭顶，显得简洁渺远。

高处群山运用虚实法，只勾勒皴制山尖，四座凸峰前后排列，再往远处，尖峰若隐若现，与画面左边的题款形成互补。

整幅画给人的感觉是笔法讲究，比如用卷云皴，树枝的画法就有其特色。纷披如须，显见其健朗浓厚。构图"三远"法可以说得到了完美呈现。看着画，可以想见郭熙作为宫廷画家的深厚功底。

郭熙在入宫廷画院后，初为"艺学"，后任翰林待诏直长。宋神宗赵顼深爱其画，曾"一殿专皆熙作"。王安石变法时新立中书、门下两省和枢密院、玉堂等墙上壁画，皆为其所作。郭熙工画山水，无师承，早年风格较工巧，后取法李成，画艺大有长进，到晚年落笔益壮，能自抒胸臆。

南宋以来，临安城盛极一时，"回头看城内山上，人家层层叠叠，观宇楼台参差，如花落仙宫"。西湖也即重要人文景观，成为文人画士们创作的母题。它的四季变化,造化万千,历代画家多用作品来呈现。"湖山信是东南美,一望弥千里",钱塘自古繁华,故而也在画中得到体现。

相传为李嵩所作的《西湖图》,可以说是南宋画家中绘制西湖的典型佳作。李嵩,南宋时期钱塘(今杭州)人。少为木工,颇远绳墨,后被宫廷画家李从训收为养子,宋光宗、宋宁宗、宋理宗三朝(1190—1264)画院待诏。工画人物道释,得从训遗意,尤长于风俗画。李嵩画过许多表现下层社会生活的风俗画,把劳动人民的生活作为审美对象来描绘,这在中国古代美术发展史上有着重要的意义。

全图采用鸟瞰构图形式,画的中央一片空白,为西湖湖面,湖上方山峦起伏,南北高峰对峙,苏堤六桥隐约。全图工笔写意兼用,墨色清淡洗练,用笔老道。卷首有明沈周书"湖山佳处"四字。

观其图,水墨氤氲,画境开阔。我在画中细心寻找宋时西湖的各处景点,发现西湖一些地标性建筑比较明显。苏堤、孤山、白堤、保俶塔、雷峰塔尽入画中,可以说是一幅西湖实景图了。

观李嵩笔下的西湖,画中湖面开阔,他有意留出空白作湖面,中央远景是群山环抱的西湖。湖水似明镜,上面碧波荡漾,扁舟点点,往来穿梭。雷峰塔、保俶塔遥遥相望。画的左边,山脉连绵,雷峰塔于树丛中屹立,群楼鳞次栉比。湖的右方是白堤、孤山景色。楼阁水榭,排列有序。中间湖面平静如镜,毫无波澜。

图卷引首,沈石田书"湖山佳处",卷后有秀水吴璠七绝,赞美画家描写西湖春景之清秀,嘉禾金礼七律,点出画上"晓山""春水""人生得意须行乐"。

画幅右靠边居中盖"仇远"白文方印。画幅左右两角各盖"两山"半截不同朱文印。画上还盖有谢淞洲收藏印"淞洲""希之"等朱文印。

一张画，一幅人生春秋。彼时宋人生活场景，仿佛通过画面隔空而来。我看到南宋的临安城繁华如梦，人们在都市之中的闲适或忙碌，一切尽收眼底。我被作者的精绝画工所折服。

《西湖图》堪称精品。在明太祖朱元璋眼里："一日阅李嵩之画，见西湖图一幅，其上皴山染水，界画楼台，写人形而驾舟舫，举棹擎桡，飞帆布网，抛纶掷钓，歌者音，舞者旋，管弦者则有笙篥觱篥。其为湖也，汪洋汗漫，致玩景者若是，可不乐乎！"（厉鹗《南宋院画录》卷五引）

湖山佳处，锦绣东南。杭城自古就是天下游子心驰神往的所在。因为是南宋皇都，故而愈加为人所向往。关于西湖，入画者颇多。李嵩的淡烟水墨绘出了其神韵。个人觉得南宋画作主张"马一角，夏半边"的半边构图技巧，这与艺术家主张自然、简约的生活态度是息息相关的。大量留白，恰恰显得空灵，令人遐思。

两宋年间的山水画，画艺日益成熟，并逐渐形成了勾、皴、染、点的笔墨技法，其不但表现了山川的外形和内在纹理，也画出了山川恢宏的"神韵"。两宋时期的山水画融主、客观为一体的发展变化，以其独特的画法技巧和审美意境，达到了中国山水画发展的巅峰，对后世产生了巨大而深远的影响。

观完画展，出门时已是下午3点，近2个小时的观赏，收获颇丰。之前我有点雾里看花，如今虽也走马观花，但感受到西湖文脉的悠远，对宋人追求祥和与创新的艺术境界有了新的认识，可以说它彻底刷新了我的艺术认知"三观"！

绘锦绣江山　显厚重情怀

——观余任天画展有感

　　由浙江省文旅厅、浙江省文联主办的"江山多娇"暨纪念余任天诞辰115周年艺术展，最近在浙江省美术馆盛大开幕，我有幸瞻仰，颇受启发。

　　余任天1908年生于诸暨浬浦镇，一生酷爱艺术，矢志于艺术。擅长山水画，兼作花卉、人物、书法、篆刻，也擅长鉴赏。观其山水代表作，师法马远、夏圭，取法石涛，创作中期渐渐向取意过渡。大约这也是成名成家的必然之路吧。

　　《如松石之寿》画于1961年，画家时年54岁。这一时期的国家经历了饥荒。从画面上看，是为纪念中国共产党40周年诞辰而作的。从作品内容看，作者以墨笔勾写出一块巨石，一棵松在其后，松身有三分之二隐于大石后。石头嶙峋，作者勾画了了，大片留白。留白处有画名、题款等。画家以下沉的墨势勾勒巨石底部，显见其深厚。松树底部松皮如鳞，足见松树扎根之深。石与松均为长寿之物，意喻坚实之志。石之厚拙、松之隐身形成鲜明对比。虚实相生方为妙诀，可见画家用心之奇。一幅画，一段心路，一种表白，一个隐喻。在画者50多年生涯中，从写生到以意取胜，将厚重之心灵表达出来，已属不易！

　　《万山润春雨，佳气日氤氲》是画家又一幅山水代表作品。画中的近处山石与奇树历历可见，绿的松雄奇，红的花绚烂，草青青，石苍翠；远处，山朦胧，树朦胧，依稀可见人家。此画远近对比，层次鲜明。峡谷中白雾氤氲，浩浩然若仙境，缥缈有诗意。画面左侧可见公路向远处绵延，似与山外关联。画家将雨中所见景致表达得淋漓尽致，格调清新。

《敢叫日月换新天——新安江水电站伟观》作于1964年。新安江水电站建于1957年4月，是新中国成立后自行设计、自制设备、自主建设的第一座大型水力发电站。其位于杭州建德市新安江镇以西6千米的铜官峡谷中，一江碧水逶迤东去，宛如一台巨大的天然空调，给这座小城带来独特的小气候，使新安江成为名闻遐迩的旅游休闲度假胜地。1965年12月，工程全部竣工。余老先生在这个节点上采风作画，可以说正好赶上特定的时间。画作上右侧是青山绿水，其颜色深浅对比，浅黄的泥土与绿树遮盖的部分相互衬托，凸显出山势变化与错落之美。画的左侧部分的取景则颇有层次，近处青葱的山，远处一湾秀水，几处青山如兽脊蜿蜒而去，再远处可见点点渔帆。中间部分就是水库了，八股水从上而下奔涌而出，气势磅礴。大坝上此刻尚有吊车未撤走，依稀可见当年热火朝天的场景。在坝下，水势磅礴，一片汪洋。左侧仍有屋舍，以及裸露的黄土，低矮的房屋，令人畅想遐思。新安江水电站被人们誉为"长江三峡的试验田"，对长江三峡水电站的建设是有重要参照价值的。这幅画表面上画的是山水，其实它的历史意义不言而喻。它堪称人类战胜自然、利用自然来服务于人的典范。

"地上之山水，妙在丘壑深邃；画上之山水，妙在笔墨淋漓。笔墨之变化多于真山水，故更胜于自然也。"余老谈山水的这段话非常恰切。胸中山水是块垒，笔墨所下处，有浓淡，有构思，烘托点染，而气韵顿生！

"画是绝妙之艺术品"，余老从一个小学教师跻身为"新浙派"名家，与黄宾虹、潘天寿、吴茀之等比肩，锐意进取，强调笔墨内核和质朴率真的人文精神追求是可贵可敬的！

余老的"守清贫，甘淡泊""宁寂寞，忘荣辱"的人格追求值得我辈效仿，其镇静沉稳、不求闻达、殚精竭虑、精进不懈的从艺态度值得我辈学习！

剪花娘子库淑兰

库淑兰是谁？你认识吗？

不认识。

那我告诉你，她是一个土得掉渣的村妇，却又是一位世界知名的工艺美术大师。

她不知道色彩名称，不知道大师为何称谓，不知几何构图为何物。她为什么被称为"大师"？

带着疑问，我参观了她的作品纪念展。浙江美术馆最近举办的"花间世界——库淑兰作品研究展"，就是特地为她安排的。库淑兰已于2004年辞世，她活了84岁。

库淑兰的剪纸作品记录了朴素的农村生活，清新、生动，仿佛就是陕西大地上生长出来的工艺之花，绽放出特有的芬芳。剪纸构图大胆、人物形象饱满、色彩鲜艳，库淑兰的作品很快受到了关注。她的艺术剪纸也先后在西安美术家画廊、中国美术馆、中央美术学院陈列馆展出。1996年，联合国教科文组织更是授予她"民间工艺美术大师"荣誉称号。

荣誉加身，鲜花围绕着库淑兰。

之前人们不知道库淑兰的名字，不知道她是陕西旬邑县赤道乡富村人。她有一个小名叫"桃儿",小时候的桃儿精干伶俐、争强好胜,村里人都称她为"鬼精灵""猴桃儿"。比起别的孩子,她是幸运的。她的家境普通,4岁上学,15岁辍学,她识字。她从小对庙里的神像就有兴趣,因为神像彩绘特别漂亮。精雕细刻的佛龛和绣工精巧的锦帷、绣片吸引着她,庙里的彩绘壁画上还有很多动人的故事,那些故事打动了她。库淑兰的心里充满了这些色彩,她想着怎样把它们表达出来。

然而库淑兰又是不幸的。17岁嫁人,她的丈夫大字不识,脾气又很暴躁,婆婆又常刁难她,库淑兰的婚姻和家庭生活是不快乐的。她为丈夫生了13个孩子,在充满苦难的年代,缺吃少穿,有10个孩子相继夭折。然而日子总要过下去,她在夹缝中过日子,而且把日子过好了。空闲的时候,她琢磨着用歌声来解解闷,用剪纸来表现她心中的理想世界,表达她心中的期许和愿望。慢慢地,她的剪纸艺术得到村里人的肯定,名气一点点大起来。

"一树梨花靠粉墙,娘到绣房教贤良。一学针线毛帘绣,二学裁剪缝衣裳,三学人来客去知大礼,四学莺哥把家当。"库淑兰爱唱歌,她把歌里的内容用彩纸剪出来了。

库淑兰的剪纸作品有的是表现人间草木的。如《石榴树》,作品灵感来自"石榴树树开红花"的民歌,这幅作品中有18个大石榴,颜色有浅红、粉红、深红、橙色四种,石榴顶部开出各色花儿。枝枝相连,叶子浅绿,枝干如竹节般向上。石榴树呈左右对称模样。整幅画既有颜色区分,又有细节变化。比如红色就有三种类型,右上角三个小石榴果子与左上角两个小石榴果不一样。周边绿色锦缎上缀有太阳花与链形纹,像一个倒"8"字形,可以说精致异常、精妙无比。《青枝绿叶白牡丹》是库淑兰的又一精品,画面正中是两朵牡丹。叶子有梭形的,也有太极纹。画的正上方是一朵侧开的大牡丹,花朵层层叠叠,颜色由深至浅,褐色、深红、大红、粉红、浅红、白色,绚丽无比。花的左右两边各有两只鸟儿衔着细枝。鸟儿的羽毛、头尾部、脚部都非常清晰,可以说细腻生动。鸟儿边上是两枝花,枝上花苞未开,叶子一大一小相互烘托。整张画既有细节的真实,又展现了作者飞扬的想象力。

库淑兰的剪纸作品有的是表现日常生活的。如《江娃拉马梅香骑》描绘的是当地一个轻松有趣的民间故事。江娃牵着马,梅香骑在马上面。江娃正用鞭子打着马,不小心打在梅香脚尖上。梅香喊着:"疼哩!"这个故事的源头在一则旬邑民谣里:"鸪鸹鸹,鸪树皮,江娃拉马梅香骑。江娃拿哩花鞭子,打了梅香脚尖子。'哎呀呀,我疼哩!''看把我梅香能成哩。'"故事里呈现的打情骂俏显得富有生活情趣,鲜活异常,这正是库淑兰乐于表现的题材。库淑兰对旬邑民谣的热爱和关注恰恰成了她取之不尽、用之不竭的剪纸艺术源泉。

库淑兰的剪纸作品还有的是表现民间信仰的。逢年过节时的祭祀、乡风民俗中的传统文化成为她创作中的又一个重要部分。《红纸绿圈圈》《三公主坐云端》《无人敬我太阳星》等就是典型例子。《无人敬我太阳星》中,太阳星是一个美丽的姑娘。她梳妆打扮,爱花养花,洒扫祭祀。其中一个场面是太阳星手里拿着兵器,可见她是一个爱红装又爱武装的美丽仙女。为什么太阳星是一位女子呢?库淑兰认为,太阳星羞羞答答,不愿意让旁人看到她,所以才那么耀眼。在她的想象中,日月星辰是可以摆布的,这也就是库淑兰作品的独特性所在。可以说她的作品具备了艺术大师的理解力和独创性。

库淑兰做到了两个独特：其一，打破剪纸艺术中以单纯的模仿来传承的传统；其二，独创了一种前无古人的表现自我灵魂中真善美的艺术模式——剪贴画。中央美术学院民间美术系主任、教授，著名艺术家杨先让先生说："我可以这样告诉你们，她是我至今了解到的民间艺术家第一号种子，真正大师级的人物，几百年出一个的。马蒂斯也剪了一手很美的剪纸，如果他真是一个诚实的艺术家，那么他看了库淑兰的作品会五体投地的，你们应该出版她的书，国内外大画家什么规格，她就应该是什么规格。"

日本"毕加索"冈本太郎认为"传统"一词极具革命色彩，一旦冲破陈旧的桎梏，那些陈腐内容——人类的生命力与潜能就会绚烂地绽放，铺展开来。传统，就是这种变化的原动力。库淑兰的作品给我们的启示——艺术，既可以是陈旧的，又可以是崭新的。

我从库淑兰的作品中看到了传统与创新的融合，这种融合就是中国艺术走向世界的希望所在。

库淑兰，称得上世界工艺美术大师级人物。尽管她不知道色彩名称，不知道大师为何称谓，不知几何构图为何物。

江涵秋影雁初飞，菊花需插满头归

——观第八届菊花艺术展

进了植物园，被满眼的菊花所吸引，加上天气凉爽，难得的良辰美景，我决定好好看一回菊展。

这次的主题是"两宋菊花精品展"，为了突出这个主题，设计者们做了精心准备。"宋韵"旋律表现在各个方面。简单来说，就是将宋人的服饰、清供与当代文化元素融合。与其说是我们在赏菊，不如说我们在与宋人完成一次心灵交流。

当我从南门走进植物园，一路上看了好多带有团扇状的菊花普及展览片区。这些扇子状介绍牌有很多关于菊花种植历史和菊花种类的介绍，狠狠地给我科普了一下，受益不少。我觉得很有点课堂介绍的味道，归纳起来一个字——雅！

在植物园玉泉观鱼主景区，我看到这次菊展的主题布展区——由扇子、菊花、芦苇叶和其他花组成的一组风景。四把扇子，两把是实的，象牙扇、纸折扇；两把宣传艺术扇，中间空，也没有扇骨，一把上写着"'西湖秋韵'2022年杭州第八届菊花艺术展"，形制大一点，一把稍微小点的扇面上用隶书写着"两宋菊花精品展"。折扇在宋朝是相对成熟的一种文化物品，扇形多样，制式也多，有蒲扇、团扇，也有纸折扇。纸扇的品种据说是在日本扇的基础上得到完善的。因为唐宋时期频繁的经济交流,我国和东亚以及欧洲的国家都有了互信与尊重。而扇子则成为各国政要相互馈赠的交流物品,象征着信任和优雅得体。

走进玉泉鱼跃门口,只见一个窗台上有个大大的"绣"字跃然而出,其后饰以假山、松柏、芦苇,菊花以塔状出现,或者独立一朵。其左侧是一件用黄、绿、紫三种主色调做的宋人衣服,其长袖是一件米黄色的丝织品,上面绣着几朵菊花,花色鲜艳,精美可感。衣服的后面是一个大大的"宋"字衣架。沿着边门进入,可见菊花做的团扇、蒲扇,同样是黄、绿、紫三色,精巧无比。进门后则可见一幅《只此青绿》山水画,两块草绿牌匾上写着"东南形胜""参差十万人家",让人一下子联想到当时一百多万人口的宋都临安城的繁华景象。

印象较深的第一个场景是余杭区住房与城乡建设局送展的"宋雅余韵"主题展区,只见余杭良渚文化元素如玉琮,禅茶文化如径山茶园等背景下,将南宋"菊花小楼"建筑墙景与山水相结合。宋人生活四雅"焚香、点茶、挂画、插花"与菊香幽径、山泉流水交相辉映,以味觉、触觉与视觉体验来展示宋人生活的画面,同时也展示宋人风雅生活的东方美学风韵。观之,油然而生一种向往之意,原来宋人竟也是如此讲究风雅格调的。

印象较深的第二个场景是出口边上的"青玉探菊"主题展区,供展方为临平区住房与城乡建设局。作品以三组宋瓷为设计元素,将宋代优雅内敛的极简美学演绎在作品中。主景"梅瓶"采用立体花坛的表现形式,将南宋马麟的《层叠冰绡图》以龙泉窑菊花鼓灯三足炉造型平衡整体画面,搭配气势磅礴的悬崖菊花,沉稳内敛,又有行云流水之感。宋人的雅致生活少不了挂画。而赏画有助于饮茶之时,心态平静。方寸间尽显乾坤造化,这些菊花小品背景运用了《层叠冰绡图》《太液荷风图》《竹禽图》三幅绘画作品,分别与前置景物相呼应,展示出南宋文人雅士的生活美学。整个作品,菊花或是塔菊,或是悬崖菊、盆景菊,搭配特色菊花花镜,使人感受到宋人生活的精致优雅。

走出后门,花港管理处一组"菊花新·词韵画香"主题展则将宋词元素融入画境,我看到"八千里路云和月","江涵秋影雁初飞,菊花需插满头归","乘风好去,长空万里,直下看山河","倾白酒,绕东篱,只于陶令有心期"这些词句,对宋词的意境有了一种更深的感悟与共鸣。作品设计在原有背景矮墙的基础上,配以枯木、枯藤、纱画、植物粘贴画及菊花等植物烘托整体气氛,营造出"采菊西子畔,悠然忆古今"的画面感。

在出口不远的围墙边,有一组用《清明上河图》和《梦粱录》等内容装饰的主题展,旁边以各种菊花相烘托。《清明上河图》是宋代画作之代表作,作者为张择端。《清明上河图》宽24.8厘米、长528.7厘米,绢本设色。作品以长卷形式,采用散点透视构图法,生动记录了中国十二世纪北宋都城东京(又称汴京,今河南开封)的城市面貌和当时社会各阶层人民的生活状况,是北宋时期都城东京繁荣的见证,也是北宋城市经济情况的写照。《梦粱录》是宋代吴自牧所著的笔记,共二十卷,是一本介绍南宋都城临安城市风貌的著作。两位大家各自以不同方式演绎两宋生活。

走出后门,往植物园西南有一处展区,则展示江南水乡人的生活,传达出宋人崇尚淡雅的理念,主题就是"湖光山色",一艘江南小船,多个盆景菊,将山水与江南社会生活很好地融于一体。

当然,在精品区,我也感受到各种菊花取名的意趣之妙。比如一朵橙黄大菊,名为"龙王",当为取其色泽雍容之意;"江融新雪"则是一朵白中微微泛黄的波斯菊,颇似江上新雪初融,令人浮想联翩。

赏完菊展,对此印象颇深。感觉本届菊展中"宋韵"的主题十分突出。主办方营造的宋文化主题通过造景、巧搭、迁移、象征等手段,很好地营造出一幅幅风雅、内敛的宋韵菊景,婉约生动,令人浮想联翩,为市民打造了既高雅而又和谐的文化景观。这次菊展,让我对宋韵有了一定的了解,受益颇多!

劳动是一件美好的事情

一、做家务是本分

我是不太喜欢做家务的。自从为了方便孩子读书，在城北租了套房子后，城南老房子就成了我这个"不老不小"的闲人安身立命之所。我是个固执的人，平时也有些懒惰。刚刚准备执行的干活计划，后来往往由于有点应酬就忘记了。待到想起来，一个星期过半，拿起拖把，就像提笔忘字，不知从哪儿下手。

切换一下思维，我告诉自己，打扫不是写作，更不是正儿八经的工作，你随便从哪下手都可以。于是很快放下包袱，先拖地吧。以前是夫人拖地，我擦桌椅，如今人去阵地还在，一切由自己负责了。

我用落地拖把房间从里到外拖了一遍，角落里的灰尘早已积了很厚一层。我左看右看，忙前忙后。一会儿拆洗地拖布，一会儿拿出扫把、畚斗配合着扫除灰尘。按照夫人的说法，你得先吸尘，再拖地。可自己贪图省事，一遍一遍已经很烦。我想，手脚并用，大约是劳动时的基本状态。

打扫过以后，才明白"一屋不扫，何以扫天下"确实有点道理，屋子是需要打扫的。三天不扫就会积尘。

一番清扫，至少让地板干干净净了。虽然不能照见人影，但也是清爽的。

我在想，劳动可以改变一个人的习惯。我们应努力把做家务当成美好的事，喜欢拾掇的人，肯定习以为常了。

因为做家务，我感受到生活原本应该有的朴素与美好！这样的付出挺值得。

二、种菜是个精细活

最近才种上黄瓜、秋葵与茄子。我母亲快80岁了，还在屋后和山腰上种瓜种菜。用她的话来说，那是勤劳肯干，不要在乎收多收少。

头几天看到黄瓜秧开出花来，好一阵兴奋，说不定它就是今夏结出的第一个黄瓜呢！赶紧发朋友圈炫耀一下。我种菜，还得学习一下母亲的技术。她说："施肥也要在关键节点上。你这阵子浇水别太勤，因为刚种下去。等到它慢慢长大，就可以多浇一些了。"

再过一段时间，茄子开出了花，一树一树的，煞是好看。这个时候，我早已把每天拎桶水上去浇菜当成了习惯。

到了秋葵花盛开的季节，我简直成了美的创造者和生活家。

记得要经常观察，旱了及时浇水。

收获时节在7—8月。有时候，我边拔草边掂量着，这么一大排茄子，吃不完如何是好。

太阳太大了！我用黑毡子网盖住根部，担心它会被晒干，于是时不时上到楼顶，看看太阳的位置，以便确定将遮挡的黑网挪到哪里。

我殷勤守护的蔬菜终于结果了。黄瓜躲在宽阔的叶子里，露出它绿油油的身子,秋葵一节节往高处生长,茄子谦逊地低着头,紫色的果子弯成了一弯眉黛。

人类的辛勤劳动和贴心守护是让蔬菜结出果实的前提。它和付出成正比,一点都马虎不得!

三、写作也是一种劳动

构思一篇文章和种菜的过程是一样的。种下茄子苗,这个时候我也开始观察它各个生长阶段的各种变化。走到杭州花圃,我在观察它的地理位置、草木品种。它位于西湖西畔的杨公堤以西,洪春桥南黄泥岭以东,金沙港景区以南,茅家埠景区以北。杭州花圃不仅是一个景观设计非常好的园林公园,也是花卉培育基地,分盆景、月季、兰花、菊花、露地草花、水生花卉、温室花卉、牡丹、芍药九个区。假如我要写它的某一种花卉,我得了解这花的品类、特点、花色变化,以及花语和历史文化知识,如此才能写出这种花卉的文章。这与种菜的过程何其相似。

观察—思考—写作,这一过程其实也是一种劳动。它耗时、劳神,并且有时会白折腾。不过,写作劳动是必须的,文字是一种产出,无论其命运如何,我都不在乎。因此,写作是一种无私的奉献,写作者乐此不疲。偶有发表,如同在万花丛中寻觅到一点绿,无论如何都是心悦神怡的。

做家务也好,种菜也好,写作也罢,既然都是一种劳动,自然需要付出。对于劳动者而言,有辛苦付出的劳累,也会有孜孜以求的结果。无论这结果是圆满美好,还是稍有微瑕,都不应该后悔。

你想我时，看看天看看云

今天的朋友圈被老乡黄永玉给霸屏了，黄老离开我们了。有一位律师还发表了有关老先生遗嘱的声明：黄老说不要取他的骨灰，不要搞什么纪念活动，让他回归大自然，让他自由自在一点。网上还有一个视频，黄老说："我一点都不怕死，是的。死算什么呢？"

这是一位睿智幽默的老人留下的关于生死的睿语箴言。

我想起他的长篇小说《无愁河的浪荡汉子·朱雀城》里他自己写的话："自小掇拾路边残剩度日，谈不上挑食忌口。有过程，无章法；既是局限，也算特点……"老人以90岁之躯，坚持用钢笔在文稿纸上写作，一部关于12岁前在凤凰城的见闻经历，洋洋洒洒约80万字的作品就这么完成了，应巴金之女李小林之邀，从2009年开始，连载于《收获》，达5年之久。

现在想来，李小林做了一件大好事。黄老的经历让他自己来写，是最有感情的，是一种唤醒，也是一种考验，毕竟黄老年近90岁了。这套于2013年第二届春风阅读盛典获得致敬奖的《无愁河的浪荡汉子·朱雀城》让我对黄老刮目相看。之前我对他的印象是，画画肯定是一流的，写作吧应应景，别放在心上。可是黄老一旦答应出版社，他就要发狠提笔了。他一边画画，一边写作。用他自己的话来讲，写作是他的"行当"，是一种过硬的兴趣。黄老1982年出版的诗集《曾经有过那个时候》获得第一届全国优秀新诗奖。

看来，黄老写文章也是非常棒的。

通读《无愁河的浪荡汉子·朱雀城》，发觉黄老对朱雀城（湖南凤凰）的理解是藏在心灵深处的。他不厌其烦地编织幼年神话，那些人、那些事在他2岁到13岁的记忆里是那么清晰深刻，因此他要写写自己的凤凰经历。他用的是乡俗俚语，写的是嘈杂故事。在这个遥远的童年记忆中，黄老写道："幺舅把狗狗架上马背，自己牵马走在前头。背后3个人跨马慢慢跟着。……人们来来去去，穿出穿进，靠这些养人的山川形胜长大。"

这个小城里有梦魇，有黄永玉童年的山川岁月和温厚时光。这是爱是怜悯是感恩，这也许就是他所追求的主旋律吧。

"我没有那些很大的理想，我就是想把自己所知道的事情表达出来；也没有为一种什么'伟大的意义'去尝试，没有。写出来，朋友喜欢，就开心了。"黄老说。

这部小说有20万字，最初发表在《芙蓉》杂志上，后来又被《收获》转载。我记得自己当时还在凤凰的邮报亭买过来看。但到现在，对内容已经没有什么印象了。

是的，我对黄老的印象，从写作角度讲，恰恰是他并不优美的文笔和没有多少顾忌的写法，才使小说本身充满了魅力。因为，那些发生在边城的事件都一一印证了黄永玉细致入微的心路历程。

如果说，家乡朱雀城（凤凰）给了黄永玉以童年记忆，13岁后的闯荡则把少年逼成了一个硬汉。1937年夏天，无力抚养儿子的黄玉书，将黄永玉托付给即将赴厦门集美学院工作的堂弟黄毓熙。这一次的告别，不但成了与父亲的永诀——这对父子很快因战火失去了联系，1943年，黄玉书因病去世——也成了黄永玉后来漫长一生漂泊的起点。

从福建山区小城德化瓷器小作坊里的小工，到泉州战地服务团的美工，黄永玉学会了在社会上摸爬滚打，渐渐把自己锤炼成了一条硬汉。他霸蛮，又很自负。抗战期间的生活使他学会了如何艰难求生。在这一点上，他比自己的表叔经历得更多。

对于自己艰辛的谋生经历，黄老从来不言输。他的妻子张梅溪是将军家的千金小姐，被他的才华所吸引，两个人最终选择私奔。两人相处70余年，感情融洽，几乎从不吵架，也没红过脸。

其实，在那样的日子里，他对待苦难的态度，往往选择的是"吃得苦中苦，方为人上人"。因此他耐得住寂寞，花得起工夫，最终才有了今天自己的非凡成功！

黄老用不懈努力追求自己想要的东西。即便是撞得头破血流，他又何曾屈服过、埋怨过？

今天我们所要学习的是，像黄老一样遇到困难不懈怠，不放弃，永远保持一颗童心，永远积极进取，不成功不放手！他说过，人只要笑，就没有输。黄永玉信奉的是一种"打架的哲学"：不必分析拳头为何挥过来，重点在于应对，见招拆招，把命活下来。在每个难关都想办法笑，把痛苦熬成笑话，这就是他的活法。

黄老这个人啊，毕竟是有意思的！

水墨氤氲的时代大气象

——观时代先锋来支钢水墨艺术展

日前,我有幸参观了"时代先锋来支钢水墨艺术展",颇受震撼。

来支钢,号云禅,李可染第三代传人;1963年生于安徽蚌埠,现居北京,中国美术家协会会员。

继往开来是艺术发展的必经之路。观来支钢水墨艺术展,它带给我最直观的感受就是大境界、大手笔、大气象。

水墨画要重视什么?中国传统水墨画最讲究的是诗情画意,通俗地说,就是神似和意韵。

水墨画作为最传统的中国绘画艺术种类,一直以来,传承者众多。艺道虽广,但又是规矩束缚较多。试想,给你一支笔,一卷宣纸,一方墨,除了花鸟虫鱼、山川河流、瓜果蔬菜、人物建筑,你能画出什么风格的佳作?

来支钢的画给我的第一感觉是境界宏大。传统水墨画以描绘自然景物来实现古人的"澄怀观道";也就是说,画者把山水融入了自我的精神世界,追求"天人合一"的理想。因此,观水墨画,不仅要观其意,更要观其韵。

个人十分欣赏来支钢水墨画的水墨表达。其中一幅画作,三面是峰峦,颜色黝黑,来支钢用墨韵深浅来表现丘壑的外形和肌理。但见山之峻拔、雄奇,峰峦掩映下,小溪在嶙峋岩石和古老桃林的衬托下迤逦而来,我仿佛能听到溪流淙淙,画面中部靠右有青瓦白墙人家,四周亦有古树烘托,令人遐思翩翩。

当然,画面中部的桃林是令人留恋的。近看树叶似雪,黑色枝丫用墨线勾画了了,细如蝇足。那桃树枝干上的洞眼用圆点表达,这是一种独特的鳞皴,看上去树的表皮纹理非常细腻。为了着力表现树之古老,画家显然用了笔墨以表达其独特韵味。

画面的下部是瀑布,只见画者用墨色表达出瀑水的形象,白色的流水在重力作用下向下飞溅,那线条与流水非常直观细腻,仿佛能听到瀑水发出的响声,似鞭声响亮,似凤鸣长空。画家用深墨、淡墨表现远近高低关系,给人以强烈的视觉冲击力。

自然,来支钢的水墨画有着强烈的唐宋明清山水画风格魅力,他是积善而又开一代风气的,有人说有李唐、范宽、李可染、黄宾虹的脉象。在水墨运用上,著名画家范扬认为,他既有宋人大山大水的气象,也有李可染的沉郁、雄浑,更有范宽的雨点皴扑面而来的雄伟气象。

来支钢水墨画的艺术之美,真正体现了水墨艺术的传神与传承,同时又是有其执着追求与创新意识的。之前写过马远《水图》的艺术鉴赏随笔,今天,我就来支钢画云一类作品来谈"云道"。

来支钢笔下的云千变万化,姿态多样。我所见一幅巨画,画面是开阔的原野,大概是地形平坦的郊外坡地。整幅画是一字线型宕开的,视野非常开阔。画家用墨色点染,勾画出云的深浅,用墨色界分土地与川源坡地,只见白云或如浪花飞溅,或如喷泉起伏,聚散无常,行踪变化,来去诡奇。有时候,云下有树,作者虚起笔势,把云的起势、浓淡变化表现得如此形象,如此清晰,如此传神。近处的云饱满、飘逸,远处的云单薄,呈线形。

中国美术家协会副主席徐里评价说:"这种气象、韵律、格局把握得很好,让人感觉到是一种正气,山的线条与气势,云的笔墨与缭绕,协调在一起,把一种轻与重、动与静等的变化关系体现在画面中,这非常难得。"

云在平川,云生海上,云出溪谷,云集长空……来支钢绘出了云的千态万状、千变万化。云生异象,云出天霁。我看到了来支钢的专注与用心,更看到了他的创造力与光明前途!

观来支钢画展给我的印象是,笔墨艺术同样讲究时代气象和传承创新。艺术的宗旨也即如此。没有持之以恒的坚持何来成就,艺术的门道仍在于创新。他笔下的山岚云气、四季风情,无不在传达一种对东方美学、禅道的思考,这是难能可贵的。我相信,60岁的来支钢还能走得更远!

苏东坡在杭州的朋友圈

"老师,我去孤山访您介绍的惠勤僧友(还有惠思)了。今天是腊日,我不在家陪着妻子儿女,说是去寻访僧人,其实也为的是自娱自乐吧。惠勤僧友的禅房坐落何处?喏,就在那宝云山前,小径狭窄,弯弯曲曲。孤山独自耸立着,有谁肯在这里结庐?只有僧人,道行深厚,与山相依傍。想不到这孤山上是个好去处啊!真美,给点个赞吧。他的龙井茶是很地道的。下次我给您寄点过来喝吧。对了,我今天还特地写了首诗,您帮我提点意见,又想着太麻烦您,我挑了其中几句您帮我看一下:'腊日不归对妻孥,名寻道人实自娱。道人之居在何许?宝云山前路盘纡。孤山孤绝谁肯庐?道人有道山不孤。纸窗竹屋深自暖,拥褐坐睡依团蒲。……'"

苏东坡停下笔,犹豫了一下,写楷书是不是太正统了。不过,因为老师平时对文字要求高,也喜欢楷书,最后他还是觉得这样写比较好。

苏东坡自从与王安石等关系不太和睦,就觉得干京官比较压抑,于是找到一个机会请调杭州通判。临行之前,他特地拜望了恩师欧阳修。恩师说:"我在杭州公干时认识个朋友,他叫惠勤,僧人,住孤山报恩院,博学多识,又通诗词。有空时你可以去他那里喝茶。"

就这样,苏东坡来杭交的第一个朋友是惠勤和尚(当然还有惠思）。1071年，苏东坡来到杭州做通判，在短短的三年左右时间内，他疏浚了运盐河，修葺了杭州官舍。1074年，苏东坡离开时，还对惠勤念念不忘。

在杭州任职的三年左右时间，除了惠勤、惠思两位挚友外，苏东坡最庆幸的是遇到了自己的红颜知己王朝云。他与她是在朋友的一个饭局上遇到的。王朝云是舞伎班里的一员，她的舞姿曼妙，她明眸皓齿，她清秀灵动。苏东坡向友人询问，友人心知肚明，便将王朝云送给苏东坡。王朝云那时12岁，苏东坡从此将王朝云收在身边做婢女。

有了能歌善舞的王朝云，苏东坡很快从贬官在外的情绪中摆脱出来。30多岁的他与王朝云荡舟于西湖，观湖上胜景，看墨雨如注，也看山色初霁。再看王朝云黛眉轻扫，朱唇微点，素衣净裙，清丽淡雅，楚楚可人。苏东坡不禁回顾自己两年来的杭城经历，感触良多。"老爷是要回官邸吗？"聪明的王朝云看出了他诗兴大发。苏东坡爽朗大笑，点头说："正是。"

……

"时候不早了，老爷写完诗早点睡吧。对了，想问老爷，过几天您就要赴任密州。老爷从此就要作别西湖这个大美人了。敢问老爷不想她吗？"

苏东坡躺在床上。王朝云将蜡烛吹灭了，正要关上门出去，忽然听得苏东坡在帘内说："朝云啊，后天我就要离开此地，我想为你去赎身，从歌伎班中画了名字，从此你就自由了。你同意不？"

王朝云当然高兴，伶俐地欠身行了一个礼："谢谢老爷，谢谢谢谢！"

从此佳人才子相伴于江湖,王朝云像只鸟儿,伴着苏东坡在曲折红尘中走遍天涯,始终不离其左右。

1089年,苏东坡第二次来到杭州。这次在杭州一任两年。首先考察吴中水利状况,给皇帝写折子请求治理河道,没想到这一干就难以停下来。在得到恩准后,他修浚运河,救灾赈民,设安乐坊为百姓行医看病提供方便。另外就是疏浚了西湖。大概在1090年4—9月的6个月里,他征用百姓运土筑堤,将西湖南北连接起来,中间还建了6座桥,使西湖内外相通,赢来了众多朋友的称赞和支持。

他的朋友圈扩大了,越来越多的人和他成了朋友。

"大人,我是临安城民工小武。我想向您打听一下东坡肉是怎么做的。大人可要倾囊相授哦,要是令夫人不愿意,我可以给膳方转让费的。不瞒您说,我舅舅在钱塘门开了酒楼。我想学了这秘方去做厨子,以后就有活路了!"

"大人,小民家开了家扇子铺。这修堤的辛苦费拿到后,我还想扩大经营。听说您曾经为老婆婆题扇,小民恩请您为我题扇一把,供于铺内中堂,将来作为镇铺之宝,留传下去。"

……

苏东坡听了下属禀告,说了句:"内人所做东坡肉秘方,本来就是造福天下百姓的。不是老夫一人好红烧肉这一口,大家共享嘛。传我口令,没有问题,此事可行。至于画扇,容我思量一番再定夺,眼下没有好诗可用。"他停了一下又问:"还有吗?不然下班了。"

下属在边上说:"大人,有个叫辩才的龙井寺老衲给您写信,邀请您前去品鉴龙井茶。"

苏东坡听罢说:"你赶紧为我修书一封,就说我亲自前往拜望。"

次日,苏东坡微服悄悄前往龙井寺,叩门拜望辩才。两人谈禅说理,好不痛快。不觉日已偏西,东坡命下人回家去禀报过夜事宜,就在寺里与辩才秉烛夜谈。第三日,辩才送他过了溪,过了桥。苏东坡因见溪上桥名未题,就题为"过溪桥"。后人根据这段故事,又把桥上亭子改名为"过溪亭"。

在苏东坡的众多诗友中,有一位能以禅化诗的僧人叫参寥子,两人喜欢用赠诗来唱和。这对于爱写诗的东坡来说无疑是快慰的。参寥子,即宋僧道潜,号参寥子,浙江於潜人,卜居智果寺,年龄比苏东坡小6岁。自幼出家,经学文史无所不读。其因诗句清绝,颇得苏东坡的赏识,二人成为好友。参寥子大概是出现在苏东坡诗句里最多的僧人。

参寥子的名作《再游鹤林寺》:"招隐山南寺,重来岁已寒。风林惊坠雪,雨涧咽飞湍。壁暗诗千首,霜清竹万竿。东轩谪仙句,洗眼共君看。"须知这"东轩谪仙句,洗眼共君看"就是在夸苏东坡的,能入他法眼的诗人,估计唯有苏东坡了。

1091年,苏东坡由杭州知州召为吏部尚书(未任,后改翰林学士承旨),将离杭州赴东京(今河南开封)时,作词赠予参寥子。东坡《八声甘州·寄参寥子》上阕写道:"有情风、万里卷潮来,无情送潮归。问钱塘江上,西兴浦口,几度斜晖? 不用思量今古,俯仰昔人非。谁似东坡老,白首忘机。"

截取的这半阕词,译成现代汉语就是:有情风从万里之外卷潮扑来,无情时又送潮返回。请问在钱塘江上或西兴渡口,我俩共赏过几次夕阳斜晖？用不着怀古伤今,一俯一仰的短暂工夫,早已物是人非。谁像我东坡,白首之年,早就恬淡自适,消除机心了。

参寥子看罢流着泪说:"知我者,子瞻师友也。"

书斋，抱拥一方天地

大约在 2005 年，老房东缪伯还健在时，曾问我有没有给自己的书房起名字。我说还没有。他建议我起一个"著书人家"的名字，当时我有点不以为然。我的书房是朝南的，又在顶楼，当年堵水墙漏水，我们打电话到物业处投诉，换来开发商到楼顶铺了一层沥青防水卷材才作罢。

摸着墙面的漏水斑痕，我真有种想叫"窄而霉斋"的冲动，可惜沈从文先生已经用过了。

于是，为了取一个好听的名字，我要先"偷窥"一下别人的书房，然后决定。

英国建筑史学家、作家加文·斯坦普在伦敦家中的书房，他家是二十世纪五六十年代波普艺术的风格，"我无法忍受没有画的光秃秃的墙，我不喜欢可怕的、单调的清教徒式的房间"。加文·斯坦普把书房布置得色彩突出。

爱尔兰著名作家塞巴斯蒂安·巴里的书房，"墙上有一个奥利弗奖提名，但我最骄傲的是我女儿写给我的父亲节贺卡"。他的书房是温馨的。

再看蒋方舟的书房。常言道"书非借而不能读"，到了蒋方舟这里,却成了"书非买而不能读"。她几乎所有的书都来自书店,不只不向朋友借,连图书馆里的书她也不会借来看。蒋方舟的书房是富有的。

贾平凹的"上书房",乍一看还以为梦回大唐了。"上书房"大名在外,古色古香。圈内人讲,贾平凹的书房,一般人进去"镇"不住。这话的意思大概就是,坐在里面会心神不宁,不大自在,因为里面"出土"的东西太多了。

科幻作家韩松的书房是我们最熟悉的那种文化人书房,文山书海,随手就可以拿一本书看起来。优点是自己待着舒服无比,缺点是客人很难待得住,给人的感觉像连个干净的茶杯都拿不出来,乱到极致。

说实话,你问我喜欢哪个作家的书房,我还真说不好。一方面,我想大约是学富五车的人,就不需要那么多书了,因为腹有诗书;另一方面,我又比较随意,喜欢拿起书来方便。书房不用色彩缤纷,但起码是能让人沉静下来的,所以里面不仅要有笔墨纸砚,还得有山有水。

其实就是一个字,要"雅"。

我到过苏州沧浪亭,里面的书斋名字叫"翠玲珑",就很有诗意,贴墙竿竿修竹,青翠逼人。苏州园林艺圃的芹庐是当年文震孟、文震亨兄弟二人的读书之处。《诗经》中有诗句"思乐泮水,薄采其芹",泮水边的采芹人,古代专指有才学的读书人,故而得名。其南北对称的两间建筑,大小、结构完全一样,分别名为"南斋""香草居",寓意与"芹庐"相契合。院内有个石花池,一株白皮松,数株南天竹,几丛沿阶草,营造出静谧幽雅的气氛。

小廊弯弯绕绕,天地仿佛沉浸在心中了,那是玲珑精致的。妙哉!

看来,书房必是有山有水,有园林有丘壑,那才叫"雅"。环境不好,地方太小,哪里会文思泉涌,洋洋洒洒日写万言呢?

其实,古代文人雅士书斋倒也不是一开始就讲究的。孔子在齐不得志,遂又返鲁,回到家乡之后,将其书斋设计为"退而修诗书礼乐"之处,但对于其中器物的陈设,更多是表现出一种不屑,所谓"君子不器"。

宋代,文人对于书斋陈设的要求,早已不满足于春秋时的一箪食,一瓢饮,身居陋巷,他们更希望书斋里,有琴棋书画、香茶禅花、金石鼎彝之类的优雅玩物。

到了明末,这种风尚达到顶点。作为名门之后的文震亨布置起自己的书斋来,不由得花费了一番心力,他饶有兴致地在其《长物志》中写道:"宜明净,不可太敞。明净可爽心神,太敞则费目力。或傍檐置窗槛,或由廊以入,俱随地所宜。中庭亦须稍广,可种花木,列盆景,夏日去北扉,前后洞空。"文震亨可以说开创了"制器"时代。故而,对书斋的重视到了极点。

但是别人并不都能像他一样有着经营的耐心和讲究。明末清初的李渔就是一个奉行极简主义的文人。他在建造自己的私家园林芥子园时说:"地止一丘,故名'芥子',状其微也。往来诸公,见其稍具丘壑,谓取'芥子纳须弥'之义。"这里面反映出的由小观大、欲容宏观于微观的想法可谓不言自明。

所谓斋,有清修之意,汉许慎《说文解字》中释:"斋,戒,洁也。"而它不仅是藏书之所,更非简单居住之地,其中凝聚的是文人的思想、学识及对生活方式的自我理解,也许更是出仕之前或归隐之后的安身立命之地。这一出一入,体现的是文人"穷则独善其身,达则兼济天下"的特点。

在我看来,书斋就应该有文人情怀,简有简的素朴,丰有丰的内涵,雅自然有雅的寄托。

我辈文人,对书房的重视当然是建立在经济基础上的。书房陈放之物,不一定像贾平凹一般的"上书房",皆是宝物古董,但要有字画,要有兰花,要有文房清供,如此可以闲时赏花品字画,烦时来点音乐,可以放松身心,以便投入热情,专注创作。这也许就是我心目中一方"城垣"!

当然,一切要等下次装修,提了住房公积金才算数。园林的特点不一定能体现,至少也是个"芥子园"吧。我的书房要小而雅,精致点才好!

欲买桂花同载酒

记得是 2022 年上半年，出差到昆山，办完公事游了亭林园，见到刘过的墓。亭林园是个大公园，刘过墓就在顾炎武先生像东边，后面是一座山。刘先生墓简陋陈旧，像先生的为人，简单，朴素。

刘过生活在南宋风雨飘摇的时期。"少怀志节，读书论兵，好言古今治乱盛衰之变。"这一点他和陆游很相似，因此深得陆游赏识。可惜的是，刘过本人仕途是不顺的，四次科举考试都是名落孙山，落得布衣终身。

年轻时的他壮志在胸，始终认为南宋朝廷可以一战而扭转败局。因而他屡次上书朝廷："屡陈恢复大计，谓中原可一战而取。"他觉得，韩侂胄是一个可以信赖的人。

韩侂胄，宋代权臣，曾经在开禧二年（1206）发动北伐。宋宁宗赵扩采纳韩侂胄建议，崇岳飞贬秦桧，追封岳飞为鄂王，削去秦桧死后所封的申王，改谥"谬丑"，下诏追究秦桧误国之罪："一日纵敌，遂贻数世之忧。"这些措施，有力地打击了主和派，使主战派得到了鼓舞，很得民心。同年五月，宋宁宗下诏北伐金朝，史称"开禧北伐"。

这场漂漂亮亮的北伐是振奋人心的，得到辛弃疾、陆游等爱国词人的肯定。陆游年过八十，欣然表示支持，还出来做官。刘过就更不用说了，听说韩要北伐，他十分兴奋，写了好几首激情澎湃的诗词来表

达赞美之意,如《清平乐》:

> 新来塞北,
>
> 传到真消息。
>
> 赤地居民无一粒,
>
> 更五单于争立。
>
>
>
> 维师尚父鹰扬,
>
> 熊罴百万堂堂。
>
> 看取黄金假钺,
>
> 归来异姓真王。

上阕是说金国已经千疮百孔,上层四分五裂,底层饥寒交迫;下阕是说南宋形势一片大好,领导(韩侂胄)雄才大略,雄兵百万。最后,他还展望了北伐胜利后的庆功场面。

韩侂胄过生日,他又写了《西江月》来赞赏:

> 堂上谋臣尊俎,
>
> 边头将士干戈。
>
> 天时地利与人和,
>
> 燕可伐欤曰可。
>
>
>
> 今日楼台鼎鼐,
>
> 明年带砺山河。
>
> 大家齐唱大风歌,
>
> 不日四方来贺。

这首词的意思是,朝堂有能臣,边关有猛将,宋朝北伐,具备了天时地利人和。胜利之后,我们共唱凯歌,看四方来贺。

可惜的是,这个老书生却看走眼了。哪里料到南宋政权内部早已人心不古,内贼频出。

陆游也看错了,他和刘过一样坚定地支持韩侂胄伐金。陆游认为金国"中原蝗旱胡运衰",称颂韩侂胄"身际风云手扶日"。总之,金国国运已衰,中原百姓期盼王师,韩侂胄文韬武略,必能收复中原,建立盖世功勋。

刘过这个人虽然"哈韩",但诗词功底确实是一流的。尽管韩侂胄没有给他什么官位,压根儿也不会让他涉足军事,可他和陆游一样是坚定的主战派人士。当他明白这一切时,才触发了"欲买桂花同载酒,终不似、少年游"的矛盾心理,诸般感触。来看他这首《唐多令》:

安远楼小集,侑觞歌板之姬黄其姓者,乞词于龙洲道人,为赋此《唐多令》,同柳阜之、刘去非、石民瞻、周嘉仲、陈孟参、孟容,时八月五日也。

芦叶满汀洲,

寒沙带浅流。

二十年、重过南楼。

柳下系船犹未稳,

能几日、又中秋。

黄鹤断矶头,

故人曾到否?

旧江山、浑是新愁。

欲买桂花同载酒，

终不似、少年游。

解读一下刘过这首名作：同一帮友人在安远楼聚会，酒席上一位姓黄的歌女请词人作一首词，词人便当场创作此篇。时为八月五日。

芦苇的枯叶落满沙洲，浅浅的寒水在沙滩上无声无息地流过。二十年光阴似箭，如今词人又重新登上这旧地南楼。柳树下的小舟尚未系稳，词人就匆匆忙忙重回故地。因为过不了几日就是中秋。

黄鹤矶头早已荒凉破败，老朋友如今还在吗？词人眼前满目是苍凉的旧江山，又平添了无尽的绵绵新愁。想要买上桂花，带着美酒一同去水上泛舟逍遥一番，却没有了少年时那种豪迈的意气。

安远楼，在武昌黄鹤山（今称蛇山）上，一名南楼，建于淳熙十三年（1186）。词人姜夔曾写词《翠楼吟》赞美过，其小序写道："淳熙丙午冬，武昌安远楼成，与刘去非诸友落之，度曲见志。"

如今，刘过年已半百，登上此楼。联想到二十年前自己少年壮志，如今作为战略重地的武昌等处凄清荒凉，心中总是泛起隐隐的不安，觉得今已非昨，很难有那种挥鞭向北、击楫中流的豪情壮志了。

这种担心不是空穴来风。南宋朝廷军备废弛，国库空虚，将才难觅，一旦发动战争，就会兵祸连连，生灵涂炭。词人刘过以垂暮之身，逢此乱局，虽风景不殊，却触目有忧国伤时之痛。

就在韩侂胄开禧北伐的第二年（1207），这位曾经壮志在胸、始终支持收复河山的爱国词人便郁郁而终了。

嘉定元年（1208），南宋与金议和，签订了嘉定和议。杨皇后勾结史弥远杀掉韩侂胄。杨皇后当晚让宫中侍卫暗中埋伏,待第二天韩侂胄上朝的时候将其杀害。宋宁宗在韩侂胄死后的第三天才得知此事。韩侂胄的人头和30万两白银、30万匹丝绢、300万贯犒军钱,被当作赠礼送给了金人。

假如刘过还在,不知该作何感想!

反正桂花酒是永远喝不上了。昆山下,他的坟茔业已长出荒草。秋天,亭林园里,飘荡着若隐若现的桂花香味,或许是在安慰这位长眠的爱国词人吧。

为了幸福的家园

  《切尔诺贝利·深渊》是一部讲述切尔诺贝利核事故的电影。导演从切尔诺贝利核事故后的救援角度入手，通过消防员阿列克谢的爱情与家庭，演绎悲欢与灾难这一宏大主题。

  阿列克谢的女友奥尔加在理发店工作，一个偶然机会，与阿列克谢重逢，两人迅速坠入爱河。但因当年男友参建电站，身份需要保密，因此两人多年未联系。试图重修旧好的阿列克谢来到奥尔加家里，才知道女友有一个孩子亚历克斯，他判断这个男孩是自己的儿子。在得知真相后，阿列克谢为了尽到做父亲的责任，决定回归家庭，与家人在一起幸福生活。他通过努力，争取到调回基辅工作的机会，并买了儿子最爱的摄影机送给他。

  亚历克斯和朋友一起去摄影，目睹了第四号反应堆爆炸，被辐射了，回到家便呕吐乏力。阿列克谢在回家路上也发现鸟儿四处坠地。他明白出事故了，等他拦到车，前往切尔诺贝利核电站救援，从爆炸现场抢救消防队战友，才发现他的战友非死即伤，伤口流血溃烂，他又被临时指挥部调走参与一线救援工作。专家团指出，如果核反应堆熔化污染了水源，基辅乃至整个苏联都会受影响。水利专家科斯坚科来了，电力部门专家马克西莫夫也来了。瓦莱里负责冷却系统，卡尔普申是消防队的，博比林上校全面负责此次事件。在众多专家参与讨论后，大家决定采取行动，派人去水下打开排水阀。商量到最后，还是决定由自己身先士卒，以确保行动胜算概率。阿列克谢对行动主要负责人说，如果能将自己受辐射的儿子送往瑞士治疗，他也愿意参加此次行动，负责人答应了。最后专家确认第一方案，即用电力系统来控制，这样路过的地方辐射会小很多，更安全。但是如果电闸被淹造成短路，还是要执行第二方案。

当阿列克谢等人来到事故地第七层，他们摸索着前行。在危险来临后，他们接通了电路，但不久电路即宣告罢工。这时博比林上校误入反应堆着火层，大家一阵惊慌，把他从高危辐射中救回，上校死在救护车上。此次行动宣告失败。

阿列克谢回到女友处，本来争取和奥尔加及孩子一起转移去基辅。后来他又一次告别女友，踏上切尔诺贝利救援征途。阿列克谢在热水中和瓦莱里潜行至水闸转盘处，艰难地用手打开闸门，他们成功了。但是两人在返回途中出了事，瓦莱里筋疲力尽，割断绳子不想耽误阿列克谢，阿列克谢回身欲救瓦莱里，两人都消失在高温水流中。

故事的结局是，奥尔加被叫回去见阿列克谢，他并没有死，顺着排出的水流回来了，只是全身溃烂，将不久于人世。他们的孩子亚历克斯被治愈，3个月后从瑞士回来了。奥尔加与孩子相拥而泣。故事至此戛然而止。字幕上写着：切尔诺贝利事故共有60万人参与救援，转移30万人，死亡约9.3万人。

让我们回顾一下切尔诺贝利核爆炸的始末。切尔诺贝利核电站事故于1986年4月26日发生在乌克兰基辅地区，该电站第四发电机组爆炸，核反应堆全部炸毁，大量放射性物质泄漏，成为核电时代以来最大的事故。辐射危害严重，事故后，前3个月内有31人死亡，之后15年内约有6万—8万人死亡，13.4万人遭受各种程度的辐射疾病折磨，方圆30公里地区的11.5万多民众被迫疏散。为减轻事故后果，耗费了大量人力、物力。为消除辐射危害，保证事故地区生态安全，苏联和国际社会一直在努力。

官方数据和电影采用数据显然有出入。相较日本广岛、长崎原子弹爆炸，这次事故的辐射线剂量是两者加起来的400倍。

这次事故的救援和重视程度，同样也体现了苏联政府的信心和决心。尽管付出了数十万人或伤或病亡的惨痛代价，但事后的撤离工作迅速果断。苏联政府也给了受害家庭以丰厚的补偿。

2015年是切尔诺贝利核事故发生29周年。时任联合国秘书长潘基文为此发表声明，重申联合国向受到这一核灾难影响的人们提供支持的承诺。他呼吁采取具有前瞻性的战略，进一步帮助受影响地区尽快恢复。

2023年是切尔诺贝利事故发生37周年。我们必须吸取教训，因为严重的核污染将是有长久危害的。《切尔诺贝利·深渊》告诉我们，在核灾难面前，人类是脆弱的，如果无法做到安全预防和有效撤离，这将是一个无底深渊。

如今，世界范围内拥有核能资源开发的国家都应绷紧安全这根弦，做到防患于未然，以防止事故发生。毕竟，人人都应拥有一颗爱护环境的赤子之心。

让我们携手共进，为人类拥有一片碧水蓝天而努力打造和谐安全的共同家园，我们将和阿列克谢一样，时刻准备着奉献和牺牲，同时更加珍视自己美满幸福的家庭！

话七夕

七夕是一个传统节日,历朝历代都有很多的习俗和诗文来纪念它。

在七夕节有一种活动叫"乞巧",因此七夕节又叫乞巧节,唐代诗人林杰写道:"七夕今宵看碧霄,牵牛织女渡河桥。家家乞巧望秋月,穿尽红丝几万条。"

这里写的"乞巧"源于汉代,东晋葛洪《西京杂记》有"汉彩女常以七月七日穿七孔针于开襟楼,俱以习之"的记载,这便是我们于古代文献中所见到的最早的关于乞巧的记载。

乞巧,指的是一种仪式。仪式中,女孩向织女祈求自己长得美丽,有一双巧手,嫁得一个如意郎君,这是女孩们的美好愿望。每年农历七月初七这天是我国的传统节日乞巧节。因为此日活动的主要参与者是少女,节日活动的内容又是以乞巧为主,故而得名。

到了宋元时期,乞巧节发展成为一种盛大的集市活动。人们从七月初一就开始置办乞巧物品,乞巧市上车水马龙、人流如潮。到了临近七夕的时日,乞巧市上简直成了人的海洋,车马难行,观其风情,不亚于一年中最盛大的节日——春节,说明乞巧节是古人最为喜欢的节日之一。在宋代,七夕节直接被列为法定节日,足见官方对此的重视。

由于乞巧是以女性为主体的综合性节日，慢慢地有了相应的系列娱乐活动。

乞巧的主要活动叫"赛巧"。女孩对月穿针，以祈求织女能赐以巧技，若穿好了，就称为"得巧"。

其次是"应巧"。宋代孟元老在《东京梦华录》中提到，七月七夕，"以小蜘蛛安盒子内，次日看之，若网圆正，谓之得巧"。就是把蜘蛛放在盒子里，第二天打开，如果结的网是正圆形，那么就是"得巧"，说明祈祷是应验的了。

再次是"投针验巧"，在明清时期比较流行。所谓投针验巧，是先准备一只面盆，放在天井里，倒入"鸳鸯水"，即把白天取的水和夜间取的水混合在一起。面盆和水要露天过夜，再经次日即七月初七白天太阳一晒，到中午或下午就可以"验巧"了。取缝衣针，轻轻平放在水面上，针不会下沉，水底下就出现针影。这针影若是笔直的一条，即是"乞巧"失败；若是针影形成各种形状，或弯曲，或一头粗，一头细，或是其他图形，便是"得巧"。

七夕节用以祭拜的物品，民间有不同的种类。大致来说，有茶、酒、新鲜水果、五子（桂圆、红枣、榛子、花生、瓜子）、鲜花和妇女化妆用的花粉，以及一个香炉。人们在斋戒沐浴以后跪拜，乞求来年瓜果丰收，以及乞求爱情，乞求自己拥有一双巧手，像织女一样心灵手巧，等等。

相对而言，山东一带的七夕庆祝活动要简单些，如果陈设的瓜果上第二天有喜蛛结网，那就意味着"得巧"了。在诸城、滕州一带，甚至还希望七夕下雨，意味着"相思雨"，认为是"牛郎织女"相会所致。

在唐朝，这一天还被叫作"晒书节"，人们除了吃饼，还把书拿出来晒，以防书放久了发霉变色。朝廷甚至发放银两用于宴席消费，足见对书本的重视，对读书人的尊重。

七夕的吃食也是丰富的，除了瓜果之类，人们还做糖酥用以乞巧。宋朝时，街市上已有七夕巧果出售。巧果的做法是：先将白糖放在锅中熔为糖浆，然后和入面粉、芝麻，拌匀后摊在案上擀薄，晾凉后用刀切成长方块，最后折为梭形巧果坯，入油炸至金黄；或是用面粉制作各种小型物品，放到油锅里炸。

今天我们提倡过七夕，一方面是对传统节日的珍视和传承，另一方面就是祈祷爱情圆融。中国式的"情侣节"，显然应该有中式的习俗和美好意义。个人觉得，这个节日不仅可以和家人团聚，祈祷美好愿望，更重要的是，我们所祈祷的是恋人之间互相尊重，是爱情的甜蜜和芬芳。宋人杨朴诗道："未会牵牛意若何，须邀织女弄金梭。年年乞与人间巧，不道人间巧已多。"

对年轻女孩来说，美好的祈愿固然是应该有的，关键要懂得如何通过自己的努力去追求自由平等、幸福美满的爱情，把稳心中的舵，莫让物质条件盖过一切，从而错过身边等待着幸福降临的"白马王子"。

辑五

母亲的灶台

"犟骡子"作家杨双奇

在文学的羊肠小道上,杨双奇是个怎样的奋斗者呢？我想用一个字来概括:"犟"。"犟"在凤凰人的口语中意味着不屈、反抗,更意味着向上、实干和奋争！杨双奇,就是一匹实打实的凤凰"犟骡子"。

一、他的个人奋斗史是"犟"出来的

听说我要采访他,他在那边哈哈大笑:"凤凰人写得好的有这么多好角色,我老了,算不得什么。"说这话的时候,他应该坐在东莞市莞城家里的电脑前修改稿子。这使我立马就想到"犟"字了！

犟骡子的犟,背后有他个人极其复杂的经历。他的爷爷杨景山,很久以前是凤凰城江西会馆万寿宫的师爷,10多岁从江西靠着个人奋斗,来凤凰县,一边学习一边开了"杨德春"药铺号,从此苦心经营,成为拥有数间铺面、多处房产和田地的富人。之后由于私有企业转制,爷爷成了凤凰中医院的最大股东,再后来又受到批判,家里遭了劫难,被强制迁往凤凰最偏僻的苗区木里乡谋生。

杨双奇自小便在这样的艰难环境中成长,像温室里的花遭遇寒霜拷打,经历了从城里伢向乡下农民的转变。他不愿意就这样荒废于乡下,好想读书。小学毕业后,因为出身不好,他连读民办初中的资格也失去了。他爷爷是地主，在苗区里，遭受了农村穷苦的煎熬，不会种田，不会锄地。穷困潦倒，食不果腹，痛苦不堪，成了常态。

那年大旱，为了能够吃口饱饭，他流浪到贵州松桃做泥水匠。有了技术，就不再安分当一辈子农民，投靠了在辰溪县的伯父。到了辰溪船驿后，他去矿上做维修工作，给生产队交钱算工分，后又在饮食服务公司当厨子。

"犟骡子"并不因为进了城，就服从了命运的安排。因为会拉二胡，看到宣传队有二胡，有人拉得比他还要好，他便犟着去学拉三弦。他一边弹一边学写剧本，进了县里的京剧团。他拼了命写成的大型历史剧《鬼雄》获得怀化地区的高度评价，正当意气风发开始排练，准备要上演时，却因为《鬼雄》是一部取材于秦始皇焚书坑儒背景的历史剧，讴歌的是儒生们强烈的反抗精神，演出突然被叫停，不准上演了。这对于一个编剧新人来说，面临的打击简直是毁灭式的。"犟骡子"犟起来了，找到了湖南省戏工室，得到几个"伯乐"的重视，经过精心修改，《鬼雄》得以发表在《湖南戏剧》杂志上。剧本写作前途渺茫，他于是改写小说。不久，短篇处女作《清清沱江水》发表在《萌芽》杂志上。经历了艰难曲折，他摸爬滚打得像一条鲶鱼。他又一次凭写作本事，到了怀化地区文联《雪峰》杂志社做编辑。在地区文联，他遭到领导的排挤，因为只有小学学历，所以没资格参加编辑考试，这就意味着以后无法评职称涨工资。

杨双奇以前参加过成人高考，曾经上线过，但没有去读。因为父亲和伯父都在运动中经历过一次次开除，下放务农，家人实在怕再受那种苦，让他老老实实做个工人好了。他找到教育局，取得高中合格证书,去参加编辑考试,拿到了编辑资格证书,但是领导还是不承认他的高中学历,只给了个助理编辑。

在有志不得展的情况下,"犟骡子"又犟了。这回,想要争取像凤凰的名作家吴雪恼那样,去考个作家班,拿个文凭,以便安身立命。

我问他:"是什么促使你下了这样大的决心,人到中年,还要去报考大学,而且是北京大学?"他说:"没有办法,也是凭着凤凰人这一腔血性! 这么多的条条框框,你要是没有一纸文凭,什么事情都做不成。"

杨双奇结识了谭士珍、石太瑞、孙健忠、特·达木林等知名作家,在这些热心人的支持下,内心更加燃起报考大学的强烈愿望。"不能让自己吃亏,因为一个没有正规文凭的人,处处受制于人,会被命运牵着鼻子走!"

机会来了,那年有几所大学招作家班,其中有北京大学、武汉大学、西北大学等。杨双奇决定试试,但是他的想法遭到家人反对,说他80岁了还去学吹鼓手,北京大学是你这样的小学生能考得上的? 说癞蛤蟆,吃得了天鹅肉!

"犟骡子"在石太瑞老师面前脱口而出:"要考,就报北京大学。"石太瑞惊呆了,赶紧说:"我们是多年的老乡,我看你还是报武汉大学算了,北京大学啊,怕是太难。"孙健忠老师倒是一针见血:"考这个学,就是去拿张文凭,回来评职称。莫去北京大学,听老石的劝,考个武汉大学就行了。"

回到单位,又遭到领导百般阻挠。先是欺骗他签个协议,规定一旦考了大学,停发一切费用,所有花费得自己承担;又从旁作梗,让别人也去报考;最后又以编辑部经费紧张为由,一心不让他考。

在内外交困的局面下,经历过穷困潦倒的"犟骡子",选择了努力争取、达到目的,决定咬紧牙关挨过去,冲破阻挠去考试。在全国各地一百多名考生中,杨双奇考出了好成绩。1988年暑假,他拿到了北京大学录取通知书。十多名湖南考生,仅有三人被录取!

好消息是录取,坏消息是两年的一大笔学费让人愁。本来应该是单位出的费用,因为一纸协议没有了。钱又从哪里来呢?"犟骡子"为难了,家里本来就一穷二白,连亲生的儿子,也是在奶奶家寄养。贫困让这个七尺男儿无法入眠。

一分钱难倒英雄汉!辗转反侧之际,"犟骡子"碰到了怀化地委秘书王建荣。王建荣也是个文学爱好者,深思熟虑之后,介绍他去找吴书记、刘书记。面对困境,他到处去求见人,杨主编却在暗中作梗,最终还是没有结果。

最后杨双奇找到了胡书记。胡书记早知道这青年是个百折不挠的凤凰人,有着不一样的犟骡子脾气,又看过他的《寡妇链》《魂惊夜半》等中篇小说,认为他是怀化地区不可多得的人才,决定慷慨相助。

踏上北京大学之旅,一路风雨兼程,开启了他人生中的另一扇窗。他成了曹文轩的学生,还得到钱理群、谢冕、严家炎、戴锦乐、乐黛云等名家教诲。从此在京城里,他成了一条游弋在知识和人际海洋里的鱼。通过勤奋学习,他以优异成绩毕业,先是借调到北京民主与法制时报社,而后又调至东莞外事部门工作。

看起来,"犟骡子"的犟也不是没道理。他用"犟"字演绎着不服输、不安分,同时又执着好强的人生!

二、从个人创作史来看，他也有着十足的"犟"个性

他发表的作品，光是长篇小说，就有《野性湘西》《陈本虚离婚记》《非常情爱》《让我们都活下去》等。"陈本虚三部曲"中的第一部《离婚记》首发于《中国作家》，后由工人出版社出版。本要投入印刷的第二部《流浪记》、第三部《情人记》，阴差阳错没有顺利面市。倒是短篇小说《清清沱江水》一经发表，即入选多种版本，还获得第三届全国少数民族文学骏马奖；长篇小说《野性湘西》，获第三届东莞荷花文学奖。

"犟骡子"杨双奇从闭塞的湘西，来到了有着千万人口的城市东莞，看到它日新月异的巨大变化，用特有的探索文本创作，记录下这一特殊时期的影像。他写出了反映粤港澳大湾区核心地区东官围"新时代山乡巨变"主题的长篇小说《春暖花开》，并获得了中共广东省委保持共产党员先进性教育活动领导小组办公室"争创三有一好，争当时代先锋"文学艺术作品征集评选活动长篇小说金奖。

在这里，"犟骡子"敏锐地捕捉到东莞这个改革开放后大移民城市的人潮涌动，这些来自祖国东南西北的人，面对汹涌而来的社会经济发展变化，经历了盲目、焦虑，从而心态失衡，婚姻情感面临重重考验。他拿起笔来写出了八集电视连续剧本《天堂围》，连当时红极一时的制片人沈冠祺看了都拍手叫好。

"犟骡子"在交剧本的时候，只提了一个要求："沈老师你什么都可以改动，只是我的名字不要改。"《外来妹》制片人沈冠祺当时红得发紫，运筹帷幄一番，万事俱备。可事到临头，沈冠祺却提出一个要求："稿费不少你一分，就是要在杨双奇后面，加上一个人的名字。""犟骡

子"一听就不乐意了,就这样一桩好事又是因为"犟骡子"的倔脾气泡了汤。

长篇小说《野性湘西》,写的是古老神秘的湘西凤凰老司城,老司王漂亮的妹崽红棉花爱上了前来为她做嫁妆的宝庆银匠宝崽。两个人在私奔去看外面大河的路上,遭到了老司王的拦截。老司王的家奴黑子蛮受了老司王之命,要除掉这对私奔的小恋人……匪夷所思的传奇生活,从而幻化出一片美丽的湘西水墨风景。

杨双奇另一部寻根之作,是长篇小说《让我们都活下去》,主要人物有龙玉虎、吴永福、吴腾龙、石小秀、麻光明等警局人员,他们和土匪朱镖客、朱春春纠缠不清。这是一个架空时间的故事,讲述了两代人的悲欢恩怨,时间跨度在一百年左右。小说运用了大量的倒叙和插叙,对推动故事情节有利,真相如同剥洋葱一般,越接近事实越让人压抑和落泪。

《离婚记》是"陈本虚三部曲"的第一部,是能够独立成篇的长篇小说。这是一部能够令人关注爱情、婚姻,表现灵魂深处的律动,为众说纷纭的"婚姻法修正案"作一注脚的长篇小说。年轻男人和女人读之有益。小说用平实诙谐的文学语言、精妙的艺术构思、近乎纪实的写作手法,极为真实地描述一群南来北往的人,在经济改革的大潮中,在喧哗浮躁的都市里,在社会底层如何生存。

"陈本虚三部曲"是一部改革开放四十年写真史,它把普通人的悲欢离合、恩怨情仇、辛酸苦辣一网打尽。作者可堪称中国新时代的"巴尔扎克"。

小说中所写到的人物,像陈本虚、陈非常、向阳花、区国华、魏大傻、阿绅、陈静虚、田儒德、陈湘虚、区副镇长、羊总裁、陈大器、龙院长等，个个形象鲜明、性格突出；还有垃圾客、梅嫦娥、保姆、爹爹、妈妈、伯父、伯母，个个活灵活现、栩栩如生。这些生活在凤凰城、东官城、北方城雅加达及各地的人物，和凤凰城陈家人在数十年间的恩恩怨怨、生生死死、悲欢离合的故事，揭示了转型期社会生活的本质特征。

如果说展示了凤凰城陈家几代人近百年来浮浮沉沉的"陈本虚三部曲"是杨双奇创作的里程碑，那么我们在小说里同样能够看到他对第一故乡凤凰城，以及第二故乡东莞城的那份爱。

聊到这里，杨双奇说："凤凰城，是我的血脉流淌的发源地。东莞城，是我居住的地方。每个人对故乡，对家乡的情感，是血浓于水的。"犹如获少数民族文学骏马奖的《清清沱江水》，故乡凤凰是作家一生都在反哺的精神之源。

这就是我所了解的杨双奇，穷尽毕生之精力，对心爱的长篇小说不倦地追求着。他的小说人物个性几乎都很"犟"。比如《清清沱江水》里的苟妹，固执而又善良。又如"陈本虚三部曲"里的主人公陈本虚，凭一股犟劲寻找情感归宿和曲折的人生打拼历程，无不在凸显着"犟"的色彩。关于这一点，我曾问过他，他说："一个人不管从事何种职业，只要做好两件事就够了：一是专业，二是人品。专业决定高度，人品决定福泽，最后结果如何，取决于你的坚持。我正像大姑娘绣花那样，苦行僧般地修改稿子，'犟'起来做我认定的事情。"

一下子我明白了，这头"犟骡子"的犟劲又要上来了。

别人的父亲

吃晚饭的时候,妹夫打电话给我:"老哥,你在干吗？小柴同学高考已经结束了,我们放心了!"

我说:"恭喜你们两口子,从此可以游山玩水了!"

我妹妹在旁边说:"老柴无所谓的,反正他又不操心!"

我的妹夫老柴实际上是小柴的继父。那时他离婚好几年了,和我妹妹是通过微信搜索附近朋友再加微信认识的。说起来有点浪漫,但我妹妹在和他结婚后,才觉得他貌似大方,但其实是装的。妹妹说:"他这个人啊,除了烧饭有一手,别的什么都普通!"

我就当着他俩的面说:"你们要是当初谁都不认可对方,又怎么能走到一起呢!"

其实,妹妹、妹夫都是经历过婚姻波折的人。妹妹的前夫因为一次车祸,年纪轻轻就走了。那时候,她带着女儿为了躲避亡夫的赌债而东躲西藏。她把杭州的房子卖了还账,之后带着女儿回到老家湖南凤凰开公司。几年后,公司宣告破产,妹妹又一次杀回杭州,发誓要东山再起。虽然办了美容院,但是过一天算一天。后来,幸亏遇到了妹夫这个改变她命运的人。

妹夫在认识妹妹之前有过不幸的婚姻。他自述遭了不少罪。儿子跟了前妻，如今儿子成家立业，连姓氏都随他前妻了。这是妹夫一直耿耿于怀的心病。妹妹安慰他说："老柴你不要难过了，我们一起开始新的生活。"

扮演继父的角色是不容易的。那时候，我外甥女小柴还在念小学。早上，老柴准备停当，给继女吃完早餐就送她上学，家离学校有一段距离。小柴在抚宁巷小学上学，姓还是沿用生父的"吕"姓。待到继女放了学，他就张着手喊："小吕，小吕，我在这儿呢！"这样，一个姓吕的女孩和一个姓柴的老头走在一起。小吕的班主任忍不住问："吕同学，他是你爷爷吗？"小吕低下头说："他是我继父！"

继父和继女一前一后走在大街上，有点像爷爷和孙女。他给她背书包，外甥女离他远远的，形同陌路。

尽管如此，妹夫还是不厌其烦，给小吕买这买那，满足了小姑娘的各种要求。她说吃冰激凌，他就买一盒，吃完了还去冷饮店批发。慢慢地，两人的"交情"也日渐深厚起来。

那时候，我们两家常聚餐。妹夫也乐于在我们面前炫耀他的烹饪技术。

我们时常在妹夫家蹭饭，他烧的啤酒鸭非常香。那时候，由于两人是网恋，他俩也清楚，二婚家庭要靠经营，合在一起好好过日子，心往一处使，才能确保家庭关系稳定、和睦。

妹夫的家庭比较特殊。他自己说由于父母对两兄弟关心不够，他们家三个孩子都是在没有读多少书的情况下就走入了社会。妹夫先是当了兵，在安徽那边一个部队里服役，复员回到老家后被安排在交警部门。经历了结婚、离婚，儿子与其撇清关系、两不相认的困惑。再后来,妹夫和他弟弟家,还有姐姐家闹矛盾。在父母住养老院期间,他们隔三岔五去看望老人。妹夫的母亲因为脉管炎,先后锯掉两条腿,从此过上残疾人的日子。妹夫的姐姐退休后时常探望,这就使他父母渐渐有了想法,临终时写了个遗嘱,将房产赠予他姐姐。这下使原本属于三人的房子变成了他姐姐的财产。三人因此对簿公堂,闹得沸沸扬扬。

因为这件事,妹夫一家三兄妹也渐渐失和,妹夫和弟弟来往,和姐姐基本上不联络了。妹夫时常对我说起他家的事,他说小时候父母并不关心他们兄弟俩的学业,也很自私,有点好吃的藏起来不给他们吃;在他们长大以后仍非常偏心,于是有了一个姐弟失和、为外人所不齿的特殊家庭。

但是妹夫却非常关心小吕,终日奔波在买菜烧饭、接送孩子上培训班的途中。大家逢年过节总是聚在一起办家庭宴会。小吕小学时非常刻苦,在班里成绩名列前茅。妹夫就时常给予奖励,乃至我妹妹有时候会说,没看见他给自己买什么东西。

妹妹后来把自己和孩子的户口迁了过来。"让孩子随继父姓柴吧!"妹夫则认为此事要和孩子商量。没想到孩子倒是很痛快地答应了,小吕(从此被叫作小柴)已经从童年失去父亲的阴影里走了出来。她写过一篇文章《我的继父》,我帮她推荐到杂志上发表了:"我的继父关心我的生活,对我非常好。小时候常常骑在他的肩膀上。当我大了,继父又关心我的学业。他是一位优秀的父亲,一位年纪大了但很开明、慈祥的老父亲。他为我打伞,自己淋湿了也不顾。他送我参加比赛,说'孩子,输了也没关系'。当我做作业疲倦了,他说'休息一下,将来你优不优秀,都是我的好女儿!'"

读到这里,妹夫告诉我,没想到小柴都记得这些啊。他觉得是自己给小柴买了猫的缘故吧。妹夫哈哈一笑,觉得自己很有成就感,还说,自己临平的这套房子打算留给小柴将来做嫁妆。

我说:"你不怕将来女婿对你们不好呀。"妹夫憨厚一笑:"我有养老金。只要他们自己好就行。再说,有你妹妹照顾我呢。"妹夫大妹妹10多岁,确实在他的退休生活里,早已没有了后顾之忧。今年,小柴刚刚参加完高考,马上就要上大学了。

对于妹夫来说,这何尝不是一件开心的事呢?妹夫以前每个周末都要去杭高钱江校区接女儿小柴。无论孩子在学校待多久,他都在外面等。他经常和我说,小柴有点磨蹭的,他一等就是半个小时;小柴和她妈妈闹矛盾,生气了,把自己关在家里不出门;小柴上美术班,一个人去了快半年,长高了,皮肤也黑了;小柴有点犟脾气,像她妈妈……妹夫老柴如数家珍般谈论着他的继女。从他的话里,我渐渐知道,他们一家的生活是和睦的。这个继父和继女之间的"哥们"情谊使他俩形成了统一战线,这种父女关系很融洽地体现在妹夫的唠叨中。

那段特殊时期,妹夫和妹妹两人住在酒店。不巧又是过年那几天,妹夫每天给女儿打电话问这问那。小柴说:"老爸你就不要烦我了,我在家里好着呢。"妹夫说:"猫要喂好哦!"

后来,妹夫打电话给我,小柴自己在家里烧年夜饭,几个菜做得像模像样的。他没想到小柴居然会烧菜了。

我在电话里听出了一个父亲的焦虑,还有欣慰。像任何关心儿女的父亲一样,妹夫老柴已经和他的家庭紧紧相拥。他和继女之间,已经没有了任何隔阂。

希望这位"别人的父亲"有美满的晚年生活!希望他们一家和和美美!

曾巩在济南

　　1071年,曾巩出任齐州(今山东济南)知州。他是个饱读诗书的儒生,自幼立志读书,加之聪颖无比,12岁便能写诗著文,据说其写《六论》时一遍即成。曾巩最喜欢的是策论,但当时的科考限定了文章范围及种类。曾巩在18岁时随父亲曾易占上汴京(开封)参加考试,虽然没有得中,但因此结识了王安石,两人成为挚友。随后,他又在父亲安排下拜当时的文坛泰斗欧阳修为师。大约20岁时,他已名闻天下。直到1057年,曾巩39岁才与弟弟曾牟、曾布,堂弟曾阜等亲戚6人一同考中进士。庆幸的是,当时的主考官就是恩师欧阳修。欧阳修一改当时以诗词为主要内容的考查方式,选择以古文及策论为主,因此擅长策论的曾巩才有机会得中入仕。

　　在来济南之前,曾巩曾在当涂、越州等地陆续做过两任小官。1069年在越州任职,到任后不久当地发生了饥荒。曾巩劝说各县富户登记家中存粮,共有15万石。之后,他让他们将这些粮食按比市场价稍高的价格卖给百姓。他又让官府借种子给百姓,这样农事没有耽误,当地百姓安全度过了饥荒期。

　　由于任职越州期间政绩突出,曾巩被朝廷重用,两年后以知州身份调任济州。

在任期间,曾巩大力整顿治安,着手解决"霸王社"事件。在章丘,有一周姓富户,其子周高为富不仁,横行乡里,民愤极大,但周家"力能动权贵",与地方官沆瀣一气。曾巩初来乍到,就搜集证据,将周高法办。章丘一带有一伙叫"霸王社"的土豪,杀人越货,无恶不作,曾巩派兵将他们悉数抓获,将31名罪犯判刑,发配边疆。

除了整顿治安,曾巩还加强了百姓户口管理。他在齐州开创了"保伍"之法,以五户为一保,监督出入,实行外来人口登记,有盗贼则鸣鼓相援。通过曾巩的治理,齐州盗、劫等犯罪率明显下降,由治安案件多发之州变成了平安之州,风气为之一清。

兴修水利是曾巩在齐州的又一大政绩。社会治安好转后,曾巩开始着手兴修水利,北水门就是他主持修建的。1072年,曾巩利用原来的城门,修建了水闸,根据水量的多少来启闭,解决了城北的水患。此外,他还主持修建了百花堤、百花台和北渚、环波、水香等亭,以及芙蓉、水西、湖西、北池、百花等七桥,使当时的西湖(今大明湖)成为济州的一大名胜。另外,他还为趵突泉定名,并在泉边建造了历山堂和泺源堂。

对于好友王安石的变法,曾巩是大力支持的。他落实变法,推动了当地的农业生产;重视发展教育,恢复汉以来的《尚书》之学;在集役疏浚黄河时,由"三丁出一夫"改为"九丁出一夫",减轻了百姓负担。曾巩任职期间,齐州"仓廪实""里闾安",一派升平景象。

在济州为政期间,曾巩在文学创作上也获得了丰硕成绩。曾巩《元丰类稿》一书中所收录的关于齐州的文章有10余篇,诗有70余首(占其全部诗作数量的约1/6),其中题咏济南风物胜景的就有五六十首。

曾巩有一首《登华不注望鲍山》："云中一点鲍山青,东望能令两眼明。若道人心是矛戟,山前那得叔牙城?"

鲍山,在济南城东如今的济钢新村内,是春秋时期齐国大夫鲍子牙的食邑。过去,这里还有一座石城,名鲍城。鲍叔牙死后葬在此山。这首诗出典"管鲍之交"。管仲家贫,曾经与鲍叔牙合伙做生意,赚钱后分利润总是多占,但鲍叔牙不认为管仲贪婪,而是深知管仲家贫不得不如此。两个人一同去当兵打仗,管仲经常逃跑,可鲍叔牙不认为管仲胆小怯弱,而是要保命供养老母。以至于管仲感动地说:"生我者父母,知我者鲍子也。"

曾巩登上华不注,望见鲍山,他想起管仲与鲍叔牙的故事,大为感动。他通过怀古,情愿以一片善良、温煦之心来看待这个世界。由此可知,曾巩在济南时,经常会攀登华不注,而且会登上顶峰。

王安石评价曾巩:"曾子文章众无有,水之江汉星之斗。""爱子所守卓,忧予不能攀。"在散文领域,曾巩的文章中正平和、冷静客观。这可能与他18岁参加考试、39岁才得中的经历有一定关系。仕途不顺,家道变故,以及仕途奔忙,在客观上造就了他的创作风格。

曾巩在济南的两年半里,励精图治,同时又创作丰硕,乃至离任时,当地百姓不愿意他调走,一心挽留。曾巩不得不在晚上悄悄离开这个让他爱之恋之、引以为豪的历史文化名城——齐州。

在奉调襄州离任途中,他写了一组告别诗,其中一首写道:"将家须向习池游,难放西湖十顷秋。从此七桥风与月,梦魂长到木兰舟。"以此向这座留下自己深深足迹的城市做最后的告别!

曾是惊鸿照影来

——记2020浙江省少年文学之星欧阳张者

"其实现场作文赛我也准备了一天的材料，然后写了一篇作文。结果现场抽的题目居然是'在屋顶上种苹果'，我想都不敢想会出这种题目，而且还是命题作文。考试时间很紧张，只有一个半小时。我花了半个小时来构思，思考可以写什么，还有一个小时就拼命写。"欧阳张者说起他这篇获得2020浙江省少年文学之星奖的作文，还是心有余悸。话里话外，都说明作文构思的重要性。

在他看来，写作文首先就是讲故事。他比较喜欢讲故事，在讲故事的时候，他会融入一些自己的想法，写下来给别人看。欧阳有好多表弟表妹，儿时过年，他就经常给他们讲一些很有趣的故事。到了三年级，他就开始自己看书，又觉得书里的故事不错，于是喜欢上写作。书看多了，欧阳就有了强烈的表达欲，他想，没有人听的时候就把它写下来吧，写下来给自己或别人看。

欧阳妈妈说，她家三姐妹，没有兄弟，想让欧阳延续张家的香火。者是爸爸给起的，应该出自"之乎者也"，希望他长大成为一个腹有诗书的人。不过欧阳张者真的很喜欢古诗文，是个三国迷，能把《三国演义》倒背如流，书里的诗词全都烂熟于心。

欧阳写的《在屋顶上种苹果》中有一个好的故事框架，读来就让人想起欧阳给表弟表妹讲故事的情景。至于是不是爬到屋顶上，文章本来就是"编"的，在他看来确实是这样。文中的"姑娘"，不知道是不是他的表妹。他们一起爬屋顶，吃苹果，说笑话。后来，在外婆家偷甜酒喝，"少了满天的繁星，多了灰蒙蒙的天空。少了老屋子，多了新房子。少了豪纵者的落拓，多了一丝成熟者的拘谨"。在他有些沉重的感慨里，故事也就沿着这种伤感情怀走到尽头。表面上，它写的是乡愁，实际上在写成长，更写出了成长中的迷惘。

在欧阳的一篇历史小说《雁过无痕》中，这个外表腼腆的"大男孩"用他非凡的想象力为我们讲述了燕国的故事。他说："自己先是给自己'科普'了一把战国故事，尤其是燕国兴衰，然后构思了很长时间才开始写，也写了很长时间。反正写历史小说是挺难的。因为你不仅要抓住那个时代的特征，还要搞清楚人物各种各样的关系。那些人物的语言呢，也不能自己凭空瞎掰，一定要去找合适的。还要找到那个时代、那个事件的前因后果去联想。因为写作要有风格，要有丰富的细节描写。比如写人物外貌，你就要去了解那个时代的人穿什么衣服，吃什么东西，以及怎么出行，等等，这些细节都是在作文里要注意的。说到底，我就是想把自己对历史的理解，写出来给别人看，这是一个非常好的体验。"整个寒假欧阳只写了这一篇作品。

欧阳说："细节描写是写好故事的关键。如果你仔细观察一个人，你可以观察他的眉毛、眼睛、鼻子、嘴巴，还可以看他的耳朵、头发，什么都可以观察。我有时候就喜欢蹲下来观察地上那些很小的东西，比如说看蚂蚁搬家，能看了一个下午。"所以欧阳作文里就写过蚂蚁搬家这样一个故事。

同样,没想象力是不行的。说起想象力,欧阳神情特别凝重。想象力也是很重要的。那时候觉得雨像珍珠一样落了这样的文字就没有什么想象力,也没有创新力,当时就有老师跟他说:"你不能把这些很通俗的句子就这样放到你的作文里,你要发挥你的想象力,自己去写一些东西,这样才能吸引人,才能给别人不一样的感觉。"在《雁过无痕》中,有一段写苏代在众人面前说话的细节就很有想象力:"话音刚落,所有人都抬起了头,窃窃私语之声犹如万千只蚂蚁在大堂爬过,空灵得不禁让人想抽自己一个大嘴巴子,这是真的吗? 苏代的余光瞄着了,眉毛一挑,笑意更加浓烈。"苏代作为谏臣,斗胆直言,临危不惧,非常形象。历史只是几根筋,他需要不凡的想象力,以及捕捉细节的观察力,还有高超的文字表现力。

最后欧阳说,他从小就喜欢古典诗词,看了很多书。阅读对于他来说,可以说是一种储备。如果有一本书能与自己的内心,与自己的经历产生一些联动的话,那么,这本书就是非常有用的。

淡泊故人风

——纪念沈从文诞辰120周年

一位去咸宁寻梦的作家,带着沉重多于浪漫的心情,找到一个在菜地边缘打猪草的中学生模样的农家小姑娘:

"你知道一位名叫沈从文的人吗?"

少女摇摇头:"村里没有姓沈的呀!"

"看过《边城》《湘女萧萧》吗?"作家有点不甘心。

"你这人! 电影谁没看过? 不过,《边城》看没看过,记不得了……"

作家想:我不知道我到这儿来寻找什么。

"遍野的白荻迎风萧瑟……穿过齐腰深的白荻丛和茶树林,我徜徉在沈从文先生的菜地上。远处是红透的枫树和苍苍的秋水。"

关于沈从文,我们想知道他一些什么呢?

沈老实在是一个平凡、淡泊的人。

假如这位作家问小姑娘,你认识"虎耳草"吗? 小姑娘一定会点头,因为在双溪这块土地上,野湖边确实生长着这样一种植物,是翠翠所喜爱的,是沈从文枕边喜欢放着的一束小小的"思乡草"。

20世纪50年代,沈老弃文而从事考古的发掘和研究。在默默无闻的执着研究中,年届知天命的沈从文有着欲求不得、欲罢不能的困惑,而正是这种幻想与现实之间的碰撞纠葛,不断烧灼着作家的心,使他很理智地寻求着一条自我发展的人生道路。

沈从文经历了理想幻灭的灵魂考验,进而以巨大的热忱从事考古,又取得了意外的收获与成功!

1957年出版《中国丝绸图案》,1958年出版《唐宋铜镜》,1959年写成《明锦》,1960年写出《龙凤艺术》,20世纪80年代初出版《中国古代服饰研究》。

在历经劫难和磨砺中,沈先生写出了200万字考古研究论文。这就是沈从文!

这就是"生命不息,奋斗不止"的沈从文精神。

这就是宁静而淡泊地追求着的沈从文的人格魅力!

20世纪60年代初,周总理在出访中发觉外国博物馆中有服饰文化陈列,回国后他找到文化部副部长齐燕铭问:

"你知道中国谁能搞古代服饰研究?"

"沈从文在搞。"齐燕铭答。

周总理说:"很好,一定要改善沈从文的工作条件,配些助手。"

正当沈从文准备花精力专注于整理和搜集史料的时候,"文化大革命"开始了。

1969年冬天,沈从文下放到湖北咸宁双溪这片荒芜的土地上。

同其他一些著名文学巨匠相仿,沈从文被分配看守果园。沈从文住的地方是一间低矮、湿气很重的窝棚,以草覆盖,临时搭设,因此,不到一年,他的住处就先后更换了六七次。在居无定所和这里"雨天一团糟,晴天一把刀"的恶劣环境下,沈老承受着身体上和思想上的双重压力,当时他"已不能劳动,血压在 200,心脏又膨大;既无书可看,又不明本地语言"。

再看居住条件:"这月大雷阵雨加五级西北风,三次灾难性袭击,屋里外已一样不分……每次扫除下浸积水三四十盆,雨后过于泥泞,即用白石断砖搭成跳板……全区住处只我一房这样。"

当时的沈老,已经是年近 70 的高龄老人啊!

尽管如此,在写给后辈的信中,老先生还是热情洋溢地说:"……这儿荷花真好,你若来地里,猪儿很多,……狡诈不已,虽外表极憨笨,走得飞快,你冷不防他又从你身后包抄转来……"这是他写给表侄黄永玉信中的一些话。

难怪黄永玉在《太阳下的风景》一文中评价沈老说:"他的每一封信,都充满了欢乐,简直令人忌妒。"

"沈从文是水,'水善利万物而不争,处众之所恶,故几于道'。"黄永玉这样来评价他的表叔。

在双溪的萧条寂寞岁月里,这位迟暮之年的文化名人居然奇迹般地写起诗来了! 1970年,他作了一首《喜新晴》:

> 朔风摧枯草,岁暮客心生。
>
> 老骥伏枥久,千里思绝尘。
>
> …………
>
> 亲故远分离,天涯共此星。
>
> 独轮车虽小,不倒永向前。

在这段不平凡的岁月里,沈从文还将他的主要精力集中在撰述中国古代服装史的全部补充材料,以及全书的修订工作上。值得一提的是,当时他身边连一本参考书都没有,仅仅凭的是一个"思想着的大脑"!

这就是"不倒的独轮车"沈从文。

这就是"淡名如水,勤奋、俭朴、自强不息"的沈从文精神。

"让我活下来,总得尽可能想出些办法来,做点有益于后人的工作才合理。"他自己这样认为。

他的两个助手王序和王亚蓉评述说:"沈先生严肃的工作态度很令我们感动,深受教育……平心而论,像沈从文先生这样具有远见卓识的还真不多见。"

当我们回顾这位老人惨淡经营的人生历程,我们不难发现,沈从文对朋友的虔诚和宽厚是可歌可泣的。

比如文坛上他与丁玲之间的纠纷,与鲁迅之间的误解。

1930年,沈从文为了营救丁玲和胡也频,曾两次登门求助徐志摩。在上海白色恐怖的氛围里,沈从文不顾个人安危,那种为朋友两肋插刀的豪情深深地打动了徐志摩。

1931年冬,沈从文帮助胡也频的女友丁玲脱险,亲自将她护送到湖南常德避祸;1933年,传闻丁玲遭反动当局逮捕,沈从文从上海赶回设法帮忙搭救。当意外传来"丁玲牺牲"的消息,沈从文满怀悲愤写下了《记丁玲》的文章,其时丁玲已去了延安。

20世纪30年代的京派、海派文人因文艺路线不同而触发的论战中,沈从文与鲁迅发生了误会,据说是沈从文以丁玲名义写给鲁迅以求职介绍触发的。鲁迅以为沈从文居然以女性的名义来戏嘲于他。后来,误会解除后,沈从文对此一直保持沉默,他一直相信事实。

"我坚信的是事实。"这是他处理矛盾、宽以待人的人格箴言。

由于文艺论争的牵连,沈从文的"民族自杀论"观点招来灭顶之灾,长期以来,他一直被冠以"反动文人""灰色文人"的错误骂名。这样一位文化名人,这样一大批反映真实的人性的传世之作,居然被诬以"粉饰太平",书写"世外桃源"而经历了无情的浩劫。应该说,历史一直在跟沈从文开着荒谬、无聊的玩笑。

面对这一切,沈从文自己是如何来评价的呢?

"你们能欣赏我文字的朴素,而不知道朴素文字的后面隐伏的痛苦……"

"对人民大众怀着不可言喻的仁爱之情。"

"照我思索,能理解我;照我思索,可认识人。"

这就是沈从文!

这就是谦逊、宽厚、温和的沈从文精神。

在给家乡的文学青年的信里,他写道:"当今那些作家,他们才是真正的大作家,他们是'天上的星宿',我是草丛中的萤火虫,亮着自己的一点本能在爬爬飞飞……"

"我常常怀念千里之外的沅水和水边的人们,总觉得京城的鸡鸭鱼肉比不上我家乡的胡葱酸菜好吃……"

"我所看重的,所珍视的完全不同……"

"我人来到城市五六十年,始终还是个乡下人,不习惯城市生活,苦苦怀念我家乡那条沅水和水边的人们,我的感情同他们不可分。……"

这就是"不计名利,时刻关怀国家和民族安危,乡之勃兴,民之痛痒,人之温爱"的沈从文人格精神呵!

"不折不从,亦慈亦让。星斗其文,赤子其人。"张充和是这样评价他的姐夫沈从文的,热爱沈从文的人也是这样评价他的。

"沈从文是个宝,凤凰乃至湘西走向世界的,到目前为止,还只有沈从文……"一位中国著名作家这样评价他。

"有人说沈从文的作品'过时'了,于是,沈从文自谦说'人'也'过时'了。中国传统的古典诗书画居然不过时,晚生的沈从文的新文学创作已经过时了? 这是自欺欺人、令人莫名其妙的。"美籍华人、著名画家、诗人、作家秦松先生是这样评价沈从文的。

若干年就这样过去了。当我们祖国的文化事业呈现今天的欣欣向荣、百花齐放的可喜局面时,我们在继承和发扬沈从文精神的同时,应该怎样来认识他呢?

至于沈从文研究,目前是"墙内开花墙外香":他曾被瑞士汉学家马悦然提名为诺贝尔文学奖候选人;美国的金介甫因研究沈从文,出版了《沈从文传》,而获得博士学位;日本的女学者小岛久代有关于沈从文作品的独到研究见解;法国有几所学校也规定文科的毕业论文必须写沈从文作品研究的内容……在中国,专门研究沈从文的只有吉首大学的沈从文研究所,搞沈从文研究的个人学者有凌宇、吴立昌、王继志、刘一友、糜华菱等等,这些人著述斐然。

可以说,历史的误会自然会随着时代的发展、思想意识的更新而被重新认识和矫正。但是沈从文那种宽容、大有大无、谦逊、质朴的可贵精神和淡泊情怀,始终值得被我们这些晚辈奉为楷模,正如秦松先生所说:"由于历史的错误倒置,我们要得到一个无误的完整的历史答案,才能创造更完好的未来的历史。"

历史可以作证——沈先生,你没有错!

我们将沿着你的路往前走!

父亲的鱼凼与虾溪

父亲去世已经7年了。如今回想起来,他有一个爱好是维持很久的,那就是钓鱼捞虾。

在湘西地区,溪沟纵横。为了方便老百姓合理利用水源,人们把一条溪分段用堰坝围起来,有的方便耕牛、山羊喝水,有的地方可以用来蓄水灌溉,还有一些相对隐蔽一点的地方,几片裸露的顽石,旁边是梯级坎坝,上面长着羊荆条、蒿枝,这就是男人女人们夏天洗澡的地方。父亲一般不去这些地方钓鱼。他喜欢去更浅一点的地方,有时是溪流迂回的地方,有时是那种向田地供水的河沟。回流之地,水清养鱼,父亲更喜欢在这种地方下钓。他的饵线不用那么长,鱼饵可以用蛆虫,也可以用蚯蚓。父亲在星期日去钓鱼,他说:"钓鱼的时候,可以想想别的事,散散心。当然你得盯住钓竿,看准浮标。要不然,鱼儿挣脱了钓钩,就白忙活了。"

为了钓到鱼,父亲会打一些菜枯粉,就是油菜籽榨油剩下的饼状料渣,将它们碾磨成细粉。我至今仍然记得父亲用擂钵一下一下擂菜枯粉时的悠闲自得。还有一件事,就是卷纸烟。父亲为了省点烟钱,就自己制作草烟,用于钓鱼时打发时间。

陪着父亲在溪流边钓鱼,时间长了有点闷,我就选择在下游溪流边摸螃蟹。翻开一块块水中的顽石,有时候就会看到螃蟹在逃窜,我伸出手一把将它压住。抓螃蟹是个技巧活,父亲教我要从后面抓,按住它的背中部,它就不能反过来咬你。实际上,我们为了赶速度,伸手去抓它时,这家伙老早亮出蟹钳,咬住我的手心嫩肉,痛得我不得不松开手,这家伙便逃之夭夭。为了不让人抓住,它也会断钳自保,那只断了的钳子就送给你了,钳住你不松开。我们则端着受伤的手在父亲面前失声大哭。

父亲又气又笑,对于这种情况,最好的安慰就是父亲让我们哭完了继续抓,或者打道回府。

父亲在安慰好我们后,就教我们穿钓饵的办法。比如一条蚯蚓分成两三节,钩住内壁,把钓饵穿进去,将尖刺藏于内壁中不露出来。调节好浮标深度,比如50厘米。还有就是饵料不要太大。鱼的大小,也是要先观察才能定下来的。大鱼用大钩,小鱼用小钩。但鱼情和水情不同,对鱼钩大小的选择应在此基础上做适当调整:受季节的影响,冬季、春初,鱼儿的活动力弱,鱼钩要偏小点;主钓一两左右的鲫鱼时,夏秋季用2号袖钩,冬季应选择1号袖钩。

同时还要根据钓的鱼的品种来定。钓鲫鱼时选小钩即可,因为它咬钩后挣扎力不强。钓鲤鱼、草鱼、鲢鱼时,因为它们体格好,挣扎力强,选钩就要大一点,这样鱼不容易跑钩。

当然,还要视饵料大小来定钩。父亲是有耐心的,当我们在摸蟹被咬手心时,他早就钓到好几条鲫鱼了,准备回家烧顿鲫鱼辣椒葱花香菜,或者豆腐鲫鱼汤。

在湘西民间,鲫鱼汤被视为滋补妙汤,用来款待贵宾。我清楚记得，母亲生三妹时，父亲在9月初凉时节去钓鱼，回来后把它熬制成汤，供母亲滋补之用。

除了钓鱼，父亲还有一个爱好，就是捞虾。父亲对虾的兴趣主要是捞起来煮熟后打打牙祭。我们幼时，家境非常贫寒。父亲就会偷偷扯几把草做成饵料或遮蔽物。虾子喜欢躲在阴凉的地方，不用靠钓饵来捕捉。父亲也要武装一下自己，就是腰间绑一个虾篓，用细篾编成的。等他从工厂里下班回乡下家中时，一路上，顺着流水上溯，途经十里八滩，父亲将一个个放在溪边阴凉处的用蒿枝捆成的"虾把"抖落下来，就会有一篓的河虾。

回到家，父亲把河虾倒出来，洗净后放到油锅里炸过，有的烘干制成虾皮，既可以烧汤，又能够搭配一点葱花炒，加上点料酒，这样虾皮就可以出锅了。

那时生产队给我们家分到的年终"红利"其实什么也没有，因为家里劳动力少，孩子又多。家里餐桌上没有油水了，只能去钓些鱼捞些虾，以滋补家里人，打打牙祭。

不论是虾炒青椒，还是葱花虾皮汤，那时都是我们期盼的珍馐。岁月荏苒，转眼我们都长大了，上大学了。母亲选择去城里做生意。那时候，晒干的红虾一斤可以卖5—10元的高价，对于一个月工资120元的父亲来说，无疑是赚点外快的最佳选择。父亲把一切剩余时间都用在钓鱼摸虾上。一条沱江成了他渔猎的重要场所。他熟悉七拐八弯的溪流，知道哪儿有深潭浅滩。他简直成了"水上漂"，下班回家的时间要一个半小时到三个半小时。每当他拖着疲倦的身子，带着一身鱼腥味回家，我们都嫌他又臭又腥气。

父亲却乐呵呵地倒出鱼虾,同时又研制起他的捕鱼竹器:竹篓、竹筛、卡鱼斗。他的零花钱都用在买钓竿和装虾竹器上了。为了能捕获更多的虾,父亲甚至去买了药,一种可以使虾子昏迷的药,虾子闻到后便乖乖往虾篓里钻。后来,传出某地有人误食了此类虾发病昏迷的事情,父亲很受震撼,就把他的捕虾药给扔掉了。父亲说:"钱可以少赚点,但做人要讲良心。"

时代在不断向前发展,我已大学毕业。父亲捞虾钓鱼的时间也少了。加上我们搬到了城里,父亲也懒得去郊外河边捞虾钓鱼。一方面,他的老寒腿不能下水;另一方面,可能是忙着帮母亲做别的事情,加上虾的价格也没那么高了。慢慢地,钓鱼捞虾变成了回忆。

至今我还记得我们碗里有鱼,满巷子炫耀的情景——"吃鱼了,吃鱼了,老爸钓的!"我端着碗,路过仁军家的院坝,声调有意抬高一点,就想着第二天我们一起放猪时,他能把他的竹手枪借我玩一下。当然,我也会悄悄省下一点鱼,让他尝尝鲜。

一想到这里,父亲就像突然走进我的视野中,他背着他的虾篓,朝我憨憨地笑着解释,他去了一趟清滩,因此回来晚了,问我今晚母亲是否炒了茄子吃……

记得前些年为了寻找清代贵州提督田兴恕母亲的坟茔,我曾经沿着白岩溪上溯。一路上,感受父亲曾经钓鱼摸虾的清溪风景,仿佛又看到老人家年轻时的身影在青山绿水之间忙碌。父亲换饵,甩竿。"站在上风口凉,你站下面去,找块石头坐着看!"父亲关切地说。

那一瞬间,我的眼泪止不住地流出来了……

"戆人"老项

在我看来,老项是一个爱戆的人。

老项爱戆恐怕与他的家世及工作经历有关。

老项大名项霆。他父亲原本做过民国时期山东招远县县长、浙江杭州分水县县长,1949年率部起义,中华人民共和国成立后,他被分配到商业厅工作。

老项共有兄妹七个,他是老六,曾就读于杭师附小、杭州一中等校,后考入南京大学数学天文系,毕业后被分配到江西冶金学院,后辗转于江西、杭州等校,退休于杭州轻工职工大学(杭州职业技术学院前身之一)。

受父亲出身影响,老项个人命运始终起起落落。被分配到江西后,遇上几场运动,老项不愿意低头,不善于变通,坚持自己的立场,更不愿意同父母划清界限,于是由大学老师改调中学老师,再由广昌中学到赤水中学,一贬再贬。命途多舛,老项仍旧无忧无惧、我行我素,本色做人、本分做事。

老项的个人感情史,恰恰也随着命运不断波动,不断沉浮。其中,有很多"戆"的因素。

老项经历了三段婚姻。他的第一任妻子是梅女士。两人相爱,后来因受牵连而分开。梅父是民国时期南京政府官员,1949年以后死于狱中。梅女士为了落户而嫁给老项,老项明明知道,但为了帮助梅女士,还是选择同她结婚。"文革"中,老项被清算,"揪"出来时,梅女士却没有"捞"他,大难临头各自飞。老项的第一次婚姻以失败告终。老项没有迁怒于梅女士,两人也没有来得及孕育后代。

老项的第二任妻子是小学老师珍妮。珍老师的养父是老项大哥的部下。她人缘也好,很讨老项家人开心,两个人结婚了。1974年,老项义无反顾多次请调,终于调回浙江富阳受降中学。按理说,苦尽甘来,必有后福。谁知由于长期两地分居,珍老师改行到厂里做事,与异性朋友碰撞出感情火花,无法熄灭。老项的"戆"劲儿上来,男儿最怕女生变,离婚吧,我还你自由。所幸他们的女儿读书非常争气,考入浙江医科大学(浙江大学医学院前身)。

老项的第三任妻子是父亲老朋友介绍的,是父亲老朋友的外甥女燕女士。燕女士当时在新华造纸厂工作,与丈夫因为两地分居而离异。老项和燕女士一见钟情。两人婚后恩爱互敬,如胶似漆。对老项来说,他的人生终于冲破樊笼,看到了曙光。随后他们四处"活动",老项一直写报告想要"戆"回杭州,谁想路子不通,无法成行。后来燕女士想到了一个办法,让老项调进市轻工局系统下面的杭州轻工职工大学。终于,这个30多年的外漂族靠着不向命运低头的戆直性格的男人,实现了夫妻团聚的梦想,回到杭州安家落户。

老项其人,坦荡、耿直。他是个数学老师,工作兢兢业业,讲课深受学生喜欢。他的戆劲表现在教学上就是爱较真,有时候为一道数学题的解法,和同事理论,然后一遍遍琢磨,直到得出结论再去和人理论,最终获得大家认同。同事信任他,也折服于他。

平时在工作上,老项评价别的教师毫不留情,有时不免令人不快。因此很多同事对老项难免有些畏惧,只能在教学上则更加精进,不敢懈怠。他的戆直也是当时单位领导所欣赏的。

细想起来,老项的爱戆不是没来由的:一是性格使然;二是家庭出身之故,老项对起起落落的命运不服输,愈挫愈勇,愈折愈刚;三是相信真理,心态阳光。

和母亲煲电话粥

也许是年纪大了,我和母亲打电话的次数多了起来,有时候是一天一次,有时候是两天一次。

早些年,由于工作比较忙,打电话的次数少。记得有一次打电话过去,母亲说自己在家里好着呢,不用打电话,费钱! 但是母亲一旦聊起来,她的话却越来越多。

那些年,我和夫人忙着攒钱还贷,还计划置办家具、车子,母亲则忙于在城里面建房。她和父亲像两只勤劳的蚂蚁,自己和请来的人一起干活。工人让她休息,她又忙着准备饭菜。母亲会在电话里告诉我,房子建到第二层了,没有那么多钱,楼梯是用自己从老家乡下搬来的木头做的;地面砖铺自己住的一两层算了,其他房间先不铺。母亲叹叹气说:"咱们是螺蛳壳里做道场,没办法找办法!"

我告诉母亲,自己在一点一点攒着钱。我们有了自己的家,后面慢慢地都会好起来。眼下虽然手头有点紧,等还完了房贷就轻松了。

那时候,母亲还没有手机,家里只装了固定电话。她就会说:"好了好了,省点电话费。"说罢就挂了电话。我们聊得不多。

如今,母亲有了一部手机,那是妹夫给买的。母亲也学着用视频打电话,她听说视频电话只要有网络,就不用再花钱。隔几天,母亲打个视频电话过来，我告诉她，这边还好的，我们都在努力工作。我给母亲看自己工作的环境，告诉她，我们有自己的公司了。女儿最近一次月度考试，语文单科得了第一名。公司今天接了一个大单，可以赚一笔管理费了。

母亲看上去比较苍老，她说自己这几年不喂猪、不养鸡了。在城里养鸡养猪，环境会变脏，也怕影响别人。就那几块租来的地，她还能种上点豆角、辣椒、玉米、茄子。我不由得想到母亲挑着水爬上陡峭的坡地，把水一瓢一瓢浇到茄子苗边上的情景。她擦着汗，得意地说，家里餐桌上一年的蔬菜都解决了。我问她你给人家多少钱。她说还好，一年就两百元。当蔬菜生长旺季的时候，她也会给租房子的住户一把青菜、一把豆角或者几把黄豆，仿佛是一个腰缠万贯的财主，在别人面前炫耀着自己的宝贝。

母亲这半年电话打得多起来了，她说自己快80岁了，菜地里的活干不动了。弟弟也不让她去地里干活了，万一伤筋动骨进了医院，麻烦着呢。加上我们又远在杭州，回去一趟要好几百元的车费。因为这，母亲也很少到杭州来。除了上一次她摇中了一个奖，来回的车旅费由主办方垫付，她才决定来。

母亲在电话里告诉我："孙女要考大学了，她是读书用功的人，有一次没考好，回家自己一个人偷偷哭，太像你当年的样子了。"我回答说："可不嘛，当年我读书确实有难过到哭的时候。"这时我的思绪就飘飞到年少时光，那时候虽然清贫，但读书舍得下苦功夫，有一次拿手的历史考了95分，我就边烧火边哭。母亲在灶后面一边用水淘米，一边安慰我。

母亲笑了笑说："你看,你侄女今天像你那样喜欢读书,咱们家有盼头呢。"

母亲又说："你这弟媳妇要开店卖衣服,她好像觉得替人打工难为情,如今要重操旧业了。"但是母亲担心开服装店很难赚钱。毕竟弟媳妇以前开过几年店,到头来也没有赚到钱。

我劝老人家说："媳妇毕竟是媳妇,只要弟弟没意见,他们两口子的事情,您就不要去管了。"

母亲叹口气说："由她去吧,不听也没有办法。"

我告诉母亲："您就好好过日子,只要不生病,就是最大的福祉了。"前几天,我的高中老师来杭州看病,她的癌细胞已经扩散了,在寻求中医治疗。她今年下半年就80岁了。说起来这么一个身体强壮、喜欢锻炼又性格活泼的人,连她自己都没有意识到自己的病会恶化。

母亲叹了口气说："人命是不由己的,活一天就是赚一天。走的时候最好不给儿女添麻烦!"

我说："那您老多活几年,我们每年给您发红包,过年过节都给。您给我们花的钱,我们都还给您。说不定您还能多赚几毛钱!"

母亲一听就哈哈大笑起来。这时候,阳光照在客厅的西窗上,我分明能感到电话那一头的爽朗开心,它传递到我的心里,熨帖着我的耳朵和心灵。

让我感到奇怪的是,母亲为什么最近不爱打视频电话了。是不在乎那一个月要交的几十元电话费了吗?还是她不想让自己苍老的容颜被儿女看到?或者是嫌点进去麻烦?抑或是她的朋友圈都是老姐妹老哥们,宁愿拨个号码聊天方便一些?我不得而知。

和母亲煲电话是一种安慰。我能知道她老人家的担心与喜乐。当母亲年纪大了,她比较感兴趣的是自己日后的"活法"。比如她偶尔提到说妹妹退休后会回来装修房子,说让她与自己一起生活。母亲似乎也在担心自己老了,走不动了,哪一个儿女有一点孝心,能够奉养自己终老。弟弟一家生活艰难一些,母亲似乎也看到了这一点。而我这边,她大概也觉得媳妇终归是媳妇,婆媳关系是最难念的一本经。

我则宽慰老人:"不用担心。如果老了,我们没有时间来陪您,我们会考虑到您走不动的时候,为您准备拐杖,再找个专门照顾您的人。"

"妈现在还走得动呢,不用买的!"母亲又释然一笑。我知道,对于我和弟弟妹妹们在父亲去世后的表现,她是满意的。她知道自己的几个儿女懂得责任和担当,也不会嫌弃她。家有一老是福气。我说:"老妈您放心,我这个手机有800分钟的语音,可以陪您聊到您睡着了都没事的!"

母亲听了说:"妈老了,话多。不过晚上九点半我就要上床乖乖睡觉了! 不用那么久的!"

是的,与母亲通电话,她对儿女的牵肠挂肚一直到老也不会褪色。她把她的世界敞开在我们面前,而我们的安慰和境况就是蔚蓝色的海啊,是她梦里梦外的水乡,是她关心到老的执念!

活成自己想要的样子

李子柒是谁？她的粉丝有 2000 万，小李姑娘自己拍的视频点击量如今在国外也有几百万之多。

李子柒为什么这么圈粉？因为她做菜、酿酒、造纸、纳布鞋、做汉服、编篮子、砌炉灶、盖凉亭……有人会说，那有什么了不起的，我也会。

如果你也像她一样，把每一件事做好，那该是多么的不易啊！比如，你可以制作精美的糕点，干些农活，比如采桑织布、绣花、酿蜜、养蚕缫丝，很多人都坚持不了那么久。试想，一个二十几岁正值芳华的女孩，耐得住寂寞，在乡下和爷爷奶奶老一辈人打交道，这有点不寻常了吧？

她骑马飞奔，去果园采摘，去地里掰玉米……她的视频取材于中国农家的衣食住行，光影之间，流动着烟火气和田园气息，让人羡慕，让人神往。生活在当下，有几个人能像小李姑娘那么笃定？

生活的意义是什么？是每天在都市里那么匆忙地上下班，还是像李子柒一样，活成自己想要的样子？澳大利亚汉学家寇志明说："中国是一个很大、很复杂的国家，也很多元，想找一条捷径去了解中国是不可能的。"所以，中华文化是有根有脉的。像李子柒一样，细细绣花，精作菜式,用普通的器物把家打扮得漂漂亮亮的,好好照顾自己,奉养老人、尊敬长辈。李子柒用这样的行动征服了整个华人圈,甚至让外国人也觉得,东方文化原来是这样美。如此,别人也会对你刮目相看。

农村也是美丽的。我去过好多农村。在安吉农村,家家户户青瓦白墙,好不清爽。从前,安吉是湖州市最贫穷的地方。现如今有的地方为了弘扬文化,有文化礼堂,有农具陈列室,有宗祠,有的还建了民宿。每逢周末,大量外地人涌入,本地人靠着热情和朴实将自己的山货兜售,有笋、土鸡以及本地菜肴。在安吉农村,青山绿水,美丽的自然和淳朴的民风是吸引游客的关键!浙江正在努力将农村打造成中国美丽乡村建设的样板!李子柒的神话正在被复制和实现!

农村大多是安静偏远的,需要我们去开发,需要像李子柒一样的开拓者和坚守者。

面对今天的新农村,李子柒们所做的努力,证明世界上不是没有醉翁亭,而是少了去建设去坚守的有志者。

假如每个人都有一份脚踏实地的规划,等我来看时,别人已经把那些日子过成了诗。

李子柒现象告诉我们,在乡下老家,可以凭农耕牧渔、养牛种花完成生命的升华。作为有追求有品位的生活家,就应该是她那样。

网友评价说,她这是住在怎样一个神仙世界啊?每一处细节都充满了美感和智慧!

是的,她就是用自己每天的活动作为支撑,点燃人们对中国式田园生活的向往与迷恋。

她,李子柒,就是这样的另类女孩。

我们应该怎样活着才有意义。这样的追问显然有点多余。希望每个人的前途是光明的,未来是可期的。

把日子过成诗,说不定那样的品位与闲适,正是中国乡村农家人应该有的智慧和精气神!

让我们每一个人,无论生活在什么样的处境里,都能有一个向善向美的愿望,为了心中的日月乾坤,去寻求一种属于我们自己的伊甸园吧!

一个人,就应该活成自己想要的样子!

家有高考生

早上先给弟弟打了个电话,问了侄女参加高考的情况。

弟弟告诉我,家对面的宾馆住满了。弟媳妇昨天去了一趟凤凰高级中学,给女儿送点东西。侄女读书是用功的。小学升初中时,弟弟曾问我,是一中好还是二中好?我推荐了一中。因为考虑到离家近,加上我当年是一中毕业的,有种"娘家"情结。为此,我专门托人打听侄女这个名次列第几,能上什么样的学校。我同学告诉我,侄女的成绩可以上当地最好的一中,也可以上二中,两所学校都没有问题。同学还强调说,我侄女的小学毕业成绩列全县第40名左右,随便哪个初中都想要她。后来,三年以后,侄女以优异的成绩初中毕业了。又遇上择校问题,弟弟再一次打电话问我,高中是上民办还是公办,哪个比较好?

这又出乎我的意料。没想到侄女成绩会那么出众,也没想到会有学校争着录取她。后来,弟弟回忆说,民办华鑫中学招生老师曾打电话叫他们夫妻去开会,并且开出很好的条件。弟弟再一次咨询我是上民办还是上公办,我犹豫了。上民办,一方面对家庭经济条件要求高,另一方面受地域因素影响,毕竟家在那儿,到附近上学还是方便些。

考虑到老家学校师资的问题,我咨询了在老家的老同学。刚巧他夫人就是本县高级中学的语文老师,老同学建议选择公办高级中学。我的几个老同学都在公办高级中学任教,他们有的是英语老师,有的是语文老师,以后可以关照关照。民办学校的承诺条件虽然也很好,但从本质上来说,就比不上公办高中了。尽管华鑫中学每年要出一两个清华、北大生,但是从毕业生一本率来看,还是公办高级中学略胜一筹。

于是,弟弟便听从我的建议,让侄女上了公办高级中学,进了凤凰高级中学实验班。

刚进去的时候,她的成绩能保持在班里十几名,偶尔有些起伏,不理想的时候处于全班中游。如果考得不好,侄女也会难过。母亲告诉我,侄女回到家就哭了,还嘱咐母亲不要告诉我。起起落落之间到了去年暑假,我带女儿回老家探望母亲,我们去凤凰高级中学探望侄女。女儿买了点东西送侄女,拉着侄女说:"姐姐我们照张相吧。"两个人就在校门口见了一面,然后匆匆分手。

一晃三年过去了,侄女今年参加高考了。我的心里是忐忑的,因为平时除了偶尔给侄女送本我写的书之类,对侄女关心得不够。弟弟告诉我,她的成绩应该可以上湖南师范大学之类的学校。我说,那以后当老师也是不错的。

正巧,妹妹女儿今年也参加浙江高考。我对外甥女的了解也不多。外甥女上高中是属于指标生性质,类似于保送生,上了杭高钱江校区。进去后,发现成绩大不如前,妹妹有点慌,就想办法给女儿在外面报培训班,结果成绩进步不大。

怎么办呢?这样下去总不是好事。高二的暑假,妹妹决定给孩子报美术班,因为孩子学习成绩不好,只能去拼一下特长班。好在天无绝人之路,外甥女经过半年努力,在美术班的专业考试中通过了,全家欢喜。不过妹夫告诉我,花了7万多元钱呢。妹妹处于闲居状态,妹夫一个人退休工资虽高,但用起来也有些窘迫了。

妹妹告诉我,只要孩子成绩能上线,专业考试通过了就多一个机会,如果考不上中国美院,可以考虑去读杭师大的美术学院。

我打电话时,妹妹正开车送孩子去赶考,没说上几句就挂了电话。

高考对于普通人来说,无疑是突破自身限制、改变未来的一种方式。现在的趋势表明,高考也未必能让人真正实现自我价值。不过,没有参加过高考的人生是有遗憾的。弟弟妹妹都没有参加过高考,他们对待孩子参加高考的态度就显得淡定。首先,三年努力如今要交答卷了。考完了父母宽心,孩子也开心,皆大欢喜。高考也等于是替自己交了一张答卷。至于上什么样的大学,那都是次要的。其次,这份答卷也是给自己的。通过努力,离自己的目标近了,向未来的人生规划迈出了关键性的一步。如今上大学的机会很多,浙江2022年高考生本专科录取率为94.38%,湖南2022年高考生本专科录取率为82.17%。查了一下资料,湖南2022年高考的一本录取率比浙江要高出10个点左右。相信侄女考个本科应该是十拿九稳的事!

想到这里,我觉得弟弟的淡定完全可以理解,他们夫妇虽没有经历过高考,但是凭着努力,如今已在县城里立足,将孩子抚养成人。

妹妹也是淡定的,因为她早就坚定了让女儿考艺术院校的信心,就等着文化课成绩出来,填志愿时瞄准浙江省内哪所高校的美术专业就行了。

一切都在掌控中。对于像我侄女和外甥女一样的 2023 年高考生来说，除了祝愿他们旗开得胜，鲤鱼跃龙门，还有什么好说的呢？让梦想照进现实！

家有孩子"中举"了

"湖南侄女2023年高考538分,超过湖南省本科线历史类(文科)110分;浙江外甥女高考575分(加艺术类分数后为610分,列浙江省艺术类第388名,全省7万艺术高考生),超过本省一段线87分。皆大欢喜!"当我在朋友圈发布这一消息时已是下午五点左右。我为弟弟妹妹的孩子获得优秀成绩而欢呼。弟弟的孩子在湖南参加高考,妹妹的孩子在浙江参加高考。

公司里的同事也能感受到我的快乐。因为是放假后第一天上班,还有点闲散,心收不上来。但是最能让自己收心的还是中午吃饭时看到湖南公布的高考分数线。我马上向弟弟报告这一最新消息。弟弟也有点兴奋,他说这个分数要弟媳才能查,因为侄女准考证什么的在弟媳那边。然后,弟弟着急联系弟媳,弟媳告诉他,成绩还没出来呢,大概要下午三点才能查。

我兴奋的心情才稍稍平息下来。好吧,再等等,再等等。好像满树繁花后来结了果,只差去采撷这一步没走了。

不久,浙江高考分数线也公布了。我马上转发这条消息。时间大约在下午两点。妹妹说:"是吗?最近,我在网上签约了一个平台写些网络小说,已经写了19万字,强迫自己静下心来,做一点事情。"妹妹自从去年做生意遇到阻力,变得有些迷恋山水,到处游山玩水,前不久去了一趟西北某个沙漠。回来后,她正在琢磨下一站怎么走,又决定写点东西,据说最近有了这兴头。

她说:"小柴吧,她喜欢学美术,我们就让她完成自己的心愿。"她倒是挺淡定的。

下午三点十分左右,弟弟打电话给我,说侄女小周考了538分,这个分数怎样?其实我早就已经将分数线截屏发给他了。弟弟说:"我懒得看,也看不明白。"我说:"那么我来分析一下,湖南本科分数线为428分,侄女小周的成绩远远超过了这个分数。"弟弟说:"那就好,她平时也就这个水平,放心了。"弟弟说完挂了电话,我听得出他内心的满意。

实事求是地说,侄女是优秀的。三年高中生涯,读书能吃苦,肯下功夫。比起侄女,我女儿上了初中,逆反情绪显然已经到了一个高峰,动不动与她妈妈怒怼,有时候两个人像螃蟹挥着大钳子一样在房间里吵架。我拉开了孩子妈,女儿又追上来了;拉开了女儿,孩子妈又趁机"捡便宜"。劝架的我就尴尬了,说不定还会挨一巴掌,把牙齿崩掉。

女儿在老家玩的时候,有一次想和姐姐小周见上一面,我们就一起来到侄女就读的凤凰高级中学。好不容易让任课老师给通报进去,终于等来了侄女,女儿和侄女匆匆忙忙聊了几句,侄女就进去了。幸亏抓拍了一张照片。弟弟说:"一年也就来个两回,平时她基本上都是在学校过的。"这话我是赞同的。我女儿一回家,就说姐姐不在家里,她一个人都没啥意思了。

这次见面,我问女儿:"你和姐姐都聊些什么?"

女儿面向窗外,说:"我们谈将来的约定!"随后就不愿意往下说了。大约是觉得提前说不好。

女儿没有回答我。我想这沉默里,也许就包含着互相勉励的意思,说不定女儿是希望姐姐将来能考到杭州呢。

正回想着那一幕,手机响起来,是妹妹打来的。妹妹说:"老哥,你猜小柴考了多少分?"

我故意说:"要么是达到她想考那所学校的分数线了,要么是明年大学再见!"妹妹笑着说,他们家三个人分别猜过结果:小柴说估计不咋样,妹夫老柴说差不多吧,妹妹猜的是超常发挥。结果妹妹猜对了,外甥女这回考的分数可是艺术类尖子生的成绩啊,综合分列浙江省第388名。

我也觉得不可思议。因为平时听来,妹妹谈孩子成绩的时候,经常会把考得不好挂在嘴上。外甥女在杭高钱江校区实验班里的成绩有时候会倒数。快升高二时,妹妹觉得让小柴读书简直是错误的选择,于是急巴巴给孩子补课,孩子好像还是不行,学习上欠的债太多了。到了高二暑假,被逼无奈的妹妹决定让孩子走艺术考试这条路,花了7万元给孩子报考美术培训班,忍受着一学期难得见上几面的牵肠挂肚。

如今,孩子载誉归来。而作为家长的妹妹在兴奋之余,欢迎小柴凯旋。

整个下午,我的同事们纷纷提议,让侄女或外甥女请客。妹妹与外甥女在填报志愿时,本想填报浙江理工大学,参考了去年的分数,这个第388名是顶呱呱的,说不定能上个好点的本科院校呢。

当弟弟妹妹遥想着自己的女儿将来有出息的时候,转眼孩子们迎来了高考,果然孩子们不负众望,都很出色,也都很争气。这是他们做父母的欣慰之处。弟弟说,女儿平时考下来就是这个分数了。妹妹说,自己是烧高香了,不知道是孩子外公保佑,还是孩子爷爷保佑,才有今天这样的成绩。这至少让他们觉得,这三年的陪伴没有白费。当然,对于弟弟来说,他认为女儿将来如果能上个少花一点钱的学校是最好了,因为他还有一个上幼儿园的儿子要抚养,身边还有老母亲需要伺候。

弟弟说这话时,带着焦虑与担心。他觉得自己没能力多挣点钱,感到有些无奈,但转而一想,家里有老人需要照顾,加上有孩子需要抚养,因此他希望女儿上一个离家近、有定向指标的学校,毕业后能帮助家里做点事,减轻家庭负担。

侄女也非常争气、懂事,高考完一放假就和同学去餐馆打工挣钱,据说干一个月有两千元工资。不过,老板有点凶,嫌她们不会给客人介绍菜式和特色。

深知弟弟不会选学校,我在网上替侄女找合适的大学,把有可能报的大学都列出来,这样能够帮上一点忙。

妹妹说:"我们争取让她选一个好的大学!"我说:"对呀,将来孩子会感到高兴的。"

我把侄女、外甥女"中举"的消息告诉母亲,老人家喜出望外地说:"我每天都在给她俩祷告的。孙女小周一回家就捧着书,真像以前的你。外孙女小柴平时话不多说,心里是很要读书的。哎呀,太高兴了!我要跳广场舞去了!"

我赶紧说:"好嘞,您先忙。"然后打开手机网络。我得给她俩好好研究一下投档的事。侄女小周喜欢读传媒学院,报浙江传媒学院的分数够了;还有贵州师范大学,似乎也有戏。外甥女小柴,如果报中国计量大学艺术类和杭州师范大学艺术类,都没有问题,甚至可以报东华大学、北京航空航天大学……成绩优秀就是好啊,希望我女儿5年后也这样争气!

在小小的花园里面挖呀挖呀挖,种小小的种子开小小的花!

开锁记

正在河边散步,夫人打来电话说女儿卧室的门打不开了,让我去望江门找开锁的师傅,他的店名叫"大海开锁"。

我告诉夫人小区门口地铁站边就有一个上门开锁的,而且是小区备案过的。夫人说:"别叫那开锁要一两百元的人,他们乱叫价!你还是找望江门的那个师傅保险点!"

但我还是决定找地铁站边上的修锁师傅。因为我曾去配过钥匙,信任他。

修锁门店是一个靠围墙的路边摊,摆着一台配匙机,旁边还有块招牌,画着一把大钥匙,钥匙下写着"上门开锁"字样,再是电话号码。确实简陋,我想。

我拨打上面的电话,告诉师傅我家里的锁出了问题,估计是以前女儿和夫人经常闹点矛盾,女儿顶门,夫人又要推门进去,导致锁被损坏了。师傅说,他正在望江门修锁,半小时左右就回来了。

半小时后,师傅拨通我电话,我说了具体门牌号以后,他来了,进来看看后说:"你这锁质量不好。"我却认为是人为因素,比如我房间那把球形门锁,装了好几年也没有出过问题。师傅也就不提锁了,倒是对我女儿和夫人闹矛盾的事蛮感兴趣。

他劝说："要尊重孩子,不要经常和孩子去计较。孩子都是有自己性格的。"

我也觉得在理,说了我女儿的学校某生因抑郁休学的事情。

"后来呢?"修锁师傅问。

"后来休学两年,也没回来读书。"我说。

"你这个锁质量不好。"修锁师傅看了一下锁说,"不是你女儿堵在后面的缘故。"我还是强调说夫人和女儿经常弄锁,应该是人为损坏。比如经常一个在门后面顶牢,一个用钥匙拼命划拉。

修锁师傅边用钳子旋开球形锁圆环,再用一张卡挤压门缝退出锁舌。他试了几次说是锁舌坏了,就拿出起子顶住锁芯,用扳手敲打起子,再敲,"梆梆梆",直到锁舌内芯退出来,锁后端掉在地上,然后说:"好了!"

师傅边装我买的新锁边和我聊着天,他说:"每天回家要喝一点小酒。今天中午干完活回到家,儿子在床上躺着呢,儿媳在沙发上看电视。家里没有人烧中饭,我这心里就堵上了,唉——等我再去烧好饭,已经快下午一点了。我儿子工作忙。当兵复员后,社区里总是叫他帮忙,他是志愿者。儿媳在商场工作,经常倒班。"

修锁师傅劝我说:"我看你夫人蛮和气的,孩子呢,要尊重,万一像你说的学校那个孩子一样抑郁了呢。你就一个孩子,以后怎么办?"我点点头。

修锁师傅继续装锁,说:"修锁靠解不靠堵。你这个锁确实坏了,主观原因在于你夫人和你女儿在门边相持不下,客观上这锁质量也不好。如果经常推来推去,是容易出问题的。"

修锁师傅一番话点醒了我,也疏通了我的内心。他不仅是一个懂锁的专业师傅,也是一个内心敞亮的家长。

这次修锁,不仅扔了旧锁换上新锁,还解开了我们心上堵着的那把"锁"。

送走师傅,我想,人们为什么对"上门开锁"四个字敏感,因为这意味着对私有权利的挑战,心里的锁就"锁"上了。至于孩子,我们肯定要以疏导为主,不能再"锁"住她了!

至此,我和夫人心里那把"锁"也解开了。

劲草不随风势偃

他是一位偶像级政治家,清廉,大度。

他也是一位励志的读书人,勤奋,精进。

他更是一位慈父严父,立言,树德。

他又是文豪,诗词俱佳,散文大气。

他是文坛领袖,开风气之先,文章论议,必本儒宗仁义。

他是谁？他是大宋第一人,清廉宰相范仲淹,赫赫有名的政治家、文学家、教育家。

在我看来,范仲淹首先是一位出类拔萃的政治家。他出身布衣,为官清廉。庆历三年(1043),宋朝对西夏用兵,三战皆败,内部动荡已是山雨欲来之势。宋仁宗罢免了原宰相吕夷简,任命范仲淹为参知政事。一时间,风起云涌。任命富弼、韩琦等为枢密副使,包拯管理京城和御史台;在国防上,任用大将狄青,先后平定广源州侬智高的军事反抗和西夏的挑衅,于是北宋进入立国以来最繁荣的阶段。范仲淹、富弼等人综合多年来的经验,于九月将《答手诏条陈十事》奏折呈给宋仁宗,作为改革的基本方案。朝廷表示认可。

于是,一场轰轰烈烈的新政运动迅速展开。

范仲淹先是着手澄清吏治。他明黜陟,抑侥幸,精贡举,择长官,均公田。深知改革吏治才是国之要害的他,从人才选拔、任用、升降、考察等角度向当时旧的政治制度开刀,可谓正中软肋。其次,他着力富国强兵。厚农桑:由政府帮助人民兴修水利除水害,如开渠河、筑堤堰。修戎备(修武备):主张恢复府兵制,先从近畿实行再渐及诸路。减徭役:主张省并户口稀少的县邑官署,以减轻人民的徭役。再次,他厉行法治,覃恩信,重命令。针对朝廷过去颁布的法令"烦而无信"的弊病,提出朝廷今后颁行条令事先必须详议,"删去繁冗"审定成熟后再颁行天下。同时他又广泛落实朝廷的惠政。

范仲淹施行的"新政"打的是一套组合拳,招招直击要害。要为范老先生点几个大大的赞!

然而可惜的是,这场改革是以失败收场的。历时一年四个月,它便因为触犯了根深蒂固的守旧派的利益,在强大舆论的挟持下黯然退场。

但这并不妨碍范公继续为民服务。他自请外放地方官,在外依然坚持勤政为民。范仲淹在邓州、杭州、颍州连续担任知州。在其位,谋其政,范公做到了鞠躬尽瘁、死而后已,用自己"不以物喜,不以己悲"的淡定超脱真正追求自己心忧天下的施政理想,堪称"第一能臣"也。

而有此不凡成就的范仲淹,又是一位励志的标杆人物。

范仲淹幼时家境贫寒,为了读书,他省吃俭用,将家中送来的小米一次性煮一锅粥,待凉后画上一个十字。每顿吃一块,再切上一点野菜,撒上盐末下粥。他的勤奋好学感动了寺院长老,长老送他到南都学舍学习。范仲淹依然坚持简朴的生活习惯,不接受富家子弟的馈赠,以磨砺自己的意志。经过刻苦攻读,他终于成了著名的文学家。

范仲淹两岁的时候，父亲死了。家里很穷，没有依靠，母亲于是就改嫁到了常山的朱家。长大以后，他知道了自己的身世，含着眼泪告别母亲，去应天府的南都学舍读书。他白天、深夜都认真读书，连续五年，竟然没有脱去衣服上床睡觉。有时夜里感到昏昏欲睡，他就把水浇在脸上，使自己清醒。范仲淹常常是白天苦读，什么也不吃，直到日头偏西才吃一点东西。就这样，他领悟了六经的主旨，又立下了造福天下的志向。

正因为他如此勤奋精进，才有为后人所瞩目的文学和政治成就。范仲淹的勤学和励精图治是可圈可点的。古人说，大丈夫修身、齐家、治国、平天下。即便在教育子女方面，他也称得上教科书级别的严父、慈父。

他一再要求自己的孩子要学会"忍穷"，甘于清贫。据《言行录》中记述："公既贵，常以俭约率家人，且诫诸子曰：'吾贫时，与汝母养吾亲，汝母躬执爨，而吾亲甘旨未尝充也。今而得厚禄，欲以养亲，亲不在矣，汝母又已早世。吾所最恨者，忍令若曹享富贵之乐也。'"同时他还经常苦口婆心地告诫自己的子侄，不仅要"慎未防微，各宜节俭"，而且要"清心做官，莫营私利"，"居官临满，直须小心廉洁。稍有点污，则晚年饥寒可忧也"。足见其言语之恳切，用心之良苦。范仲淹教子严格持俭，有时显得不近人情，但也方显他的本正。二儿子纯仁要结婚了，媳妇还没进门，范仲淹就听人说，儿媳妇带来的帐子是用绫罗绸缎做成的，他对儿子说："绫罗绸缎织起来不易，怎么能用来做帐子呢？我以勤俭立家，不能因为这顶帐子，坏了我家门风。你们如果不听我话，非要把这顶绫罗帐子带过来，我就在当院把它烧掉。"几天后，儿媳妇进门,果然没带绫罗帐子。

在范仲淹身体力行的影响及严格管教下,范家始终保持着俭朴的门风。儿子范纯仁在宋皇祐元年(1049)中进士,后一直做官,官至尚书右仆射兼中书侍郎(即宰相),为官也以清廉著称。

回顾范仲淹一生,清廉守正,持俭忍穷,乐善好施,以至于死时"身无以为殓,子无以为丧"。但是,其清廉为官、清白做人的操守却为世代所景仰。

范仲淹从小历经磨难,养成了坚忍执着和耐贫吃苦的性格,也坚定了他改变命运的决心。少年求学读书,饱受儒家、佛家思想熏染,使他养成了坚守清贫、守正为官、看淡荣辱的品格,并树立了忠君济世的信仰操守。

想到这位宋代名臣"先天下之忧而忧,后天下之乐而乐"的励志名言,不得不让人肃然起敬。在今天这个物质繁荣的年代,倡清廉、反贪腐早就写进公务员入职的宣誓词了。然而,腐化堕落是随着物质水平提升、思想道德滑坡一起潜入人心的。范仲淹的事迹就有着鲜明的借鉴意义,它既是一种鞭策,又是一种箴言。

愿今天我们的各行业领导者不忘为民初心,学习范老先生清廉本正的品格,做真实的人,干务实的事。己身正,则不令而行;己身不正,虽令不行。

"云山苍苍,江水泱泱。先生之风,山高水长。"——范仲淹《严先生祠堂记》。

范仲淹既是现象级偶像,又是言行一致的人。毛泽东说:中国历史上有些知识分子是文武双全,不但能够下笔千言,而且是知兵善战。

范仲淹就是这样的一个典型。

同时代的欧阳修、苏轼、王安石等名臣亦对范老先生推崇有加。

廉如深山幽兰,不言自芳。名节重于泰山,利欲轻于鸿毛,功名利禄只不过是身外之物,品格道德才是立身之本。范仲淹就是完美注脚、行为楷模。

"劲草不随风势偃,孤桐何意凤飞来。"这是范仲淹诗中的一联。劲草不被风吹倒,孤桐虽然无意,凤凰却自己飞来,比喻强劲的生命力具有相当的吸引力。范先生堪称一簇"劲草",坚守自己的高风亮节,引来芬芳满枝。

向这位值得仰望、彪炳后世的老先生致敬!

梅花雪里香常在

——一代廉吏张鹏翮

张鹏翮,字运青,号宽宇,四川潼川州遂宁县黑柏沟(今四川省遂宁市蓬溪县)人,生于清顺治六年(1649)。张鹏翮3岁随父读书,他的父亲教他《大学》,不多久就能熟读成诵。9岁时,张鹏翮受业于西充县的白太庚老师,学习写诗,很快掌握诗歌的诀窍,并能出口成诗。13岁时,拜遂宁的彭觉三先生为师,在先生的赤崖精舍读书。彭觉三为当地名士。张鹏翮在他的教导下习经属文。他发奋读书,立志修身,并树立成为当世名贤的理想。

康熙八年(1669),20岁的张鹏翮在乡试中得中举人。康熙九年(1670),又在会试中中了进士,任职翰林院庶吉士。那时候,他是年龄最小的京官。康熙十二年(1673)任刑部福建司主事,不久转山西司员外郎。他审理案件,辩冤案疑狱,不避权贵,秉公持正,深得众人敬畏。

康熙十四年(1675),张鹏翮任礼部祭司郎中,因政绩突出受到康熙帝破格召见,赐太液池鲜鲤,受到皇帝的赏识。

康熙十九年(1680),张鹏翮出任苏州知府。刚刚到任,他就深入民间调查,了解到当地赋税繁重且连遭灾荒,百姓生活困苦等实情,遂向朝廷申请延缓民众交历年所欠钱税,并放宽考核办法,因此深得民心。不久,因母亲去世回乡守孝三年。康熙二十二年(1683)任兖州知府,清正持己,廉洁奉公,不收受属官、百姓钱物;亲自查判昔日积压的疑难案件,释放冤民30人;督课农业,发展蚕桑,解决民食;重视教化,兴办学校。为政兖州三年,民风为之大变。康熙二十四年(1685)调任河东盐运司转运使兼盐法道政务。康熙二十五年(1686)十月内调通政司右参议,十一月转兵部督捕右理事官。

一、出使俄国,旅途艰辛

康熙二十七年(1688)五月,张鹏翮奉命为副使,随索额图所率使团到俄商定中俄边界问题。一行人进入荒漠时,突遇风暴,缺水少粮,有人渴死在途中,张鹏翮两腿被马鞍磨得血肉模糊,仍艰难前行。他在家书中写道:"愿效张骞,以身许国,予之志也。"经过克鲁伦河时,恰遇两个少数民族部落发生战事,张鹏翮主张派使者前去说明路过原因,以免误会,但未被采纳。结果遭袭击被俘去先锋。使团众人惊惶欲退,张鹏翮厉声阻止说:"事出危险,正臣子捐躯效命之时,公等皆怯,某独当之!"后按张鹏翮意见派人前往解释原委,方消除误会,额诺德认错谢罪,放了先锋,让出通道。同行者无不叹服张鹏翮的英勇和胆识。

这次深入漠北,显示了清王朝捍卫边疆的决心。

二、任职浙江,安抚兵民

康熙二十八年(1689)正月,康熙第二次南巡。康熙的巡视虽是以河工为主,但也以此考察地方官员的廉能政绩,旨在"躬历河道,兼欲观览民情,周知吏治"。因此,一路行来,康熙总是一边安抚百姓、视察河道,一边考察民情、整顿吏治。也许,张鹏翮事先根本没有想到,康熙的此次南巡,因为"浙民杜光遇控诉驻防满兵扰民案",竟然使他的命运发生了巨大的改变。

说起这个"浙民杜光遇控诉驻防满兵扰民案",基本是浙江巡抚金鋐故意做出的事件。经查,杜光遇并无其人,是浙江巡抚金鋐以杭州百姓杜光遇之名,状告驻防满洲兵"兵丁扰民十款",称"自有驻防兵丁以来,百姓生则倒悬,死无安土"等语。也就是说,浙江满汉官员中,旗人驻防兵丁与汉人百姓的矛盾较深。

康熙命兵部尚书张玉书前往浙江彻查此案。张玉书察审后,在苏州向康熙详细汇报了查办案件的情况:"遍查杜光遇并无其人,所陈诉皆虚妄。明系金鋐捏造无影之款,李之粹附和金鋐,情罪可恶。"于是康熙将浙江巡抚金鋐流徙奉天地方,浙江布政使李之粹充军黑龙江。

康熙随即下诏擢升兖州知府张鹏翮为浙江巡抚。

张鹏翮到任后,以他一贯的作风,雷厉风行,认真履职。一是退还巡抚官邸室内的华贵陈设,依然保持生活俭朴、洁身持正的作风;二是勤理政务,革除陋规恶习;三是安置散处各地的游民和流放的罪犯,修筑城墙,强化治安;四是整顿吏治,正身率属,革除陋规,平反冤假错案,倡导廉洁奉公;五是兴修水利,发展生产,完纳浙江历年积欠钱粮;六是兴办教育,重视教化,以正民风;七是禁止摊派,减免赋税,赈济灾民,设救生船,修育婴堂;八是建造定海县城,修学校、仓储、监狱等;九是编修《浙江通志》。

由于其治浙有方,当地民风日渐开化,百姓生活改善,吏治清明。也许是张鹏翮的官场生涯太过于顺利,以致忽略了细节。在康熙三十四年(1695),张鹏翮便跌入了人生的低谷。他再次向朝廷奏请继续免捐浙江供奉的公粮时,被康熙认为与他去年的奏疏自相矛盾,欺骗朝廷,要求查办。最初"部议"革职,但康熙最终还是让张鹏翮继续留任浙江巡抚,但要降级使用,且一降就是五级。

虽然仕途有异变,但皇帝还是选择相信张鹏翮。同年十月,皇帝擢升张鹏翮为兵部右侍郎。

三、治理黄淮,卓有成效

康熙三十九年(1700),张鹏翮出任河道总督。此时正值黄河泛滥,水患连年。上任前,康熙帝指示张鹏翮"必须摧毁拦黄坝,清除芒稻河淤塞,开通黄河水道,依次兴修水利工程"。张鹏翮上任后,首先撤销了协理徐廷玺的职务和他以"监工"之名随身携带的仆从,并且上书康熙帝:"部臣不应以查验为由,从中阻挠我主持河道工事的实施。"经过一系列职务调整,形成了治理黄河强有力的领导体系。

康熙四十四年(1705)十月,黄河、淮河水大涨,治河工程遭到严重的破坏。康熙帝命令张鹏翮严加修治,堵塞决口。于是张鹏翮和漕运总督阿山决定疏浚河道,开鲍家营引河闸出张福口,这样可以减轻洪泽湖水突然猛涨对高家堰的压力,使下游河道流速平稳,也就是"溜淮套"河道工程。工程完工后,张鹏翮和阿山、桑额奏请圣祖南巡视察。圣祖康熙以"今即去,仍然不能亲莅其地,则亦何事复往"批复他们。康熙帝对此时的秋汛和没有亲自视察的下游工程十分担忧,便指示张鹏翮"加早预防秋汛,之后如果有河工急务上奏。"这样更加激发了张鹏翮等人的干劲。鲍家营河闸工程客观上减轻了黄河水患。

康熙四十七年(1708)，黄河、淮河终于出现大治局面，漕运通达，黄河下游连年大丰收，人民安居乐业。张鹏翮得以官复原职。

雍正三年(1725)二月十九日，张鹏翮逝世，享年76岁。死后家中无多余财物，其子张懋诚"四顾茫然，无法举丧"，"四壁空虚，一棺清冷，贫宦与老僧无异"。雍正赐白金千两，他才得奉丧回四川遂宁家乡，将父葬于庆元山(位于现重庆市潼南区小渡镇)。

纵观张鹏翮一生，为民请命，革故鼎新，政绩斐然。在君命难违、朝臣倾轧、帮派斗争的背景下，其坚守律令、独善其身，实为清朝276年统治期间官吏之楷模。康熙曾评价说："天下廉吏无出其右者""天下第一等人"。

用其诗《人日》中"梅花雪里香常在"来概括其一生气节，再恰当不过了。

母亲的清修

3月10日早上，接母亲电话，说摇奖的人告诉她，她中了3月11日飞杭州的某个奖。她说这个奖是用来扶贫的。母亲的解释并不能说服我，但有一点是肯定的，她会随着团队乘飞机从铜仁凤凰机场飞杭州萧山机场。落地大约是晚上9点。

听说母亲要来杭州，我们做子女的，感到由衷的高兴。母亲已经6年没来杭州了。她说将会给我们带来野葱和腊肉，并做一顿社饭。煮社饭又是技巧活，我试过几回，都没有成功。既然母亲要来，那就好好学习一下如何煮社饭。

当然，我们希望母亲在身体健康的时候多来这边，春暖花开的杭州很有看头。这也许是我们盼来的美好结果。

母亲说来就来了。但是周六我没时间去接，就委托妹妹去接她。

晚上9点多，妹夫告诉我，他们已经接到母亲了。我们约了第二天去太子湾。第二天，妹妹打电话来，说她准备将母亲好好梳洗打扮一下，母亲头发白得实在吓人。

母亲染了头发，穿着妹妹给她准备的红色冲锋衣，妹妹很满意母亲的"改头换面"。我们也觉得母亲年轻了至少20岁。下午，母亲和妹妹、妹夫先去超山看梅花，晚上就住在临平。虽然梅花已无多少，梅边李、梅边茶花还是有的。最重要的是,母亲来了,大家在一起团聚的时光无比珍贵!

第二天下午,母亲来到杭州,我们坐车去太子湾参观。下车后,我就发现母亲的步履有点蹒跚。我关心地问:"妈,你怎么了?"母亲说:"不打紧的。"

我们在太子湾的望山坪照相,一个小伙子大概觉得挡了我们视线,礼貌地道歉,我们就让他替我们拍一张合家照。小伙子很高兴,"咔嚓"一下,留下了珍贵的一瞬间。因为谦让,我们赢得了一张全家福!

有一个意外惊喜——在太子湾观花,发现母亲也学会拍照了,这真的让我感到高兴。

"有点累,腰椎也痛。"母亲站了一会儿,用手捶了捶腰说,"早点回去吧。"我们随即转到了大风车一带,又过桥来到花食肆买点吃的。母亲觉得这些东西贵,吃了几口便扔给我。她又说:"差不多了,就回去吧。"我们答应了。

晚饭时,母亲特地煮了社饭。她交代我如何放水兑糯米,放腊肉粒放野葱放蒿菜。妹妹也来厨房观看。母亲说:"普通米和糯米各放一半就可,关键是水多米汤多时要倒一点出来。蒿菜和腊肉粒先放,然后放几片腊肉,这样米饭香一点。等到饭九成熟时,就可以慢火熬一下,锅巴也会形成。"

不过这顿饭似乎吃得并不理想。一方面社饭不够香,另一方面大家有点累,团圆的气氛就显得淡了点。吃过饭,母亲坐在椅子上,我拿出治疗颈椎腰椎的药,让她抹了一点。后来,她又随我们去城北看了我女儿。大约晚上8点20分,女儿放学回家。母亲和孙女聊了几句,夫人替母亲涂了药,母亲就上床睡了。

第三天中午,我们去灵隐寺参观。母亲说腰痛稍微好点了,我们也就放心了。总之不至于像前一天打车时,母亲一路上埋怨车子慢,停一下开一下,弄得她很不舒服。

在灵隐寺吃素斋饭时,母亲吃得少,也吃得慢。她的牙不好,就换了假牙,走路时步态也很慢,一副老态龙钟的样子。

我们随着汹涌的人流进了灵隐寺。团队旅游,加上外地香客、本地老人的即兴游玩,导致灵隐寺人太多了。母亲拿出手机让我帮忙拍西面的"最胜觉场",她说留个纪念。

我们让母亲上香,母亲说:"算了吧。"我想,一方面她是不太信佛的,另一方面她可能还是有点累。

其实母亲来一趟杭州,本身就是一场清修。她的飞机票是旅行社搞活动赢来的,来回不需要花钱。从凤凰千里迢迢来看望我们,她总是要我们少花钱,一切以节俭为原则。她说:"你们让我吃大鱼大肉,我也吃不动。没必要花钱去买那些!"

我们想让她多玩玩,没承想她又发了腰疾。为了不让儿女操心,她一直忍着病痛随我们四处走动。母亲是为儿女着想的,她总是觉得此行不要让儿女多费心,不给我们增加无谓的麻烦。

灵隐寺的佛教氛围使母亲有所觉醒。母亲虽然不信佛,但就像我们信仰真理和事实一样,这本身就是一场修行。母亲奉行的极简主义与我们推崇的浪漫主义、现实主义从根本上看是很难融合的。但母亲显然在心里默默比较过。她的杭州之旅既不想麻烦我们,又在内心挣扎良久，最终坦然接受旅行社的安排。母亲在如来佛祖面前仰望良久，不知是意会还是在晓谕，我想，母亲以后终会明白。

我认为，母亲尚在佛缘修行中，她的人生道场讲的也许是因果报应，也许是"其所以升沉迥异，苦乐悬殊者，由因地之修德不一，致果地之受用各别耳"。这些年，母亲已经习惯于生活中的各种际遇，故此，她认为信仰的力量是无限大的，所以面对这些年来我们天各一方的事实，母亲不得不藏起眼泪，选择坚强和承受。于是在她的人生词典里，已经习惯于儿女不在身边的孤独，已经由不敢出门变成随团旅游。母亲的旅行是一场修行。她承受得起一个人的选择，不在乎路途上的风险。哪怕累了病了，她仍觉得自己可以兵来将挡、水来土掩。

想到以往回家，母亲总是迎来送往，难掩悲痛，含泪面对。她非常不愿儿女远离家乡，却又很无奈。如今母亲居然随团来杭旅游，以77岁之躯潇洒自在行走，身边也没有熟人。我更加觉得，母亲已完成她生命意义上的"清修"——"往后趋吉超凡，一一在我。"《易经》上说："积善之家，必有余庆；积不善之家，必有余殃。"现在，母亲是个明白佛理的人了，她读透了世间因果缘法。

母亲的灶台

岁月无声,苍老了母亲的容颜,也漂白了她的青丝。回想起来,她一生所挚爱的地方,是灶台。

19岁前我们一家住在乡下。母亲每天转得最多的地方,自然是灶台。我家的土灶打在老房子里,房子是分田地时由地主家给分的,十分狭小,我家一间,我三爷家一间。房子只有十几平方米。灶就搭在一进门的右手边。那时候,农村人家一般有两处生火的地方:灶台、火塘。但是对于这么一个小地方,火塘就省了。无论是做饭还是饭后烤火闲聊,都是在这里进行的。

于是,灶台就成了家里的核心之地。有赖于衣食所安,我们喜欢这里,看炊烟升起,听母亲操持锅碗瓢盆发出的声响。那种等米下锅、等菜上桌的时光,一直让我们难忘。

这个灶台是父亲在母亲授意下打造的。有两口锅,一口主要用来煮猪草,一口用来煮饭炒菜。父亲用烧火砖按照锅的大小垒砌,一层三合泥一层砖。母亲帮着父亲搬砖,我也想帮忙,那时候我还没上小学,母亲说:"你去放猪吧,回来灶台就打好了。"等我赶着猪从野外回来,母亲和父亲已经在灶台上用三角铲烫平灶台边缘了。母亲说:"明天就可以用了!"

第二天一早,母亲挑完水回来,在灶台后面看了又看,一副满意的表情,同时也有点遗憾地说:"要是有个鼎罐就好了。"父亲看了看说:"就这样吧。主要是空间小,灶台大了不方便。"

这样说,母亲便也不提了。有了灶台,母亲就有了施展技艺的空间。她把从娘家学来的十八般武艺都展示在我们眼前。

她会烧嫩南瓜花与茎,会烧番薯藤炒辣椒。下饭的菜她也会做。将大豆浸泡,蒸煮,再制成曲,发酵后晾晒干,然后放入罐中存储,晚饭时烧一盘豆豉炒辣椒,那种酱香、辣椒香现在回味起来,仿佛从40多年前古老的乡村飘散到我公司的案头上,悠远,浓烈无比。

除了炒菜,母亲还要煮番薯米饭。家里人多,我们四姊妹加上父母,有时候三爷也过来吃一点,喝顿酒。灶前灶后就热闹非凡了。大家说笑着,谈论着一年的收成。那时候还是集体时代。三爷说:"生产队要分红了,也许今年会发点肉。据说有头牛要病死了,大家不得分一点啊。"当然,牛肉有没有吃过,是什么滋味,我倒是没有记住。母亲说:"日子好过了,自然什么都可以吃上了。"

后来,正如母亲说的那样,分田到户,每家都有了自己的山林和田地。我家的灶台,便随着新房子的建成,而宣告易地新建。

新建的灶台不仅大,有了三口锅,还有了鼎罐,随时能喝到热水,有热水洗脸、洗脚。这个灶台是父亲和舅舅联手打的。舅舅还特地给抹上漆。这是一种深褐色的漆,远远望去,如同一个德高望重的智者,端庄大气。

母亲照样在灶台后忙碌。她倒水进锅,让我加柴火进灶膛。父亲说过,好灶膛要进口深,压得低,烟不熏人,烧火时人就舒服一些。我抓起枞叶，用火柴点火，再用吹火筒吹燃。顿时，浓烟起，那炊烟熏着灶台上的腊肉，也把我们快过年时的喜悦吹得像红旗一样冉冉升起。

母亲在灶台后说："明天要做豆腐了。"为此，她特意泡了一晚上黄豆。第二天打成豆汁，用纱布滤去豆渣，加火烧开豆浆，将卤水溶解，待到豆浆温度稍微低一点再放入卤水，边加边搅拌均匀，再放入纱布做的模具里压制，待到30分钟左右，解开纱布，一整块豆腐就成形了。

母亲吩咐我给对门邻居小婆家送去几块，说着用菜刀比画着，四四方方的水豆腐划出来了。我赶紧取一个碗盛着豆腐去送。回来时，母亲已经在煎豆腐了，她说："煎豆腐要取老豆腐块，水分多去掉些。如果做豆腐鲫鱼汤，就用嫩豆腐。"她还做豆干，便于保存。

现在想起来，一盘豆干炒肉，就已经是难忘的珍馐了。

每逢过年过节，母亲在灶台边点油灯，祭奠灶王爷。那根灯绳发出的光，一直亮在我心里。民以食为天，灶台就是一道最美的风景！

我记得在我上大学时，我们家为了能让日子好过点，搬到了城里。城里的灶没有了天宽地阔的灶台，没处烧饭，所以只能用一张饭桌来代替灶台。它是煤炉，加上一个高压锅、一只炒锅。灶台的功能被分化了。一家人在砧板被挂起后，将一个鸭形水壶置于煤炉上加热烧水。这样便能在桌子边上享用美食了。母亲同样忙碌，而大多数菜便是从菜场买来的卤味和冷食。大家匆匆忙忙吃饭，紧紧巴巴忙各自的事。这个时候，母亲对灶台便生疏很多了。

接着，我们在城里盖了房子，又装修了厨房。但见煤气灶、抽油烟机，还有铺满白色耐火瓷砖的灶台。灶台上，双鬓斑白的母亲似乎找回了当年的感觉。母亲动作娴熟地挥铲放料，烧制出地道美味的仔姜鸭,我们一家人其乐融融地享用美味湘菜。

　　然而,母亲老了,再也不是灶台后面那个挑水盖大锅、煮糯米打糍粑的精力充沛的母亲了。她有时候就在灶台边拣拣葱,洗洗菜,刮刮姜。我们成了灶台上忙碌的主角。

　　母亲坐在一张椅子上,和我们说着话:"牛肉要切细一点,放点老辣椒。牛肉要炒老一点!"然而她的儿女却认为,牛肉炒嫩一点才好吃!

　　于是母亲也不反驳,坐在那里,如一位饱经沧桑的哲人。她知道,她的灶台已经易主,她也乐于把这个舞台交给下一代。

　　是的,母亲已经老了! 而她的内心却一直没有离开灶台! 她的"灶台"啊,立于天地间。

三姨

我常想,三姨到底是个怎样的人呢?

婚姻自由

她有点喜欢夸大其词。我母亲起初对她很有看法,认为她做事很不踏实。这事要追溯到几十年前了。弟弟大约10岁,不肯用功读书,有一次三姨和别人说什么,她大大咧咧夸自己损别人,结果两人就吵起来了。三姨没有占到便宜也就算了,便怂恿弟弟去敲那个人儿子的竹杠。后来对方报了警,害得警察上门来盘问。好长一段时间,母亲为这事和三姨闹掰了。两人几年时间里不说话,后来又过了若干年,在妹妹说和下,两姐妹终于重归于好。三姨说那时自己太冲动了!

在我们家亲戚里面,三姨其实是蛮大方的,也很善于经营。她的人生经历有点像过山车:最初顺顺当当,后来极速下滑,最后才平稳落地。

三姨顺利读完初中,后来被选入凤凰县土桥垅园艺场做起了园艺师,又经人介绍,认识了我当兵的姨父。姨父生得英武雄壮,三姨年轻时也是青春靓丽,两人一见倾心,再见面时就牵手恋爱了。他们俩的爱情有点像当时电影《庐山恋》里郭凯敏与张瑜扮演的角色,走的是那种颇有时代感的年轻人的爱情路线。他们结婚了,我三姨嫁到了凤凰林峰乡一个叫马路村的地方。三姨远嫁他乡,外婆是不同意的。外婆两个年纪大点的女儿——我母亲,嫁到了白岩村;我二姨,嫁到了雷公田村。她们离木林桥村都近,只有四五里的距离。而三姨,却要嫁到50里远的林峰乡马路村,这无疑是有点像古人被发配到西伯利亚了。当时我三姨是这样反驳外婆的:"年轻人的事,您不懂! 我就是要嫁给建建(三姨父小名)!"这话怼得外婆连反驳的机会都没有。不听老人言,吃亏在眼前。你就看吧,外婆懊恼极了!

结果证明,以貌取人、没有爱情基础的婚姻往往是以不好的结局来收尾的,当然这是后话。

事业坎坷

三姨结婚了,我姨父是三姨的小姐妹介绍的,姓田,叫田仁建。两个人来到江家坪村一个山头上,承包了这片经济林园——橘子园。这个橘子园有数千平方米。因为园子大,有时候东西被偷了都难找到线索。以前没人管的时候,还经常有猪、牛光顾。三姨和三姨父管理这地方后大有好转。后山的篱笆墙修起来了,南边是坡缓的地方,连接着水田。三姨和三姨父在那里种了西瓜和香瓜。夏天某个时候,我去看望他们,望着碧绿的西瓜在地里躺着,真有一种收获的幸福感。我帮三姨一家做饭、挑水,三姨父有时候会笑话我:"秀才啊,你挑得动水啊?"三姨就说:"你外甥给你挑水,你还不感谢人家!"那时候,他们承包了这片山林,大约是8年。也不知道他们赚了多少钱,总之三姨那时阔绰大方,听说我要去读大学了,塞给我一百元钱,还说:"三姨忙,谢谢你来看三姨,帮三姨做饭。下次到城里,我带你去买套衣服。"

我说："三姨,你送一套姨父的军服给我吧。"结果,我回家时,三姨父居然真把他的军服棉大衣送给我了。

后来,三姨和三姨父准备到城里来买套房。几年以后,他们两口子真的在凤凰县城堤溪湾里头买了几间房子,一家人住了进去。不久,据说通过三姨以前在园艺场的技术员吴姐帮忙,三姨承包了县城边大坡脑的半边山坡,与以前不一样,他们这次以养鸡养鸭为主,也种点水果。这里的一片荒山,在三姨和三姨父的管理下,居然焕发出了生机。不过这回三姨和三姨父的心思似乎都在养殖上了,他们买了鸡鸭,还养了数头肥猪。三姨告诉我,他们需要等待,民政局的规划是将来这里用作火葬场,到时候,他们夫妻就能转正为正式员工了。

5年过去了,国家大概有了新规划,他们的合约也到期了。而这片山野留给我的只有夜色下三姨父吆喝鸡鸭回笼的"唧唧"声,以及喂猪时的"噜噜"声。

三姨夫妇自知被"收编"无望,于是转而投靠她们女儿的干爸干妈——技术员吴姐夫妻,他们老早就调到吉首州农业局。记得有一年他们夫妻到吉首时,三姨父还开车来接我,说是来吉首给孩子干爹干妈拜年。那时候,我也被拉着过去玩。然而,他们夫妻的经营大概起不了多大作用。不久后,三姨和三姨父跑车拉客,那时候我已经在山江镇民族第二中学当中学语文教师了。

三姨想到了一个职业,就是做豆腐去卖。赶集天,我有时也会碰到三姨二姨。三姨站摊位卖豆腐,那个时候三姨父的龙马车卖掉了,他们转行很快,积累了财富。二姨来看她儿子,她儿子在我就职的学校念初中。在亲戚里边,大约我是让她们引以为傲的。三姨、二姨逢人就说:"这是我大姐儿子,大学生,教书的,有没有相貌好一点的姑娘儿,帮忙找一个哦。"说得我的脸也红了。

然而,三姨的油豆腐生意似乎也没有想象中那么赚钱。就这么一个梦想破灭,一个梦想又燃烧起来,日子平淡,有时候也忙碌。我问她最近如何,三姨总是吹得牛皮满天飞:"很赚钱,打算再买一套房子。逢赶场天到处转,家里来批发的人都挤不开堂了!"我想,那感觉真的是不错啊! 过后我和母亲聊起,她总是说:"你三姨哪天不吹牛不送礼不认干爹了,就阿弥陀佛了。"

婚姻家庭

三姨突然有一天和三姨父离婚了。他们抚养了三个女儿,听说三姨父有点埋怨三姨不会生男孩。这个理由似乎有点牵强,但我又宁愿相信它是一个重要的理由。

当事者不愿提起,要面子的三姨从此也收敛了许多。他们的房子一半卖给了三姨父的妹妹、妹夫,人家拿一半造起了大房子,而三姨家仍然是一幢两层小屋。

三姨一个人把三个女儿拉扯大。三姨父后来与别人结了婚。我父亲健在时,有一次在大街上碰到了三姨父,他说:"老表,我们还是亲戚,以后还要互相来往啊!"这话说归说,我们这边的亲戚早就"选边站队"了,谁会去理一个连子女都不愿意去投奔的男人呢。毕竟,与三姨离婚这事主要责任在三姨父身上。

三姨义无反顾,独自抚养孩子,其中的滋味自然由她去品尝了。大女儿大学读了宾馆管理专业,分配到宁波,后来又去了深圳,在那里成家立业。二女儿学了园艺,后来在长沙读书,毕业后嫁给了同专业的高年级同学,也去了深圳,如今是小孩子的妈妈了。三女儿大学毕业后当了导游,认识了一个游客,他是一个老板。后来老板追求"白天鹅",两人圆了相思梦。如今,三女儿为老板生下了孩子。

三姨就变成了老外婆,一会儿去给这个外孙把屎把尿,一会儿去那个女儿家里休养生息,日子忙碌而充实。大女儿、二女儿都嫁到深圳,在那里成家立业了。

而她也忘却了忧伤,把家业——那几间房子租了出去,据说年净收入6万元。她又在堤溪另外一处花18万元买了套房子,大约100平方米,过着清闲自在的日子。

有小道消息说,后来三姨父又离婚了,离婚原因未知!

有一次,我问她:"三姨,你以后怎么过日子?"她说:"老三田珊条件最好。在她那里我有房间,老了就投靠她,她孝顺。别的女儿、女婿条件不好,也就不去麻烦他们。现在还年轻,可以回凤凰住一阵子。还早呢,不打算麻烦孩子们。除非走不动了,才去老三那边养老。"

一瞬间,我觉得经历过许多事情的三姨变了。尽管她还在吹孩子们个个优秀,个个成家立业,但已经失去了往日豪横的口气,少了几分江湖味道,多了几许岁月沧桑。

在我看来,三姨并没有改掉她原本的个性,只是她的心里,有了磨砺出来的沉稳,又内敛了一些,也知道人只有在走了许多弯路,才会明白前方即便还是不明朗,也得毫不犹豫,也得把生活这盘棋一步步试探着往前去"落子",当然了,落子不悔!

我相信,三姨终究是个赢家!

身正风清　慈孝传家

——记恩师刘宗谨先生

2023年1月18日,我在凤凰举办新书分享会期间,一名叫刘勃的读者来找我,说:"你当年是不是在南华中学读的初中?"我说:"是的。"他又问:"你的班主任老师是不是叫刘宗谨?"我说:"是的。"刘勃告诉我,他是刘宗谨的儿子,如今在凤凰职业高中教书。

真是巧啊,我说:"你爸爸在家吗?"

"我爸爸前年去世了。"刘勃黯然道。

我听了一震,决定写点东西。

刘宗谨,是我初中时的物理老师。1980—1986年,他在南华中学教书,曾是我初中时的班主任。刘老师是从苦难中走出来的人。在凤凰县南华中学任职期间,他对学生非常严格。作为班主任,他身体力行。作为副校长,他对员工也很关心。记得我在他的班里做了两年多的班长。他对我说,当干部就要身正,要用自己的行动影响班里同学。为了让我发挥带头作用,他让一个成绩差的孩子和我坐一起。这个同学叫符军平。符军平除了画画不错,其他功课都不好。刘老师对我们说:"跟着好人成好教,跟着坏人成强盗!"那时班里学生学习程度不一,有几个调皮鬼成天就是打架、睡觉,因此刘老师才如此劝告。我是从农村考到南华中学的,开始成绩并不怎么出色。

　　大概过了一个学期之后,我的成绩突飞猛进,已经是班里第一名了。刘老师很看好我,所以决定用"树典型"的办法把我扶上去当"官"。结果,班里风气有了大幅度好转。平时那几个调皮捣蛋的"痞子"日常行为有所收敛。记得我们班上有一个调皮大王叫杨烈。大约是看了电影《少林寺》,杨烈受了影响,觉得自己是秃鹰,穿着喇叭裤,成天练连环腿和鹰爪功。下课后,学校操场沙坑成了他们的训练场。有一次符军平在拉单杠,杨烈从后面一个连环腿把符军平踢飞,我去阻止,也挨了他一腿。结果,刘老师把杨烈拎到教室后面"数天花板"。对于符军平,刘老师认为他虽然成绩不好,但并不调皮。所幸那次符军平只是胳膊擦破了一点皮,并无大碍。

　　我决定帮助符军平报一腿之仇。有一次在学校走廊上,我和杨烈走到一起,趁他不备,铆足劲一拳打在他的腹部上,杨烈弯腰下去嗷嗷乱叫,过了好一会儿都起不来。我有点后怕,就去告诉刘老师。刘老师叫人扶着杨烈去医务室。他把我叫到办公室,说:"我让你做这个班长,不是让你去打架的。现在呢,你要好好给人家道歉,并且取得杨烈家长的谅解!当干部是要立身垂范,不是当江湖老大。学武之人不也要讲武德吗?"

　　后来,杨烈渐渐学好了。有一回他还主动赶走跑进学校骚扰女生的一个疯子。刘老师夸他有大侠之风。至于符军平,因为和我坐在一起,一个学期之后,物理居然考及格了。刘老师就又在全班同学面前说那句"跟着好人成好教,跟着坏人成强盗"。

　　在学校,刘老师尽到了一位老师的责任。他身先士卒,每天最早去学校,整理好办公室,又和同事检查学生寝室。我记得他会在巡视我们寝室后,又去校门口迎接学生进校。对我们这批乡下孩子,他问得最多的一句话:"早饭吃了没有?"有一次,他翻到我的陶瓷菜缸,说:"你一个星期能吃几天菜?其实我当年也是这样。我 1968—1976 年在凤凰县米良公社叭仁大队插队务农,也是经常饱一顿饥一顿的。那些人的日子也是很艰难的。你要勤奋苦读,将来走出农村,为你的父母增光添彩!"

在家里,刘宗谨老师是一个十分孝顺的儿子,更是一个教子有方的父亲。刘老师的母亲老年痴呆了 7 年,2000 多天。上班前,刘老师和夫人一边做饭,一边洗尿布,拆洗被褥,再去单位上班。为了进行辅助治疗,刘老师夫妻俩学习针灸、按摩等疗法,整个做下来要花两个小时,中间还要喂水、喂饭、接尿。操劳的父母,也给儿子刘勃做了好榜样。刘勃说自己感同身受,也帮父母做些力所能及的家务。

刘老师对待亲情真挚炽烈。他的二姐因病去世,他撰文深情回顾姐姐辛勤操劳的一生:当年下放苗乡,种菜开荒;年轻时嫁人,做苦活累活;后来终于抚养儿女成才,享天伦之乐,谁知染病辞世。"一鸳孤坟,静卧松冈。若要相逢,只有梦乡。"读来催人泪下,七尺男儿手足情深,可感可敬也。

由于工作出色,刘老师被选送去中央民族学院进修数年。毕业后在教委、人事局、县民委、县科协等单位工作。工作期间,他率先垂范,工作认真负责,关心下情。我在凤凰民族第二中学教书期间,他曾来看过我,说看到我在《团结报》上发表的文章。途经山江镇,问我是否回县城家里,还鼓励我多写勤写,将来一定会成为写作人才,县里是需要像我这样的有为青年的!这些话,至今让我感动不已,铭记在心!

不幸的是，刘老师晚年患上了败血症。在生命的最后8年，刘老师在家人的陪伴下，以顽强的生命意志与病魔抗争，最初在凤凰，后来去了吉首州肿瘤医院。患上此病的人，需长期进行血液透析治疗。每次透析要4个小时，静静地躺在床上，行动极为不便。此时护士就会铺床单、拉被子、倒水、热饭、拉家常，使刘老师忘记了透析时的孤独，渐渐和这里的医护人员熟悉起来，大家亲切地称呼刘老师为"刘叔"，刘老师和夫人备感亲切。正如刘夫人所说："面对生活的困难与压力，先生与我还有我们的家庭没有选择退缩，而是不屈不挠，勇于面对，因为不敢倒下，也不能倒下，只能迎着风雨一点点负重前行。人生没有白走的路，每一步都算数，所经历的这些必将成为不可或缺的人生财富。"

2021年7月13日晚9点50分，在经过8年抗癌斗争后，刘老师离开他的亲人驾鹤西去。希望天国再也没有病痛了！

刘老师生于1944年，那个年代兵荒马乱，饥荒横行，能活下来已经不容易。1958—1962年，刘老师的父亲在病痛的折磨中生活。父亲不幸去世，少年时痛失父亲，只有他自己能体会其中的滋味，那时他才十五六岁。他曾经对儿子刘勃说，自己饿着肚子去离家不远处的沙湾拉一副棺材，在运回来的路上脚如灌铅，已经没有多少力气了，艰难如此！高中毕业后，因家庭原因不能升学，他就在社会上打小工。过了几年，他在农村当电线电缆的搬运工，足迹遍布乡村每一个角落，为的是有口饭吃。后来随着"文化大革命"的爆发，响应党中央知青上山下乡的号召，他被分到凤凰县最边远的苗寨叭仁村，一待就是八年，也把最好的青春年华留在了农村。

回顾刘老师的一生,童年不幸,青年艰辛,中年辛劳,老年病痛。命运好像与刘老师一直在开着邪恶的玩笑,但刘老师一直没有妥协,意志坚强,乐观豁达。他的儿子刘勃评价说:"生命垂危之时,父亲仍总是创造着生命的奇迹,足见其坚韧的意志和顽强的生命力,这些一直在支撑着他活下去。"坚强的父亲一直是刘勃的榜样,也是我辈学习的标杆!

刘宗谨老师以其不断跋涉、正直恭谨的一生,兑现着"生命是一条艰险的峡谷,只有勇敢的人才能通过"(米歇潘语)。他的事迹是平凡的,他的人生又是圆满的!

谨以刘老师自撰七律《七十初度》作结:

是岁古稀吾乃翁,余霞夕照半壁红。

富贵贫贱等闲事,沉沦得失转头空。

文墨肆意尽纵横,清茶难叙喜相逢。

修身养气心底宽,临窗欲书大江东。

特殊的请假条

  王静林老师走进初三(5)班教室,远远的,她就听见学生在教室里的哄闹声。

  平时,要是听到那样的声音,她肯定会不动声色地在窗户外站一会儿,凭她三十年的管理经验,她一定会来个出其不意,抓住那个带头闹事的"小叫驴"狠狠地批评一顿。这样其他人肯定偃旗息鼓,再没有人敢嚣张了。

  可是今天不一样,今天是6月26日,孩子们的回校日,也是毕业日。

  王静林叹了口气,如释重负。过了今天,孩子们就毕业了,就要离开学校了。今天学校的安排是这样的:孩子们上午来校拿毕业证和中考成绩单,下午参加年级毕业庆典,再回到班级,宣布"大家可以回家了"。

  想到这儿,王老师推门进班级教室,喧闹声马上戛然而止。孩子们的目光齐齐看向黑板。王老师觉得有点奇怪,顺着孩子们的目光看去,黑板上写着一张请假条:

  王老师您好!

   我们在望城中学走完三年1095个日子以后,特地来向你请一个假,请假时间是一辈子。感谢您三年的陪伴照顾!

望您批准！

望城中学初三（5）班全体同学

王静林老师起初有点惊讶，接着是感动，眼泪夺眶而出。她走上讲台，朝学生招招手示意他们坐下。她说："孩子们，今天是你们的毕业之日，老师想送上三个祝福：一是善德，善德者受人尊重；二是明智，明智才开化；三是博学，博学通四海。"

王老师说到这里，眼前涌现出林明同学初一时母亲因为患胃癌去世的情景。她发动全班同学搞募捐活动，建议林明爸爸搞了个水滴筹，还向学校申请免除了林明一个学期的学杂费。要知道，民办学校一个学期学杂费要三万五千元呢。

林明虽然不大说话，但用全班第五的学习成绩向大家证明，他很快从失去母爱的阴影里走出来了。

还有一件事让她记忆犹新。洪亮是个转校生，王静林利用业余时间给他无偿补课。她说："洪亮，你只要努力，成绩差一点不要紧，补上来就可以了。我和其他老师都会帮你补课。你呢，多问一点，成绩很快就会提高的。"洪亮在王老师的鼓励下，成绩很快就提高了，也找到了自信。

王静林觉得学生是可以雕琢的，没有教不好的学生。教育完全可以重塑一个人。

光阴似箭，三年弹指一挥间，王静林所带班级的各科成绩始终保持优秀，她被评上了区优秀、市优秀、省优秀。可无论到哪里交流经验，她的第一句话都是"感谢这些卓越的孩子，是他们成就了我，使我变得和他们一样优秀"。

想到这里,王静林百感交集,声音哽咽着说:"同学们,希望你们以后走向社会时一定要有三心:一要有孝心,将孝心献给父母;二要有忠心,将忠心献给国家;三要有爱心,将爱心献给社会。"王静林右手握拳向上一举,接着说:"最后,我希望大家三年以后,一定能飞得更高!"她用手擦一下眼睛,声音哽咽着:"今天这个假,我——准了!"王静林转过身,她的身材已经走形,不好看了,将近退休的年纪,她知道要保养,要休息,要锻炼了,可她实在抽不出时间啊!

现在,这一切都化作了感动! 她在黑板上用右手写下:"同意请假,班主任王静林。"随即号啕大哭,哭得像个孩子。

这时候,她的孩子们争先恐后地涌上前把她围住,嘴里喊着:"王妈妈,王妈妈,我们爱您!"

孩子们劝着,忍不住也跟着哭了,哭得稀里哗啦的。

我的弟弟

前几天微信收到弟弟的消息,问我过年是否回家。我说:"今年特殊,就不回去了。"弟弟又拨通电话:"那行,我们都好。就是老妈有点想你们了。"他说完就挂了。

弟弟话不多,为人非常爽气,和他打交道的人都会说:"小毛不错的,他做生意总是想着和人平分利润。"为此,母亲没少劝他:"你当老板的,老想着和别人分钱,你还赚什么钱呢!这叫傻。"

弟弟并不回话,在他看来,自己有自己做事的原则。用他的话来讲,跟自己干活的人都是兄弟,兄弟之间干活,还用得着介意谁多谁少吗?"苟富贵,毋相忘""等贵贱,均贫富",也许弟弟的心中充满着朴实的农民情怀,他也就是一条这样的汉子。

记得他读小学时,由于受校外不良的风气影响,竟然旷课去河南。他们是步行到吉首,再从吉首爬火车去的,昏天黑地不明所以地来到了广东某地。一问,人家说这里是广东啊,你们是从哪里来的?弟弟一听,妈呀!爬错了,我们是要上河南去嵩山少林寺学功夫的。20世纪80年代后期有部电影《少林寺》火遍全国,弟弟及其诸位兄弟都是李连杰的超级粉丝。但这次出手失误,让他们恨透了为首的老大麻哥了,最后大家决定原路返回。那几天,身无分文的几个人靠从农民菜地里偷萝卜和白菜帮子过日子。一群人灰头土脸总算又"趴"回了吉首，在回凤凰的公路上，麻陆平和其他几人都顺利搭上车，弟弟因为已经没有力气落在后面。弟弟一屁股坐在马路上，想来想去，走路回凤凰吧，还有一百多里路呢，走不动了。他这一"躺平"反倒撞了好运（危险行为，不建议模仿），一辆车子"嘎吱"停下了，下来一个人，问："小朋友，你为什么要拦我们的车啊？你这是生病了吗？"弟弟告诉司机，说自己想去少林寺学功夫，结果路走反了，没去河南，却到了广东，原路返回后就到了这里。

司机给领导汇报了一下，得到允许。弟弟搭上了小车，一路上那个领导还嘘寒问暖。弟弟说了自己爸爸叫什么名字，在什么企业工作。那个领导借机开导他："小孩子不要随便乱跑，大人在家会担心的。"

弟弟回到家时头发蓬乱，状似猿猴，令人啼笑皆非。母亲一面骂，一面烧水给他洗澡洗头，啰唆着，流着泪。

这件事改变了弟弟想出逃的念想，包打天下显然已经不合时宜了，然而并没有改变弟弟的人生观。

弟弟读书不用功，初中没读多久，竟然因为数学考试交了白卷被学校给予留校察看处分。在母亲的扼腕叹息中，弟弟辜负了大人好好读书出人头地的培养愿望，一头扎进了社会。好在我父亲有办法，先是安排他做学徒工，干满几年，眼见可以出师。父亲退休，弟弟顶班成了一名工人。父母为他铺了一条路。此前，妹妹也进了厂，干起了临时工。当母亲问姐弟俩将来谁顶班时，妹妹懂事地说："给弟弟吧，他是周家的根苗，又是最小的儿子。"

　　但是没过几年,国营厂改制,再过了几年,扛不住,解散了。弟弟和妹妹决定远走浙江打工。先是妹妹去了浙江,在海宁一家灯泡厂找了份活,后来又去义乌打工,当时的义乌商机无限,妹妹开起了饰品厂,力邀弟弟前往。弟弟去后,两人干起了饰品加工生意,还在市场租了个门面,每年据说5万元租金。弟弟主要负责进货送货,为此他学会了开车。

　　他俩当时的厂子规模大时有70余人,采取计件工资制。那是一个暑假,我去义乌帮忙计件,然后管理工人。其中有一个江西女孩长得匀称标致,干活麻利。我对妹妹说:"把这个小姑娘介绍给弟弟做女朋友吧。"妹妹说:"好的呀。"后来,我把这件事和女孩说了,女孩表示没有意见。他们便开始约会。我回到杭州以后,听说两个人处得不错,女孩还给弟弟买衣服呢。后来,听说女孩的亲戚托人带话给弟弟,要赶紧下聘礼,否则女孩的家人要答应别人求亲了。再后来,传来的消息是女孩嫁给了自己的小学老师。

　　不久之后,弟弟从伤心中走出来。妹妹劝他,那就找一个凤凰的吧。弟弟招人时便关注起了老乡,这一找,还真找到了他的另一半,这个姑娘是凤凰板畔乡的,因在妹妹厂子里打工,妹妹总是请老乡们聚餐,一来二去,弟弟就和女孩好上了。有了第一次的失败经历,弟弟格外珍惜,也懂得拿捏。两个人领证结婚,回老家办了一场婚礼,轰轰烈烈的!

　　弟弟很快做了父亲,弟媳妇给他生了个女儿。

　　但是不幸的事情很快发生了!那一年,妹妹的生意在经历了几番起落之后搬到杭州,自己也嫁人了。弟弟继续跟着她做事。有一次妹夫带着他,还有几个朋友去谈生意,他们喝了很多酒,妹夫坚持开车,结果车子撞上了路边的照明灯墩子。妹夫死了,他的朋友也死了,弟弟撞成了肝破裂,右大腿骨折,在医院足足躺了两个月,捡回了一条命。弟弟康复以后继续为妹妹做事,但是妹夫欠债太多了,不得不卖房还债。弟弟提前回老家,妹妹随后也回到凤凰。妹妹回到老家和父母商量,用剩下的钱开了一个太阳能公司,负责销售、安装、维修,在老家两年,经营一般,终于资不抵债。弟弟便建议,可以考虑换个行当。

妹妹思来想去,想到了开美容院,但是要到杭州来开。

弟弟说:"那你去吧,我留在凤凰。爸妈在,一家人在一起。"

失去了姐姐庇护的弟弟终于自己找活干。一开始他继续靠帮人维修太阳能维持生活,后来又学习装修,学会刷墙、电力安装维修等活计。如今,弟弟和表弟们联手,以做钢瓦棚为主营业务。当然,有时候也承包点室内装修的活。用弟弟的话来说,咱就是做万能胶,哪里能贴上就往哪里走!

时光匆匆,弟弟也迎来了自己的第二个宝宝。他与弟媳在经历一番悲欢离合之后,两人终于决定要生二孩。母亲极力主张,弟弟夫妇听从安排,在长沙湘雅医院医生的帮助下,夫妻俩功德圆满。

再次当爹使弟弟高兴了一段时间。他为了这个二孩,花了十五六万元。他还有两个爱好需要维系,一是爱车。这个爱好是有点耗财的,所以弟弟只能想象着把自己的车子稍微改改样子,比如平稳性方面,比如内饰方面。弟弟也喜欢就车子的功能评头论足,尤其是我家和妹妹家的车,他能说得头头是道:"姐,还是买国产的吧,坏了要修,买零件也好买点。"于是,妹妹像听专家意见一样买了奔驰某型号。而我家,没听他的话,自作主张买了北京现代SUV,弟弟则说,韩系的车有多不好,反正就是油耗子,动力也不行。弟弟的另一爱好便是钓鱼。他喜欢钓鱼到什么程度呢,只要有空了,不是在钓鱼,就是在去钓鱼的路上。弟弟听说哪里鱼好钓,绝对是邀了好友,哪怕驱车几百里,花一两百元买场地费也愿意。弟弟钓鱼时聚精会神,无惧风雨。在蚊虫颇多的地方一蹲就是半日,口干舌燥,饥肠辘辘,只等那鱼塘里的"鱼美人"上钩。有时候铩羽而归,弟弟丝毫没有颓败相,发誓下次再战;有时候钓到10多斤的大草鱼,他就手舞足蹈,发视频炫耀,香烟一根一根抽起来。回到家时一弯明月照九州,弟弟一面翻箱倒柜找东西吃,一面吩咐母亲:"老妈,你帮我把草鱼切一下,明天分给别人吃。"弟弟虽然爱钓鱼,但并不喜欢吃鱼。这在别人看来有点不可思议。

这几年,弟弟逐渐摆脱了唉声叹气的行事腔调。他照旧打打零工,有活就叫人一起干,因此结交了一帮朋友。这些朋友中有些是关系很铁的,也有些是喝喝酒兴高采烈,酒一醒就怎么也回忆不起来的人。弟弟说无所谓了。

弟弟的生存哲学我们无法用寻常思维去理解。也许每个人有每个人的活法,尊重自然、随遇而安是一部分人的处事习惯。只要不是歪门邪道,走得直或者弯一点,又有什么关系呢?

我的外公

记忆里,外公一直是慈祥而又可亲的。

他去世大概有40余年了,而在我心中,他似乎仍活着,神采奕奕。记得小时候每次给外婆祝寿,一跨进那古旧的房子,在水泥砌地的堂屋中,我忍不住总要幻想他坐在那张八仙桌旁的情形,一只手持着五尺长的铜帽烟袋,"叭,叭,叭"聚精会神地吸着。外公还有一个习惯,阳光斜照在北墙的"毛主席语录"红框边沿时,他斜披对襟衣,坐在小椅子上,戴着他那副不知其年龄的老花镜,手里放着本摊开的繁体《三国演义》《李自成》之类的书,那么认真地阅读着……

但这一切毕竟只是幻觉罢了,随着岁月的流逝,很多难忘的、值得留恋的东西都被时间慢慢抹去,直至模糊、消失。因为新的有意义的事总会填入你的脑海。

对于外公的印象,我相当清楚,他的饮食起居,甚至一举一动,就像摄影机一样鲜明地储存在我脑子里,只要一按,马上便可以清晰地放映出来。

小时候,父亲出门在外,一年之中很少回家。母亲既要忙农活,又要照顾弟弟妹妹,于是我被撂在外公家里,过着无忧无虑的寄养生活。我恍惚记得,绝大部分的童年时光,几乎都是在外公家里度过的。有外婆的溺爱,有外公的娇惯,有大舅、满舅的照顾,有三姨的爱护,那时候我成了外公家里的"小祖宗",可以随心所欲。我可以调皮地取下外公的老花镜戴上,可以叫外婆摘菜园里果树上的卷花红(类似于苹果的东西)、未成熟的青杏,可以嚷着要大舅做工的角尺,可以夺走满舅手里的蝈蝈笼。每次外婆和满舅收工回来,斗笠缝里总夹有"布种娘"(蚱蜢)、"苞谷布种"(蝗虫)、"纺娘娘"(纺织娘)等小昆虫。他们一收工我就站在堂门前的岩坪边,那里起先有个半人高的"卡郎门"(腰门),用来挡小猪、羊、鸡、鸭等进屋。外婆只要脚一踏进"门",我就跳起来抓住她的斗笠:"嗨,纺织娘!"外婆斗笠的竹格子里,总卡住七八只这样的昆虫。我就一个劲儿夸:"外婆真好!"

这时候,外公会抬起老花镜笑笑:"瞧这孩子,真逗。"我便一乐,朝他扮个鬼脸,伸出舌头来:"嘿嘿,外公是四眼狗,哦——噢嗬,外公是四眼狗哟!"转过身去,又凑在外婆耳边告密:"外婆,外公他把饭菜都弄好了,炒的大螃蟹呢,是我把猪伢儿给赶进圈里的呀。"外婆一乐,先冲外公笑笑,将我抱起:"勇勇是乖孩子,外婆的乖孩子。"这时候,满舅就来干涉:"去去去,我的小祖宗,别闹了,吃了晚饭,舅带你去捉蛤蟆。"我对他捏鼻子、斜眼,就是不答应,气得满舅吹胡子瞪眼。

回想起来,我童年所受的教育,大都是从外公所讲的神话、传奇,摆的"龙门阵"(本乡本土故事)中慢慢启迪和熏陶而来的。外公在阳光下看书,我玩腻了就去打闹,趴在他的大腿上:"外公你讲个故事嘛,外公你讲个嘛!"外公便笑了笑,摘下眼镜:"好,外公今天给你讲讲孙悟空三打白骨精,昨天讲到哪儿啦?"我若是听过了,他便换,讲《水浒传》,讲《隋唐演义》,讲《杨家将》或《说岳全传》。在他所讲的故事中,精忠报国的英烈大概是讲得最多的。我对中国古代经典名著的了解，应该是外公的功劳；我对文学作品产生了浓厚的兴趣，也大概是由他老人家所启发的。在当时我幼小的心灵里，外公无疑就是一本中国式的古典教科书。同时，他也是一本社会大百科全书，他讲忠烈的故事教我怎样做人，比如岳飞精忠报国，穆桂英挂帅出征；他讲"仁、孝"的儒家道义，给我正直和智慧，比如百里负米、怀橘遗亲……外公是我成长道路上的良师，鼓励我向着诚实、坦荡的人生之路迈进。

印象中的外公总是拖着一条残腿走路。听母亲说，他在年轻时下地耕牛，犁口划伤了他的小腿，留下伤口。由于处理不及时，伤口一直没有愈合，渐渐就成了老疾。我至今也不知道他受伤是在哪一年。从此这个不能愈合的伤口就演变成了癌。外公一直用盐水清洗伤口，一直用药。看着外公的伤口，我就会想起他拖着伤腿行走在村道上的情形。外公很少出门，即便是嫁出去的女儿们家里有什么喜事，他也无法走路去庆贺。我记得有一次我家造房子，外公来了，他是拖着伤腿走了3公里路到我家的。外公到我家来，父母非常高兴，赶紧烧水给外公洗脸，让他烤火。外公有个习惯，就是不喜欢在别人家里过夜，那晚回去不知道什么时候了。后来听舅舅说，他们俩打着手电筒，大约走到11点，外公走走停停花了3个小时才到家。

外公是在我上初一时去世的。他从小就被抱养给了村里一户有钱人家，因为成分不好，被村里人检举，甚至要拉去批斗。我听母亲说，那时候甚至有人往家里扔石头。后来母亲做了大队会计，村里某些人才渐渐不找外公一家麻烦了。再后来，由于外公性格开朗，他家屋子又大，因此生产队小组会议都放在外公家开。村里有什么事，大家也都会听听外公的意见。渐渐地,外公的威望就高了。村里谁家有什么矛盾,外公一劝,很多矛盾也得到了解决。

外公外婆养育了7个子女,除了夭折的2个,其余都是在艰苦岁月里成长起来的,也都相继成家立业了。外公对子女的教育属于比较传统的那种。因为家里穷,母亲念初中时便辍学了,老师觉得可惜便来劝学,外公对老师说:"你看看我家里情况,我基本上是久病成疾了。老大是要帮衬家里的。"母亲是老大,所以要承担责任。自然,弟弟妹妹们也都没怎么念书便走上社会,只有舅舅做了木匠。三姨到凤凰沱江镇做了园艺场技术员。其他儿女都成了地地道道的农民。外公叹着气对我说:"勇勇长大了一定要当个秀才,考个状元!别学你姨舅们,当睁眼瞎子,耍泥腿子!"外公停一停又说:"当农民自然要受苦一辈子!"这句话至今我记忆犹新。

外公59岁便去世了,他没有等来孙辈长大成人、出人头地的那一天。

外公虽然走了,而我,也就在他的谆谆教诲下一步步走向成熟,走向生命中的圆融丰满。愿外公在天堂安好无恙!

忆童年

母亲从背篓里取出一张梧桐叶,摊开对我们说:"妈卖完了蔬菜就买几个灯盏窝给你们吃吧!"

我们兄妹迫不及待地拿着灯盏窝,咬上一口,发出"好吃"的赞叹声。灯盏窝是一种油炸糕,将糯米打成浆,放在特制的灯盏窝形器皿里铺底,然后放萝卜丝、酸菜、虾米、豆腐,再铺一层浆盖住,放进油锅里炸成金黄色。灯盏窝形似以前桐油灯的形状,因此才有这个名字。

我们沉浸在灯盏窝的香味里,口齿留香之余忘记了问母亲有没有吃过。这时候母亲想起来问我:"晚饭煮熟了没有?"我说:"晚饭早煮熟了,猪也喂饱了。"母亲点点头说:"你是老大,要给弟弟妹妹做好榜样!"我点点头。

农村的夜晚是安逸的。我约了仁军出来,我们一起聊着本月还没有电影可看的事。"快了吧,这都月底了。听我三叔说,杉木坪那边有人讲昨夜都放电影了,放的是《地道战》。"

于是,我想那明天晚上总该是轮到我们白岩生产队了吧。杉木坪虽然也算我们白岩生产队,可是因为距离我们生产队有3公里路远,南华山公社电影队总是先在那边放完电影然后再过来。记得有一次放映《一江春水向东流》,我们打着火把从白岩生产队出发,一会儿用火柴点麻蒿,一会儿扯人家草垛上的稻草。就这样,我们在风中举着忽明忽灭的火把来到杉木坪,电影已经放了快半小时了。我至今还记得电影中的张忠良在何文艳家遇到帮佣的素芬时,那个薄情寡义的男人如何伪装掩饰。"抗战夫人"王丽珍感到他们关系非同寻常,便冲上来责问,素芬哭着说:"他是我的丈夫。"王丽珍撒泼大闹,大厅里乱成一团,张忠良厉声斥问素芬:"你到底要我怎么样?……"

我和仁军看得咬牙切齿,直骂张忠良是条狗。那一刻,电影中的假恶丑或真善美的瞬间使我们彻悟做人的良知是何等珍贵。我们举着火把,在漆黑的夜里回家,一路讨论着电影中人物的悲欢。

"换成我,一定会让张忠良断子绝孙。"仁军举着火把在前面,他瘦小的身影竟然被火把拖得长长的,像一根电线杆子。

第二天,我们迎来了公社放映队。这回,电影队选择在白岩的晒谷坪里放映,全生产队的人几乎都来了。我一大早就在放猪的时候把这个消息告诉了武英,告诉了珍爱、奇英,告诉了和群、守宝。

第二次看这部电影,我们几个小伙伴在争论中进一步把素芬和生活中善良、劳苦的母辈们相比较。我们同情张母、张忠民、王素芬,痛恨张忠良、王丽珍、何文艳之流。

那个晚上还放映了《南征北战》,看完电影已是深夜。回家路上,我拎着凳子,母亲背着弟弟。母亲笑着说:"我们好像是难民。"

如果说小时候所受的伦理教育大多来自电影和傩堂戏等,那么,劳动则是一件让人迅速成长的厚礼。

我家的地有几亩是雷公田,要等着山上雨水奔流时,田水漾满了才可以深耕。那阵子就是农忙了。父亲在城里工作,我们家因为劳力少，母亲只好"搬救兵"，幸亏母亲娘家人都是农民，干活劳力不缺。我舅舅、姨父总会赶来帮忙，我亲眼看到二姨父搭的田坎又宽又厚。舅舅笑着说："二姐夫你把勇勇家的田都挖通了。"二姨父说："根盘，你用斧头把你仙姐家的好杉木都劈断了两根，这算什么。搭田坎要认真，免得漏水。"

我母亲就在边上劝着："大家都辛苦了，晚上我炒腊肉，杀只鸡给大家吃。"母亲告诉我，今晚早点赶牛回家，准备打点酒，买几包香烟。我问："买什么香烟？"她就随口说："省中华，市牡丹，一般干部辽叶烟，牛小伙儿大生产，普通青年两毛三。"

结果生产队代销店就只有黄金叶卖了，二角六分一包。我另外打了一斤酒、一斤酱油。

晚上，舅舅和姨父喝酒时，正巧父亲也下班回来了。父亲为了明天的抢水春耕，叫我再去请一下三爷，明天也许要让他帮忙。父亲交代我顺便再去打一斤酒。

姨父和舅舅还有三爷一起喝酒、吃肉，说起庙脑上七分田还没有水的事情。三爷喝着酒，对我说："准备晚上去接水，如果三队那边今晚能接好，也许下半夜就到庙脑上了。千万抓住机会。"这时，二姨父和舅舅告辞回自己家了。"这个消息属实，我们木林桥已经接到龙塘河的水了。"

父亲说："那我去。"母亲关切地扫了他一眼："不行，你明天还要上班，一早赶着出发。还是我去吧。"

那个晚上母亲等到晚上十二点半，也没有接到水。后来水终于来了，她用锄头挖出一条沟，将水引过来。这时，三爷打着火把来我家敲门,让父亲去接替一下母亲,她已经守了5个小时的水了。

我本来也没有睡着,便说:"爸爸,你明天要上班,我去接替母亲吧。"父亲看了看我说:"你这么小,还不到10岁,你敢去庙脑上等水?"

我毫不犹豫地说:"我可以的,爸爸。"

父亲从床头抽出一只手电筒,说:"这里面的电池是爸爸刚买的。你打着电筒去,注意脚下不要踩到蛇。"

我答应着,接过手电筒沿着村东的石板路,走向我家在庙脑上的水田。这时候,偶尔有夜虫长一声短一声地鸣叫,把漆黑的夜衬得格外寂静。

来到地头,我发现母亲坐在田埂上,头埋在膝盖上,我说:"妈,你快回家吧。休息一下,明天要抓紧春耕。"

母亲很是意外,说:"谁跟你说的来接我!快回家吧!"

我不愿意回去,母亲就说:"把田灌满还要好几个小时,你先回去。"我坚持不回去。她没有办法,说:"这条被单你先盖着。记住不要让别人来挖我家月口(田地的出水口)。"

母亲说完就走了,我一个人在守水的两个多小时里,听着寒夜的蛩音,我能清楚地分辨它们来自哪一片山林,哪一道沟坎,哪一片原野。

我在夜里听着流水悄悄把我家的田地灌满,然后让它们流出月口,流向下一户人家的土地。

这个时候,第一缕晨曦已经初露,天边的启明星闪闪发亮。刹那间,我觉得自己像一个大人了。

记得母亲告诉我,天一亮,她和三爷会赶着我家的老黄牛"黑烂"

来犁地。我畅想着不久之后的初夏,我们可以把秧苗拔出,挑到田里来插秧,听着布谷鸟的啼鸣,追着晨光一起开始劳作。

　　这便是我童年的一些记忆,它们是那么遥远,却又充满新奇,令人难忘。对于乡下长大的孩子来说,忙碌充实,不怕艰辛劳苦,是他们赖以成长的财富。

忆岳父

2017年10月20日，岳父走了，他的儿女在他身边，而我不在，那时单位工作忙碌，也很难请到假。

生病住院期间，他的儿子，我的大舅子从6月份起就一直在医院守着他。我妻子的姐姐，那位朴实的农民，也来看过几回。我们家去医院看过老人两次，一次是6月，还有一次在10月3日。第二次我们全家前往山东单县探病，妻子就坚持留下来陪伴老人，晚上和衣而眠在陪护床上。

生病的人是脆弱的，如同不谙世事的孩子。妻子出去上洗手间，他也会问："华，你上哪儿呢？"有一次我搀着岳父上厕所，问他自己能不能解手，老人说："没吃饭，没啥力气。"种了一辈子地的岳父担心的是没"力气"种不了地！他甚至还埋怨从乡下赶来的二女儿，来干吗呢？赶紧回家看地去。乡下有什么？有他牵挂的四亩庄稼地，都种着麦子。麦子齐腰深的时候，岳父穿过田畴，向着远方眺望，白杨树在村子边排列开去，仿佛指挥着千军万马，有一种大将军似的胜利感。我相信此刻病床上的岳父想的是，他的女儿帮他侍弄好庄稼地，用不着担心当年的收成了。圈里的羊也已经归栏，此刻有岳母在喂养它们呢。村后的李家已经不用他指导就能指挥全村继续大干快干，抓紧脱贫,他也不用操心了……然而不用他去操心了,岳父还是放心不下。

离开土地的农民是焦躁的。岳父在病床上一直做着还乡梦。他同我说:"付刘庄后面的河,如今能钓到大鱼,随便撒点鱼食,鱼儿就会上钩。"我听着从手机里翻出我弟弟很多钓鱼的照片,岳父露出羡慕的神情,说:"钓鱼得有好的钩子,你弟弟还要钓钩吗?我买些给他。"我说:"你病好后我带你回湖南去钓大鱼。"岳父摇摇头说:"俺的病不中了。"

岳父于2017年初在湖南和我们过年,我们两家人聚在一起,如今我父亲也已经去世一年了。记得那时岳父交代我,家里的房子要改造一下,朝向不好。我家的门朝东开,东边门前水槽要改道,门前流水不吉利,不藏财,得走暗道,接水管。我想岳父生前一定做过风水师。岳父还曾炫耀他的本领,能治百病,不用吃药,至于别人看病的费用,只要给他买张车票、买包烟就够了。

岳父留恋他的土地。他说人勤地好种,农民才有活路。他的晚年应该在农村,他的归宿应该在土地里,他是一个土得掉渣的山东农民,他至死都没有改变他淳朴的品质,他珍惜粮食,反对浪费。在我家吃饭时,吃剩的馒头和蔬菜,他总是反对我们马上倒掉,他说:"这都是要花钱去买的……"还有一件事,岳父在我家边上的贴沙河边觅到几卷皮制水管,他说有一二百米长,也没有人收拾,他很想捡回去用。他说这样浇水就不用愁了。我妻子反对他去拿别人的东西。岳母也不赞同:"这么长的东西,你怎么拿回老家呢?"岳父说:"寄回去。"这件事终究是不了了之。

岳父是一个自信而又爱耍点小聪明的人。他在村里的威望也挺高。他爱看风水,喜欢帮人治病消灾。有一次我和妻子回家,他说:"你们两口子好生一个宝宝了,为什么不生呢?"他判断我们的身体可能出了状况,就替我和妻子治病。经过他的治疗,那年回到杭州后,妻子说:"怪了,好像是怀上宝宝了。"从此我一直相信他有点能耐。妻子却说:"你不要信他那套,他就是唬唬人的。"岳母也一直觉得他就是装神弄鬼,炫耀一下自己的"无上神功"罢了。即便如此,我还是挺佩服岳父的。他曾经当过村支书,加上儿孙满堂、家庭和睦,村里人不得不佩服他。

那一年回岳父家过年,一场大雪后,原野上白茫茫一片,人的手指都快冻成冰条了。我和岳父一家上芦目乡去洗澡,置办过年的食材。我记得岳父买了两条黄河鲤鱼,他说要做一个山东炖鱼给我这个南方女婿尝尝。回来后,我们在家门口贴春联,岳父一遍遍叮嘱我们,要贴到位。上联"牛年如意福星照"贴在右面,下联"富贵吉祥好运来"贴在左面,横批"心想事成"。他还说,"五谷丰登""六畜兴旺"贴在羊圈边,卧室里是不能贴对联的。我想,岳父对民间文化的了解还是比较深的,相对于一般农民,他显然是个聪明的"小诸葛",是村里的能耐人!

……

岳父走了,不甘心就此了却一生的岳父还是离开我们了。此前我的父亲已先他而去。生有可恋的他对我说:"我好了,你不用回来;不好,你也不要回来了。"因为他知道我们是有工作的人,没有多少请假机会,不能一直在他身边陪伴他。

我要感谢岳父,是他养育了我那贤惠的妻子,让我有了家庭,然后有了宝贝女儿,其乐也融融,其情也可悯;我要感谢岳父,他让我懂得一个父亲一辈子为儿女，没有多少回报却心甘情愿地操劳；我要感谢岳父，他总是那么自信骄傲。因为他培养出的儿女，一个在金融行业是人中翘楚；一个作为建造师、经济师，已成为拥有4家公司的董事长，她就是我的妻子；还有一个女儿在农村继承他的衣钵。岳父二女儿种的玉米有两米多高，种的棉花和岳父种的一模一样，曾经作为最好的礼物送给我们，这些棉花做的被子，温暖了我十余年来无数个梦境……

岳父大人您一路走好！下辈子，我还要做您的女婿，陪您喝点小酒，去黄河支流边钓钓鱼，然后我们一起，聊聊关于我家门前流水的话题。我要告诉您，我弟弟业已准备好钓竿，邀您去龙塘河钓鱼。您尽可以挥竿垂钓，若能钓上一条10斤大草鱼，我们就做一顿山东炖鱼，用面粉裹着油炸，然后撒上香料，"咕嘟嘟"煮起来，但闻鱼香满屋，但见流水高山，一大家人团聚过年，好不热闹啊！

不仅仅是一件马甲

——记浙江自然博物院优秀志愿者陈代军

做志愿者是一种情怀

"你问我为什么要做志愿者,怎么说呢？我想自己绝对不是为了这么一件红马甲。"他站在闸道口耐心地为参观者检阅预约参观码,然后一一引导放行。当遇到一些什么都没有的老年人,他告诉他们,要记得带证件,哪怕是有一样,也是可以的。阳光洒在这个身上有四个兜的穿红马甲的男人身上,一大早,气温就开始噌噌往上蹿,他忍不住用手擦把脸,一滴汗,正悄悄地从他的额头滑下来,滴落在身上的红马甲上。

"我认为是一种热爱。就像是我自己从小就喜欢去做的一件事情一样。"陈代军告诉我,他小的时候,他的父母就经常教育他,要尽自己所能去做好事。帮助别人,就是替自己积德积福。所以等他长大了,心里就想,自己要做一个热心人！

陈代军给我讲了一个故事。有一次,大约在 20 年前吧,他经过安吉生态广场,看到一群人在临时搭建的棚子里做事情,那群人就穿着红红的马甲。于是,在那一刻,他心里突然就冒出来一个念头,他也想去做一个志愿者！紧接着问题来了:他的孩子才几岁,没有人带呀;他还是一个高二班主任，哪有时间去做呢？

真是理想很丰满，现实很骨感！没办法，他摇了摇头，心里总还是有些不甘的。

"也没有一个合适的机会，没有人介绍，也不知道去哪里报名，所以一直也没能去做一个志愿者。后来在我女儿读高一了，刚好学校提倡孩子去参加一些社会实践。2019年，我刚好从一个朋友那里了解到，咱们浙江自然博物院安吉馆刚刚开放，在招募志愿者。我陪着女儿来报名，做那里的志愿者。"正是这次的机缘巧合，他一做就做了4年。

"做志愿者还是因为心中有情怀吧。"陈代军说，"我就是单纯想做一个志愿者，我就觉得人嘛，不应该只是关注自己的工作，或者只关注自己家里的柴米油盐啊，而是应该走出去，为这个社会做一点事情。"

现在做志愿者的人越来越多了，所以陈代军觉得参加志愿服务行动，当一名志愿者很有意义。只要有时间，在工作之余，利用一点自己的休息时间，为社会做一些力所能及的事情，这是一件很能让自己开心的事情。因为从他的内心来讲，还是挺愿意帮助别人的。

他干脆成立了孝丰高级中学志愿者团队

"时间吧，只要你合理安排，总是有的。"陈代军告诉我，他只要有一点闲暇，都会让女儿和他一起来做志愿者。

他说："自己参加这个志愿者活动是从2019年1月开始，到现在应该有4年多了，大概多少次呢？反正基本上是平均一个月去一次。寒暑假的话可能会去得多一些。"

我问他："你做志愿者家里支持吗?"他笑笑说:"支持。夫人是绝对支持的。你看,我不仅动员女儿参加,连我侄女也参加了。夫人是要烧饭做家务,要不然也会一起来做志愿者。"

在他看来,做志愿者应该是值得宣传和推崇的。在这个大家都习惯讲条件、说利益的物质型社会,就更应该做一些推动社会文明、改变世俗观念的事情。为此,他曾经在安吉孝丰高级中学发起招募志愿者专团的活动。我向他求证,他点头说是的。"不仅我去,我还带了我女儿、侄女等家里人去。我带动了我们学校的同事以及同事的孩子,带动了我们学校的学生去,有我自己班里的,也有别的班的。特别是2022年暑假,我还专门组织了一场孝丰高级中学志愿者专场活动,获得浙江自然博物院安吉馆负责人的大力支持。嗯,那天的活动搞得非常好,学生们也非常认真,非常努力。"

我说:"志愿者活动,本身就是一朵花催开一朵花,引来满园芳华。"

对此,他深表赞同。他觉得,社会秩序的营造和维护,是需要有人带头去做的,不能光说不做,而且要做就踏踏实实地去做。

"比如周末两天,那我就安排一天去做志愿者服务。寒暑假,去的次数就会更多一些。"在别人特别希望休息的时候,你去做一个志愿者,那就等于把自己和家人团聚的休息时间都留给做公益了。想到这里,我不禁对这个有情怀的中学教师肃然起敬。

正是他们这些志愿者的无私奉献,才换来社会的和谐安宁!

因此,当走过斑马线,来到火车站大型广场的志愿者岗亭,或者景区的志愿者服务处,我对身穿红马甲的他们感激有加。这种红色代表的是流淌在志愿者们内心的真诚,是他们的符号和标志。他们帮助了一些人,付出了自己的爱心,舒缓了社会的焦虑,有如夏天里的清风,送来了清凉。

忧患诗人周孟贤

约好了周日采访他，临行之际我还有点担心，尽管事前已说好采访重点，万一说不到重点上怎么办；另外就是，尽管老诗人的抒情长诗大作不断，但如果他的经历不是那种可歌可泣的，写成文章也许达不到我想要的效果。

没承想周孟贤老前辈的细心安排打消了我的顾虑。尽管他不会发定位，但在我去湖州之际，他还是将定位提早发给了我，估计是请教了家人。周老还告诉我坐几路公交，打车如何走。他说他家附近的吴兴区月河街道党群中心为他单独开了个工作室，可以在那儿和我聊天。

显然，他是一个待人真诚而又细致入微的人。别人说他是忧患诗人。和周孟贤畅谈后，我想到一个问题，他忧患的根源在哪里？

他的人生坎坷而又瑰丽

周孟贤生于湖州一个普通人家，出生的时候正是抗日战争即将结束的年月。他说家里姊妹多，他是老二，下面一共5个弟弟、妹妹。人多困难多。尽管父母不易，还是教给了他面对困难的勇气和方法。他反复说，母亲经常跟自己讲，对别人要真诚、善良，要有同情心，多替别人想想。"那个时候农村里,我们叫灶头啊,在大锅里面烧了一满锅,有时候是玉米,有时候是番薯。母亲烧好以后,我们这个有围墙的院子里,就是十三户人,我们挨家挨户送去。人家都说我母亲好,对我们严格,对别人家孩子却是爱惜得很。所以我母亲人缘好得一塌糊涂。有时他们问到我母亲,我说我母亲刚刚过世,他们当场就流泪了。"

周孟贤说自己的母亲勤劳、体贴而又精明。"比如说,我们难得杀一只鸡,她把好的肉夹到儿子、女儿碗里,再是我爸爸碗里,然后她自己吃最差的。我们结婚以后,我母亲把最好的东西给儿媳妇、女婿,再是女儿、儿子,她自己是最后一个。这就是我母亲,她主张为人宽宏大度,教育我们不要计较短长,这是她留给我们的财富。我母亲脾气虽然有点大,但是非常善良、非常心软。她干起活来啊,力气很大。那个时候呢,在东门那个方向,我们家有一块地,有四五亩,都是我母亲一个人种的。她那时身体很好,她到隔壁那个水塘里面挑水,那真是叫大步流星啊,比男人都走得快。蔬菜长成后,她就去卖蔬菜,她总是第一个卖完。为什么呢?人家的秤缺斤短两的;我母亲呢,一斤称好以后,她还抓一把给人家。"老周觉得自己母亲的身体力行,是一本很好的教科书,她把做人的品行教给了他,教他如何认识苦难,如何顽强奋争,如何为人处世。

15岁时,周孟贤就进厂当工人。最早在淀粉厂,后来又在别的厂,钳工、车工什么都干过。有一次甚至还将几吨煤装到拖船上运到十几公里外一个码头上,然后卸货,再搬运到仓库。"你想想,好几吨的黑煤啊。是我们两个人干的,累得够呛!"他说话时,脸上的老年斑也显出凝重的样子,仿佛浸透着苦难带给他的无尽思索。紧接着他啜了一口茶,回忆起自己当年动荡的岁月。

他本来就爱折腾,不守常规。"那个时候,湖州有一个歌舞团,叫某某艺术团,我也考进去了。我学唱歌啊,跳舞啊,后来我还教唱歌。那个海报就贴在湖州繁华的马路上,上面的教唱者是周孟贤,那时我18岁,现在想想确实太幼稚了。'文革'开始,我又学习写歌曲。那时,新华书店有一本书教大家唱歌。这本书虽然只要五六角钱一本,但我还是买不起。我站在那里看,看了第三部分,怎样写歌,怎样唱歌。我后来写了好多歌,自己谱曲,自己作词。我们二中有一位老师,他是华师大中文系毕业的,杭州人,现在已经过世了。他虽然是中文系的,却不写一句歌词。他会谱曲,谱了好多歌。他有一首歌很有名,就是20世纪60年代,中央新闻纪录电影制片厂里面有个镜头,唱的就是他谱曲的歌……"周孟贤兴味十足地哼起了这首歌,他的目光越过了工作室的墙壁,仿佛要穿越到那个动荡的年代。

他在厂子里干活的时候,写宣传标语是很厉害的。比如20个字,他能写得很均衡,不多不少。别人来代替他,就是写不好,写了又擦掉,最后不得不请他来写。

即便如此,在他最需要上学深造的时候,他却凭着一张中专文凭在厂子里混了个一官半职。他说自己因为聪明被推荐上浙江省电力专科学校,自己在发言时因为精心准备,讲得颇有水平,被任课老师赏识,说他有才,建议去读中文系。后来,这所学校由于种种原因迁移到新安江水库边去了,之后又停办了。他也只上了两年,就又回到原来的厂子里,继续干宣传之类的活儿。

这期间,他开始了自己的诗歌和散文诗写作。凭着他写20个字标语的智慧,周孟贤觉得自己在文艺方面是块料。自己空时,就喜欢到邮政报刊亭里看副刊,比如《文汇报》《光明日报》《人民日报》等的副刊,当看到别人写的诗歌和散文,他心里就在暗暗比较,琢磨着自己怎么能够模仿着写甚至超越他们。他坦言:"自己文学上的恩师,应该是那些报纸上的作者。"

在那样的年代,写诗为文,也许就是周孟贤们用以表达性灵的方式,他们试图以这样的努力来完成自己的人生嬗变。

后来,因为发表了诗歌、散文,这位自信又聪明的才子被调到了湖州日报社,做了文学编辑。

诚然,贫困而又艰难的生存环境使他愈挫愈勇、不断进取,而母亲的言传身教又使周孟贤能宽容待人、关注他人。

他的作品充满着忧患意识

周孟贤自20世纪60年代开始发表作品,以抒情长诗享誉诗坛。关注现实、关注民生、关注个人的命运和民族的命运,可以说是他作品的主题。他写有《大鸟引我溯长江》《祖国,请你思索》《你在历史的深处》《黄河的儿子》《我们用爱抗震救灾》《赵州桥上的长啸》《用你的额头智慧中国》等30余首抒情长诗。

文坛上一直推崇的当数《大鸟引我溯长江》。这首作品发表于《文艺报》,用浪漫主义和现实主义相结合的手法创作。周孟贤说:"那时候自己刚刚退休,那天下着雪,由于家里光线不好,我在阳台上的洗衣机上写这首诗。阳台上很冷,我用被子裹住两条腿,旁边放两把热水瓶。一边喝水一边写,一下子写到天黑。天黑了,我老婆回来了,我就不写了,但是晚上怎么也睡不着。为什么呢?诗歌后面怎么发展,我已经有了框架。这么一来,就没有办法睡觉了。等着天亮,真是难过得要命。那一年,我的头发一把一把掉下来,体重由130斤降到120斤。写作真的是最好的减肥运动。"

周孟贤说,他为了写这首长诗,耗尽了心力。在诗里,自己与80多个历史文化名人对话,从古到今,思绪万千,一下子把人带进了诗歌的洪流里,去思索祖国和民族的命运。

他的另一首长诗《黄河的儿子》,取材于杨联康徒步考察黄河的故事。那时候他在报纸上看到相关报道,当时就感动得眼泪吧嗒吧嗒往下掉。

杨联康,1938年12月生于北京,著名河流发育史专家,我国历史上第一个徒步全程考察黄河的科学家。1977年,由于受到迫害,杨联康蒙冤入狱已经14年,双腿也已瘫痪。当年9月23日,狱中的他在《人民日报》上看到中央关于召开全国科学大会的消息,十分兴奋。他要向全国科学大会献上一份礼物——《黄河发育史》。他知道这项课题的意义,顽强地进行着研究,留下大量手稿,还写出了《关于西北黄土高原建设的建议》。不久,杨联康被宣布平反,无罪释放,恢复名誉,送进医院治疗瘫痪的双腿。最终能够站起来的时候,也是杨联康生命怒放的时刻。1981年7月21日,他拿着刚刚补发的9000元工资,义无反顾地出发——自费徒步考察黄河!在黄河源头,他进行了整整八天的考察,踏遍方圆几十平方公里,发现了黄河的第三个源头——拉郎晴曲,它比国家过去测定的第二个源头——马曲长30.56公里,按地理学原则,拉郎晴曲应是黄河的真正源头。杨联康的发现,让黄河向前延伸了30多公里。杨联康说:"当一个人遭受挫折的时候,最好能理智地思考一下整个人类的历史。"

正是感动于杨联康的事迹,周孟贤写下向这位"河王"致敬的诗行。

2021年5月袁隆平去世以后,周孟贤还写过纪念他的文字《我背倚稻禾——怀念杂交水稻之父袁隆平院士》:

> 看见么　天南海北的稻花
>
> 正一个劲地馨香他的名字
>
> 呵　功勋卓著的科学家走了
>
> 看见么　他培育的水稻
>
> 让国徽更加饱满更加精神
>
> 更加金——灿——灿!

《祖国,请你思索》无疑是他的代表作之一。记得著名报告文学作家徐迟先生说过,在"文革"中,中华民族的著名作曲家马思聪先生,受尽迫害,被迫于1967年出走国外,以抗议暴徒的罪恶,维护了人的尊严,他根本没有错,却还是蒙受了19年(1967—1985)的不白之冤。感同身受,周孟贤写下了《祖国,请你思索》:

> 去问问档案袋吧!
>
> 只要抹去缕缕蛛丝,
>
> 你会听见一份份申请,
>
> 像一条条小河,
>
> 流着他的哀叹,
>
> 淌着他的泪珠……

周孟贤同样坦陈对当下诗坛的忧虑。"所以在文化部中国艺术研究院主持这个会议的时候,我也讲过这个诗歌。诗歌的现状,我真不想用一个词来表达,谈论诗歌是一件美好的事情。但是个人觉得诗坛在滑坡,在堕落……"说完,老周抬起头,眉头紧锁着,眼睛里有一种深深的茫然,表情也更加焦虑。

他的朋友在诗坛内外

正是出于对诗坛、对当下种种不公平、不幸事件的忧思,周孟贤坦言,自己近年来的长诗创作显然有所停滞。"不是写不出,而是不想写。没有特别重大的事件,我一般是观望的。我是一个容易动感情的人,比较冲动,比较浪漫。"他笑了笑,"当然,别人评价我,说我就是一个忧患诗人。"

长诗《大鸟引我溯长江》发表后,他邂逅了著名诗人贺敬之。贺老从《文艺报》上看到了《大鸟引我溯长江》后激动不已,打听到该诗作者的联系方式,尔后打电话给周孟贤。贺敬之说:"看了你的抒情长诗《大鸟引我溯长江》,我非常高兴!非常激动!我发现你的长诗和我的思想感情完全一致,知音!你的诗感情真挚,很深沉,所以对我有很大的启发。你的诗很好,打动了我!你的长诗有着大思想、大奔放、大胸襟……相信,你以后会写出更好的作品!"从此之后,他与贺敬之联系不断,贺老到杭州度假,也要把周孟贤请去长谈。

1981年8月,浙江省作协研讨了周孟贤的反响强烈的长诗《祖国,请你思索》,他因此认识了20世纪20年代湖畔诗社创始人之一汪静之,也因此与汪静之成了莫逆之交。1988年,汪老主动提出为周孟贤的长诗集《海上追月》作序，并题字。汪静之说："孟贤的抒情长诗写得很好，警句多，警段多，既有丰富的感情、瑰丽的想象，又有深刻的思想。孟贤写诗一气呵成，很不容易。孟贤真诚朴实、感情丰富。诗如其人，如长诗《祖国，请你思索》《海中舟的叙说》《回归吧，台湾》等感情充沛，好像不尽长江滚滚来，奔腾澎湃、滔滔不绝、一泻千里，热情奔放、酣畅淋漓是孟贤诗的特色。孟贤的长诗在诗坛很有影响，诗中渗透着诗人对祖国的强烈爱国心，真诚是诗人的高贵气质。"

周孟贤回忆自己参加第16届国际诗歌大会遇见著名诗人柯岩女士的情景，"她在大厅里看到我，一把把我拉过去。你看人家周孟贤，不仅是劳动模范，模范丈夫，还是个孝子。父母的房子，他们既不租也不卖，就留在那里，每年纪念父母"。

周孟贤还回忆评论家杨光治先生为自己诗集写序的事。杨先生与自己见过一面，周孟贤写信给他，向他征求意见，杨老毫不犹豫就答应了。

此外，他还和白桦、牛汉、贾漫、骆寒超、李元洛、黎焕颐等成了净友。他的朋友圈除了名人大咖，还有各个阶层的中青年。

周孟贤说，自己交朋友的目的，首先是互相勉励，其次是基于其性格中的与人为善，善莫大焉。"有时候，这个人既不是我的朋友，也不是我的同事。我听说他的孩子考上大学了，我马上打听，我打听他家里的电话，我打给他，他也不知道是谁。我说我是周孟贤，报社的。哦，是你呀，什么事情呢？我说祝贺你，听说你孩子考上大学了。我为什么要打电话给他？因为穷困家庭的孩子考上大学后未来总是有希望的，对吧？通过读书还是能够改变命运的。"

从这么一件小事情上，可以看到老诗人周孟贤先生待人的热情与坦率。"胜友如云"，这也使他获得了那么多好友的鼓励，使他那颗忧国忧民的心有了无限诗情。

楼顶的空间

一个周末，朋友带孩子来我家玩。我家住七楼，也是顶楼。谈话间，孩子有点坐不住了，孩子读小学五年级，喜欢球，看到我家有足球，问我，可以拿足球玩一下吗？我说没问题，那上楼顶踢吧，楼顶开阔，如同一个球场。孩子大喜，于是叫他爸爸也陪着上楼顶玩。我正想向朋友炫耀一下住顶层的优越，赶紧拎一桶水去楼顶，他们俩踢球，我则趁机打点一下自家的菜园。

这时，二单元顶楼住户忽然打开楼道门对我朋友说："麻烦师傅不要在我家楼顶上踢球好不好，你们这样会破坏楼顶刚铺好的沥青层的。"我赶紧去解释，朋友却忍不住跟她吵起来，说自己并没有弄坏沥青啊，至于有点吵到她，朋友说自己不是有意的。我说："这样吧，我们不踢了，以后会注意的。"这种意外以前也碰到过，我已经轻车熟路处理过，所以并没有觉得当时有多么尴尬。

我朋友倒是觉得触霉头了，心里不是很爽。我安慰朋友说："楼顶是公共空间，漏水了确实不好。再说小区改造，刚铺了沥青。你就假设自己家也是顶楼，就理解了！"朋友一听也就作罢，不久便告辞，感觉他们还是有点不自在。

送走了朋友，我继续上楼去侍弄自己家楼顶的十余盆蔬菜。

自从屋顶翻新以后，我的几盆土因为那天花了150元钱让那帮负责拆运的农民工给搬到楼梯廊道间而幸免于难。但东边一单元七楼住户那几十盆土就遭殃了，被吊车一股脑儿给拉走扔掉了。七楼大姐见我的菜都还"健在"，很是疑惑："你的菜盆咋没被搬走啊？"

我得意地说："我给了他们钱啊，他们怎么会搬走！"大姐开始后悔自己当初没和他们打招呼，嘟哝着有些农民工素质差坑钱之类的话。我说："你种了那么多年蔬菜，不打算继续种了吗？这个菜盆网上有卖的，你去买点，再搞点土，就可以种上了。"大姐听了说："打算种的，先等一等再说。"

我们所住房子的楼顶这片空间是公共的，因此也早就被东一根绳子、西一架太阳能光伏板给分割得四分五裂。尽管我朋友那天被二单元戴眼镜的阿姨骂过，我也不准备去找机会骂回来。作为顶楼住户，我当然也关心自己家楼顶改造的情况，在乎刚铺上去的沥青是否会融化。因此，我大抵也是认同她的做法，所以并不觉得那天二单元的阿姨说得有多过分。

至于她有没有拉一根绳子晒被子，然后宣告这一块地方有主，那是她的地盘，我也无权干涉。我甚至想，要是她也像一单元大姐那样种着满地的丝瓜，还有青菜、韭菜、香菜、茄子，那别人欣赏风景的空间就没有了。

我希望自家楼顶的空间是自由的，自己可以种点东西，比如茄子、辣椒、黄瓜、西葫芦，还有秋葵什么的。别人也可以种花养草、晒被子晾衣服。因为这是公共空间。

自然，大家也要讲规矩守秩序，遵守共同约定和社会公约。

什么时候，可以像我朋友所说的那样，在楼顶放张躺椅，看看书，或者侍弄一下花草，打理一下蔬菜，那一定是件很惬意的事情。朋友很是羡慕我家楼顶那么宽阔的空间，尽管这次他有点不快，但相信很快就会忘掉！

我呢，庆幸自己的蔬菜还在。在阳光有点暖和的初春，夹一本书上得楼来，打开椅子躺上去看书，困了就躺平睡一觉，那一定是件非常快乐的事情。

记得我女儿小的时候，一场大雪将楼顶覆盖。我们拿着铲子去楼顶铲雪，在楼顶堆了一个雪人。我和女儿拿玻璃球做眼珠，拿一条红围巾给雪人做披风，简直是酷毙了！

还有一次晚上8点，五楼的王师傅带着他儿子在楼顶看湖边放烟火。我们看着天空中那一朵朵璀璨的烟花，聊起了他们一家在卷烟厂工作的事情，也聊卖给我房子的马大姐在国外的安逸生活，我们都觉得彼此之间亲近了许多。在我们三单元，邻里关系是十分融洽的。

六楼的轩轩奶奶在楼顶拉绳子挂衣服，也种点花。有时候下起雨，我担心自己晒的衣服淋湿了。没想到回家时，轩轩奶奶早就帮我们收好衣服挂在楼道间的铁丝上了。有时候，我上楼去浇水，顺便也帮她家的花浇一点儿水。老奶奶回老家，我们便帮她照顾花草。当我们有事外出，她也会帮我们照看蔬菜。

夫人说："人心都是向善的。以善心去待人，别人也将以善心来待你。"

我觉得这话很在理。楼顶的空间是大家的，我们都是它的主人。同样，我们也是风景的营造者。我希望它是一个开放的公共空间，如果让我来设计,我会把它打造成一个开满鲜花的公园,让每一个住户都可以上来欣赏花的清香、月的皎洁、烟火万家的风情。凭栏可以东望贴沙河的风光,向西可以打量城隍阁的灯火辉煌,感受吴山的岁月沧桑,向北可以看到歌德大酒店的动感外墙,那流动的蔚蓝色调,多么像蓝宝石般的大海,像一个美丽的童话!

明月在江头

进入杭州市方志馆,宛如在历史与现实融合的波光岚影里寻宝,每一间展厅的陈设都吸引目光,令人流连,久久不忍挪步。

我和女儿去的时候是个周六。人有点多,门口一块匾额上写着"杭州市方志馆",匾下方写着"望江门266号"。杭州市方志馆的前身是胡雪岩账房先生汪秉衡的旧居,人称汪宅。著名篆刻家吴昌硕也曾居住于此,因此进门的天井里正中有一枚印章,印章一侧有"杭州市方志馆"字样。

方志,顾名思义是指记述地方情况的史志,分为全国性的总志和地方性的州郡府县志两类。总志如《山海经》《大清一统志》。以省为单位的方志称"通志",如《山西通志》,元以后著名的乡镇、寺观、山川也多有志,如《南浔志》《灵隐寺志》。方志分门别类,取材丰富,是研究历史及地理的重要资料。

杭州市方志馆秉承"寻城市之根、触文化之脉、探兴替之路、赏风物之韵、存乡愁记忆、图继往开来"的办馆理念。功能定位是杭州历史、市情展示中心,杭州方志文献保存、阅览、研究、咨询中心,杭州市情教育基地、爱国主义教育基地。

如今,它设有8个展厅,按照展示杭州地情为主,以及地方志"横排门类、纵述史实"的原则，分设概览、山水、政治、人物、文化、经济、社会、方志等方面。

关于余杭的由来，《越绝书》载："余杭城者，襄王时神女所葬也，神多灵。""秦余杭山者，越王栖吴夫差山也，去县五十里。山有湖水，近太湖。"其脉络就很清楚。

这个展厅回顾杭州的历史是有佐证的。杭州夏商时隶属扬州；春秋时属吴越；战国时属楚；秦汉时置县，设钱塘县、余杭县；南朝时置郡领县；隋唐时废郡置州；五代时是吴越首府；南宋时为行在；元明清时为东南省会；民国时撤府设市；新中国成立后，一直为浙江省省会城市。而真正扩城修垣恐怕是南宋时了。绍兴二十八年（1158）增设东南部分外城，有旱门13座，水门5座。

《梦粱录》载："南西东北各数十里，人烟生聚，民物阜蕃，市井坊陌，铺席骈盛，数日经行不尽，各可比外路一州郡。"可见历史上杭州曾作为皇城时的繁华之景，盛况空前。

关于杭州市的历史人物，罗列的官员里当数苏轼与白居易最有名。大概是与两人的政绩卓著有关。如果没有方志，很多历史人物慢慢地也就淹没在历史尘烟里了。

自然，作为南宋都城存在的杭州，9个皇帝，150余年，天下是不可忽略的。

我更关心的是杭州市修志的编纂者和那些散发着墨香的历史典籍。一直以来，史志部门着眼于旧志的整理和新志的书写。比如南宋三志、《灵隐寺志》等55部旧志的整理，还有自20世纪80年代起，编撰出版《杭州市志》等系列志书，可以说"一年一鉴，一年一志"。

　　国有史，郡有志。为什么要编撰史书，自古"治天下者以史为鉴，治郡国者以志为鉴"，杭州方志的编撰是地方传统，同时也有着"方志之乡"的美誉。

　　地方风物，民俗传统，要靠修志以载。比如"蚕猫辟鼠"。所谓蚕猫，是一种象征物。每逢清明前后，蚕妇们都要到杭州半山娘娘庙烧"蚕香"，在香市上购买泥塑彩绘蚕猫回去放在蚕房里，或馈赠亲友。清人范祖述《杭俗遗风》记载："半山出产泥猫，大小塑像如生，凡至半山者，无不购泥猫而归，亦一时之盛会也。"这些民俗，如今都淹没在历史长河中，要靠史志才能解其意，释其志。

　　钱塘繁华，良渚玉、秘色瓷、柿蒂绫、官窑器、龙井茶、西博会……历史是一道道剪影，我们在浩瀚的尘烟里打捞搜寻，通过一本本发黄的"史志"去追寻过往。

　　作为一名写作爱好者，我深深感动于文史编纂者们的辛苦付出，潜心整理。例如夏时正（1412—1499），字季爵，晚号留余道人，慈溪汶溪（今属宁波市镇海区）人。明正统十年（1445）中进士，授刑部河南司主事，后升刑部郎中。景泰六年（1455）复查福建刑事案卷，平反死狱60余人，擢南京大理寺卿。成化七年（1471）巡视江西灾情，免除无名税10余万石，放粮赈济灾民23万户，汰诸司冗役数万名，罢不称职官吏200余名，增筑南昌章江门滨江堤坝和丰城诸县堤岸。

　　夏时正是一名清官，退休时一无所有。布政使张瓒为他筑西湖书院，才得以使其在杭州有个住所。而他撰写的《杭州府志》《太常志》千古流芳。夏时正的一生，痛苦中有旷达，潇洒中有无奈。人们都称他卓越，称他真纯，但又有谁知这旷达背后的辛酸与代价！他生前曾留言,死后要葬在玉峰与泖水间,让灵魂也和云、鹤一起飘游,远离人间的纷争。

个人以为,做一名史志撰写者,就是要有夏时正的真纯旷达之心,不为名利,专注于史实,方能"为天地立心,为生民立命,为往圣继绝学,为万世开太平"。

参观完毕,当我们走出杭州市方志馆,但见艳阳正炽,秋枫如火。

女儿说:"原来杭州是一本书,而写书的人,都在这座古老的宅院里,端坐其间,谈古论今。"

程夫人勉夫教子

苏东坡的母亲程夫人,公元1010年生于眉山,其父亲程文应官居大理寺丞。程夫人自幼饱读诗书,可以说是典型的才女。在苏轼弟弟苏辙的记忆中,母亲"生而志节不群,好读书,通古今,知其治乱得失之故"。

程夫人18岁嫁给苏洵。当时程家是不满意这桩婚姻的,只是因为当年双方大人订了娃娃亲,只得作罢。苏家在眉山也算是大家族了。苏轼的爷爷苏序是个慷慨之人,当年买米置谷,只为了救助乡亲。待到苏洵这一代人时,家道渐渐中落。但程夫人并没有嫌弃苏洵,苏洵在27岁之前,一直在考取功名上没有作为。程夫人劝他不要远游,将时间浪费了。苏洵说:"吾自视今犹可学,然家待我而生,学且废生,奈何!"苏洵担心的是家里生计难以维持。

程夫人听了说:"子苟有志,以生累我可也。"她劝丈夫发奋读书,说生活问题由她来负责解决。

程夫人变卖了自己的妆饰钗黛,在眉山城南租下门面,开了间丝绸铺子,大名纱縠行。她靠着自己的努力,通过织锦等经营,为苏家赚了钱,买了豪宅。而丈夫苏洵也在她的劝勉和支持下成就功名,终于成为国之栋梁。

苏洵的两个儿子苏轼和苏辙,在程夫人的调教下,悉心读书,同登科第,同样也取得了巨大成功。"一门父子三词客,千古文章八大家",这"三词客"说的就是苏洵父子三人。

苏氏父子的成功令人欣悦和钦佩。人们不禁会问:程夫人又是如何教育两个孩子成才的呢?

其实,6岁以前的苏轼也曾无心学习。其最初在道士办的私塾里念书。据说,在一百多个学童中,有个姓张的道士老师唯独喜欢苏轼和一个后来相传成了仙的学生。那个学生叫陈太初,后来中了科举却不愿做官,坚决出家做了道士,一心去圆神仙梦。再后来陈太初终于在一个朋友家的门口实现了梦想,好像是忍了几天不吃饭,才咽气成仙的。

道士的胡话显然蛊惑了幼年苏轼。他一度想自己长大了也要学道成仙,这可吓坏了苏洵和程夫人。他们赶紧将苏轼接回家,夫妻两人决定自己来教育孩子。

程夫人有一天教孩子们念书。她讲了《范滂传》的故事:范滂是东汉末年一位敢于伸张正义、鞭挞贪官污吏、为百姓疾苦呼吁的好官。当时宦官专权,朝纲败坏,范滂因反对宦官专权,触怒宦官,两次被逮捕下狱。当他即将被处死时,母亲到监狱与之诀别,范滂对母亲说:"我今天为正义去死,一点也不后悔,只是牵挂着母亲!"范母深明大义,说:"你能为正义而死,虽死犹生。"为了不让儿子牵挂,范母自杀了。范滂母子的事迹深深触动了苏轼年幼的心灵,他动情地说:"母亲大人,我长大了要做范滂那样的人,你允许吗?"程夫人亦动情地说:"你能做范滂那样的人,难道我就不能做范滂母亲那样的人吗?"于是,苏轼立志成为能担当社会责任的人,也更加刻苦读书了。

程夫人还教育孩子要有仁爱之心。苏氏院子里有一片小树林,林中栖居着多种飞鸟。苏东坡小时候最爱和小朋友们在这片林子中玩耍。一天,有一只非常漂亮的名叫桐花凤的鸟,被老花猫给逮着了,撕咬之际,被苏东坡发现,他从猫嘴里将小鸟夺下。正好程夫人路过,看见苏东坡手捧着鲜血淋淋的小鸟,问明原因后,因势利导地教育苏东坡说:"人不可乱杀生,要爱惜一切有生命之物,一定要记住。"这件事在苏东坡幼小的心灵上刻下深深的印记,这对他长大后步入官场,一生主张以仁政治国的政治理想不能说没有关系。40年后,苏东坡为此还特意写了《记先夫人不残鸟雀》。

程夫人还教育苏轼和弟弟戒拒不义之财。苏家搬进纱縠行新居不久,便发现前人窑藏的一坛金银,这意外之财对一般人来说是一个发财的好机会,可程夫人却叫人重新埋好,并把土夯得严严实实的。她还用此事教育启发苏轼兄弟:"君子爱财,取之有道,凡非分之财,一分一文也不能妄取,这是做人的准则。"这在苏轼《记先夫人不发宿藏》中曾提到。

在程夫人的操持下,苏家逐渐富有起来。程夫人又觉得这不是好事——她担心财富会使子孙们不求进取。于是,族人、亲戚中的"孤穷者"有嫁有娶的,她就给予资助;乡亲中有急难的,她都予以周济。到后来,苏家的储备竟不够一年的花销。

程夫人以"行廉"和"志洁"的家风教育了苏轼兄弟,也为他们日后走上仕途,养成廉洁奉公的习惯打下基础。

有件事发生在苏轼凤翔为官的居所里。深冬的一天,天下大雪,到处白茫茫一片。正在自己的住房院中欣赏雪景的苏轼偶然发现,院中那株古老的大柳树下,竟然有块一尺见方的土地上没有一点积雪。等到雪后天晴,那地方又隆起了一个小土包。苏轼当时就想,这下面是不是有古人埋藏的丹药呢,挖出来看看吧。他正准备叫家中的仆役动手,他的妻子王弗赶忙阻止他,说:"如果母亲还在,一定不会让你发掘。"听了妻子的话,苏轼想起了在眉山纱縠行故居母亲程夫人不发宿藏的往事,一下警醒了过来。

程夫人的言行深深影响着苏轼兄弟。在几十年为官生涯中,他们以民为本,宅心仁厚,无论是身处顺境还是逆境都能豁达乐观,隐忍顽强,这些品德的养成离不开程夫人的谆谆教诲。比如苏轼在为官时期就有收养弃婴、创办安乐坊等行为,为民谋利,造福百姓!

母亲的送别宴

按照预定的时间，第二天我就要回城了。母亲说："那我晚上给你烧顿社饭。"

社饭是社日做的，古有立春后第五个戊日为春社日，立秋后第五个戊日为秋社日。在我们老家湖南凤凰，本地各民族似乎都会做社饭。渐渐地，做社饭也就成了一种约定俗成的待客方式。从药用上讲，社饭具有除瘴、祛毒等功效，可以说也是一道药膳。

今年暑假回家，正当炎夏时节。这段日子妹妹听母亲说，锅也有些烂了，妹妹就打听哪儿有烧柴的锅卖。后来网上一搜，说是要三天才到。再去问一个熟人，告诉她城北某个店有卖，而且烧柴最省。

某天下午，那个人送来了柴火锅，用铝皮包裹，还有一道烟囱，可以防止烟雾四散。在城市里的阳台上烧柴火，恐怕只有母亲才会那么做了。妹妹说："这下好了，不用烟熏火燎的了！"

母亲自然也开心，因为她又可以劈柴，做饭，为子女烧顿好吃的饯行饭了。

按照春社饭的做法，是要上山去挖青蒿菜的，香蒿、青蒿，洗净剁碎，把苦水揉出，再焙干。再把山上采摘来的野葱洗净切段，准备腊肉，切丁。取糯米、黏米各半，浸泡一夜。

　　母亲洗腊肉时很用心，一遍又一遍地洗，和我说着话。她以一个长辈的慈祥耐心，调教她的下一任接班人。她说切腊肉要小心，不要伤了自己，也不要伤了刀口。要沿着肉的纹理，切出一片片匀称的腊肉。其余的部分，比如精肉，切成肉丁。这个时候妹妹说："老妈，把那骨头也蒸在饭里，我好久没有吃过腊肉骨头了。以前老说吃腊肉，啃骨头。"

　　母亲会心一笑，嗔道："你都快50岁的人了，还是那么矫情。"但是母亲却很享受儿女在自己面前撒娇，她的语气是轻飘飘的，藏着自豪，尽显柔情。

　　我坐在一侧，也不去帮忙。我认为这个时候帮忙是不明智的。母亲的刀工之妙，我恐怕是学不来的。自然，我更在乎她为儿女倾心的瞬间表现，那里，有着千丝万缕的爱意。

　　母亲先是将黏米下锅，待到半熟，才将泡好的糯米滤水入锅，搅和在一起。然后加入肉丁、地米菜、腊豆干，放进野葱，焖上一段时间，等水快干了，再放点猪油，把腊肉碗一并放进锅子里蒸。这时候，锅里的腊肉味飘满阳台，又传入客厅里，引得三姨、二姨也在夸着好香。我妹夫举着手机凑过来："老妈，锅巴好了没有？我要吃！"

　　"你是想吃，还是想晒照片？"妹妹笑着问。

　　"都想！"妹夫戆着，也笑着。

　　母亲大笑起来："再焖一会儿，会更香！"

　　锅巴起锅了，母亲将社饭铲起来，6斤米饭，足足盛了三大盆。她把社饭给我们，还有她的姐妹，一一都留足了，才说："可以烧菜了。"

　　妹妹挑了山上的"地衣"——鸭脚板来烧。母亲还从冰箱里拿出

"火炭菌"——颜色深褐的一种野菌。"今天妈妈请你们吃顿野味!"母亲自豪地说,仿佛珍藏了山珍海味。

是的呢,加上辣椒一个个像火焰一样的颜色,还有茄子干、山溪里的细虾米、蒸腊肉,加上香喷喷的社饭锅巴,一共7道菜,道道菜都是珍馐。

酸辣子是从大腌菜坛子里挑出来的,长中指余,饱满。酸辣子需选取肥嫩的红辣椒来腌制,据说淡绿变暗绿的也可以。将辣椒在清水中洗净,晾干水分,剪去蒂,装进准备好的干净坛里,放一点生姜、花椒、大蒜和食盐,再给坛里盛满清水,舀一瓢好酸水倒进去做引子。一周后辣椒变成黄亮亮的就可以吃了。只要备足,一年四季都可吃。

炒酸辣子的做法是取菜时要特别干净,不能将油星带进去,稍不干净,酸菜就会起白沫或腐烂。

母亲在教我们怎么炒菜,她的经验都是在千锅万铲中积累起来的。她说炒虾米少放辣,在虾米入锅后,放生抽、食盐、味精,起锅后再撒上葱花。炒地衣要滤干水,用酸辣椒炒,因为地衣含水分多,带泥土,要去味。母亲琐碎的交代里全是高明的厨师掌握的经验啊,我们都一一铭记于心。

母亲的社饭与野菜拼成的送别宴在记忆里是难得的珍馐。母亲特别交代,要在当天上午烧好,这样我们可以拿到高铁上享用。母亲精选的食材是我们在都市里难以买到的。她的精心与用心,体现在食材采集时的考量上。她曾经问过我们还有哪些菜需要采购。当然,更重要的是,她会把过季的蔬菜采用晒干、腌制,乃至用特殊的方式珍藏。比如蒿菜丝,比如茄子干、菌子干、酸辣椒、腊肉等乡土食材。母亲是细心的、耐心的,而又是节约的。她的这些安排显示出一位母亲在艰难岁月里的智慧,同时又是出于对儿女无微不至的"讨好"与关心。

母亲是普天下在饮食文化上思量最深重的人,她的这种安排,细心、体贴。她把那无微不至的关心寄寓在一盘盘菜肴上、一顿社饭上。而她老人家,则通过这样的方式留住了我们的胃,锁住了我们的思乡情。

母亲的送别宴啊,是时光和爱的见证,是婉约的款款恩情。它将我们的牵挂留在时时刻刻的惦念里,它将凡尘俗世的岁月蓄满了殷实,使得人间如纯醴,生命有华彩!

愿母亲安康,祈日月悠长!

后记
瓜果之夏

回了一趟老家，临走时，我把瓜果蔬菜的侍弄任务交给了一个朋友。我今年种了秋葵、茄子、黄瓜，还有丝瓜和葫芦。

朋友告诉我，种菜是门学问。施肥、浇水、剪枝，每一样都要及时跟进，不能出一点纰漏。

他说话的样子有点像自豪的老农。这使我更加觉得种菜其实一点也马虎不得。

大概在 4 月底，我才决定要种点东西。就像去年一样，总觉得楼顶那片空间如果不利用起来，实在是一种浪费。就像一个人在中年的时候，面对生命中那些空白，突然有一种不填补就对不起自己半生努力的感觉。我终于决定继续种蔬菜。

还有一个原因。小区今年改造，楼顶是要清理的。我那几十盆蔬菜土是费了一番口舌才得以保全的，不种又怎么对得起自己的苦心经营呢？

就这样，一个黄昏，在楼顶上，我和朋友一起种起了蔬菜。我们先是将挡在面前的太阳能挪了位置，终于留出一块属于我们的空间。接着，我们快乐地翻耕花盆土壤，谈论着去年种得多的是什么菜，然后重新规划起今年的蔬菜品种。

我们商量后觉得,西红柿、辣椒就算了吧。一则鸟儿会光顾,二则我们也不吃辣。

就在我们把苗一棵一棵种进花盆时,我们的脸上都漾满了喜悦。

而朋友,也像是完成了交接工作,一遍一遍地嘱咐我:浇水时记住用瓢从蔬菜边上浇,不要用专业的浇水壶浇。

我连忙答应,用心记住,希望自己也能成为一个合格的菜农。

小时候,我经常到母亲的菜地去摘菜,也曾帮母亲去浇水施肥,种莴苣和豆角。母亲在"卡埃板"和"庙脑上"两块地方种了大概有几分田的菜。我帮母亲摘菜,也挑着水桶到田里舀水,浇地。但那时我只是一个助手。我乐于做一个帮手,因为这样可以帮母亲省去很多事情。母亲说什么,我便去做。

母亲在搭豆架。她把竹子和木棍往地上一插,然后将几支竹子捆起来,简单的豆架便搭成了。我乐于看到豇豆成双成对地长出来。有时会想:为什么豇豆是两根长在一起的呢,而玉米,却又是一根一根长的?

如今,随着蔬菜渐渐长大,茎叶繁茂,我也有了一些自己的观察和感慨。是的,种菜也是一种良心活。你对得起它,勤浇水,见机行事,它便会开花结果,用自己小小的绽放,以及满园瓜果,给予你丰厚的回报。

梭罗说:"我宁愿坐在一个南瓜上,并且独自拥有它,也不愿挤坐在一个天鹅绒的垫子上。我宁愿在大地上乘坐空气自由流通的牛车,也不愿坐在观光火车的车厢里,一路呼吸着污浊的空气上天堂。"我想,自己种菜的目的,和梭罗寻求在自然中生活的愿望从某种程度上来说是相似的。

每一天我拎着水上楼顶,先是看看秋葵长高了几分,茄子开了几朵花,再看看丝瓜花的圆形花盘和黄瓜绽放的小花,我的心里,就有一种陶渊明"采菊东篱下,悠然见南山"的幸福与自在。

朋友时不时打电话告知蔬菜生长情况,并问一些问题,我便及时回答。遇到关于施肥的问题,我也不时会有些疑问要和他沟通。就这样日子似花,总是美丽的;而蔬菜也总是在谋划着如何回报主人,表达自己的感恩情怀。

5月3日,我看到第一朵黄澄澄的花儿开了。5月6日,第一根黄瓜结出来了。6月1日,收获了3个茄子、2根黄瓜。6月27日,收了2根丝瓜、3根黄瓜、12个茄子。8月10日,收获第一个葫芦娃、3根丝瓜、5个茄子、5个秋葵……生命总是在成长中一点一点地创造惊喜,播撒着爱以及快乐。

同样,我在每一天的浇灌中,也把喜悦传递到我的学生心中,我会把摘来的瓜果慷慨相赠。学生也在学习中感受到了乐趣。他们认为,老师在传递着一种情怀。这是一种怎样的快乐与充盈啊!"老师,你要用滴灌法。这样你外出后就能放心了,瓜不会缺水,茄子也不会打蔫儿。"学生在替我出谋划策。

东边一单元七楼的住户来交流经验。老人告诉我,他年轻时被下放到农村,于是学会了种菜。自从回到城里,几十年来他们夫妻一直就是这么种菜的。我说:"还是大哥种的菜好看。你搭的架子高,就像一张网,把楼顶的空间变得阴凉了。"

大姐告诉我,她的泡沫箱子都被清理掉了。夫妻俩一合计,就又买了好多盒子,种起了丝瓜、秋葵、苋菜、韭菜,还有小青菜。我说我种过西红柿、小青菜、香菜之类,今年还种了分葱。一想到分葱,我的心就恍惚飘飞到三千里外的湖南老家,这份情怀总是难以忘却!

我在种菜的时候,和邻居们聊天。我们聊时事、政治、体育等话题,也讨论当下的医疗保险等热点话题。

我感觉到因为种菜,我的话多了很多,有种菜经验交流,有日常其他生活交流,更有大家关心的学习和教育话题的探讨。甚至,我还把种菜当成话题,让学生谈谈自己的看法。

当然,我个人觉得种菜其实是在播种情谊,传播福音,传递快乐。

而我却因为这种坚守和辛劳,看到了云彩之上的虹霓,尝到了生活的香甜,收获了实实在在的感动,以及那份超脱与闲适!

梭罗说:"我看到那些岁月如何奔驰,挨过了冬季,便迎来了春天。"

2023 年 8 月